ଓଁ ଶ୍ରୀ ଶ୍ରୀ ପ୍ରଜାପତୟେ ନମଃ

ଓଁ ଶ୍ରୀ ଶ୍ରୀ ପ୍ରଜାପତୟେ ନମଃ

ଜ୍ଞାନରଞ୍ଜନ ନାୟକ

BLACK EAGLE BOOKS
2022

BLACK EAGLE BOOKS

USA address:
7464 Wisdom Lane
Dublin, OH 43016

India address:
E/312, Trident Galaxy, Kalinga Nagar,
Bhubaneswar-751003, Odisha, India

E-mail: info@blackeaglebooks.org
Website: www.blackeaglebooks.org

First International Edition Published by
BLACK EAGLE BOOKS, 2022

OM SHREE SHREE PRAJAPATAYE NAMAHA
by **Jnanaranjan Nayak**
Ayatpur, Aul, Kendrapara-754239
Mob: 9938867321

Cover: Mrs Manamayee Rath

Interior Design: Ezy's Publication

ISBN- 978-1-64560-265-1 (Paperback)

Printed in the United States of America

ଉତ୍ସର୍ଗ

ଯେଉଁମାନଙ୍କ ପଦପାତରେ ଆମ ଘର ପୂରିଉଠେ...

ଶ୍ରୀମତୀ କମଳା ଦେବୀ (ଭାଉଜ)

ଶ୍ରୀମତୀ ବିଚିତ୍ରା ଦେବୀ (ଭାଉଜ)

ଶ୍ରୀମତୀ ମମତା ଦେବୀ (ଭାଉଜ)

ଶ୍ରୀମତୀ ରାଜଶ୍ରୀ ଦେବୀ (ପତ୍ନୀ)

ଶ୍ରୀମତୀ ନିବେଦିତା ଦେବୀ (ଭାତୃବଧୂ)

ଶ୍ରୀମତୀ ନେହା ଦେବୀ (ଭାତୃବଧୂ)

ଆମ ଘରର ଆମ ପିଢ଼ିର ବୋହୂମାନଙ୍କୁ ଶ୍ରଦ୍ଧାର ସହ

- ଜ୍ଞାନ

ପ୍ରାରବ୍ଧ: ୦୫

କୁଶେଇ କାହାଣୀ

ସମଗ୍ର 'ଆଳି' ଅଞ୍ଚଳଟି ବ୍ରାହ୍ମଣୀ, କାଣୀ ଏବଂ ଖରସ୍ରୋତା ଆଦି ନଦୀମାନଙ୍କ ଦ୍ୱାରା ପରିବେଷ୍ଟିତ। ଏଇ ତିନୋଟି ନଦୀକୁ ଛାଡ଼ି ଅନ୍ୟ ଏକ ନଦୀ ମଧ୍ୟ ଶିରା-ପ୍ରଶିରାପରି ଆଳିର ଏକ ବୃହତ ଅଂଶରେ ବିଦ୍ୟମାନ ଥିଲା। ଥିଲା, ଅର୍ଥାତ୍ ଏବେ ଆଉ ନାହିଁ। ଏଇ ନଦୀଟିର ନାମ ଥିଲା 'କୁଶେଇ'। 'କୁଶ' ପରି ଏହାର ଆକାର ଯେମିତି କ୍ଷୀଣ ଥିଲା ସେମିତି ବି ଏହାର କୂଳେ କୂଳେ ପରିବ୍ୟାପ୍ତ ଥିଲା ଗହଳ କୁଶର ଲଟାବୁଦା। ଏହି ଦୁଇଟି କାରଣ ମଧ୍ୟରୁ ଯେ କୌଣସି ଗୋଟିଏ କାରଣ ପାଇଁ ହେଉ, ଅଥବା ଦୁଇଟିଯାକ କାରଣ ପାଇଁ ହେଉ, ନଦୀଟି ଜନମୁଖରେ 'କୁଶେଇ' ନାମରେ ହିଁ ପରିଚିତ ଥିଲା।

ଖରସ୍ରୋତାରୁ ଏକ ଧାର ଭାବରେ 'ବଉଳଯୋଡ଼ି' ପାଖରୁ ବାହାରି 'ଆଳି' ଏବଂ 'ଏଣ୍ଡଳ'ର ମଧ୍ୟସ୍ଥଳରେ ଆସି 'ଶାଳିଅଞ୍ଚ'ର ପଛ ଦେଇ ଏହା ଆଳିଭେଡ଼ାରେ ପ୍ରବେଶ କରିଥିଲା। 'ଶାଳିଅଞ୍ଚ'ର ଶେଷଭାଗରେ ଏହା ଦୁଇଭାଗରେ ବିଭକ୍ତ ହେଇ 'ମାଳପାଟଣା' ଏବଂ 'ସିଙ୍ଗିରି' ମଧ୍ୟରେ ଏହାର ଏକ ଭାଗ ବ୍ରାହ୍ମଣୀକୁ ଛୁଇଁଥିଲା। ଅନ୍ୟଭାଗଟି ଶିରାପ୍ରଶିରା ପରି ସାରା ଭେଡ଼ାରେ ଛାଇ ଯାଇଥିଲା। ଫଳରେ ଭେଡ଼ାଥିଲା ସୁଜଳା ଏବଂ ସୁଫଳା। ଏହାର କୂଳରେ 'ଶାଳି' ନାମକ ଏକ ସ୍ୱତନ୍ତ୍ର ଧାନ ଚାଷକରାଯାଇ ପୁରୀ ଶ୍ରୀମନ୍ଦିରକୁ ବଡ଼ ଠାକୁରଙ୍କ ଭୋଗ ପାଇଁ

ପଠାଯାଉଥିଲା । ଏହି କାରଣରୁ ଏଇ ସ୍ଥାନକୁ 'ଶାଳି ଅଞ୍ଚଳ' ବୋଲି କୁହାଯାଉଥିଲା । ପରେ ସେଠାରେ ବସତି ଗଢ଼ି ଉଠିବାରୁ ଏହା 'ଶାଳିଅଞ୍ଚ' ଗ୍ରାମ ନାମରେ ପରିଚିତ ହେଇଥିବା ଅନୁମେୟ ।

କୁଶେଇ କୂଳ କୁଶର ବି ବେଶ ଖ୍ୟାତି ଥିଲା । ଏହାକୁ ସଂଗ୍ରହ କରିବା ସକାଶେ ଦୂରଦୂରାନ୍ତରୁ ବ୍ରାହ୍ମଣମାନେ ମଧ୍ୟ ଆସୁଥିଲେ ।

କୁଶେଇର ଯେଉଁ ଧାରଟି ଭେଡ଼ା ମଧ୍ୟ ଦେଇ 'ଡେରାବିଶ' ଆଡ଼କୁ ଲମ୍ୱିଥିଲା, ସେଇ ଧାର ସଂଲଗ୍ନ ହୋଇ ମଝି ଭେଡ଼ାରେ ଗଣ୍ଡଟିଏ ଥିଲା । କୁଶେଇ ଦେଇ ବାଣିଜ୍ୟ କରିବା ସକାଶେ ହେଉ ଅଥବା ସ୍ଥାନୀୟ ରାଜାଙ୍କ ପ୍ରଶାସନିକ ଅଧିକାରୀମାନେ (ସାମନ୍ତମାନେ) ଶାସନ କାର୍ଯ୍ୟରେ ଜନପଦକୁ ଯିବା ପାଇଁ ହେଉ, ଯିବା ଆସିବା ବେଳେ ଏଇ ଗଣ୍ଡଟିରେ ନୌକାକୁ ସୁରକ୍ଷିତ ରଖି ଗଣ୍ଡକୂଳରେ ସେମାନଙ୍କ ସକାଶେ ପ୍ରସ୍ତୁତ ଘର ଗୁଡ଼ିକରେ ବିଶ୍ରାମ କରୁଥିଲେ । ତେଣୁ ସେଇ ଗଣ୍ଡ ସଂଲଗ୍ନ ଅଞ୍ଚଳଟି 'ସାମନ୍ତପୁର' ଭାବରେ ପରିଚିତ ଥିଲା । ସେଠାରେ ଠାକୁରାଣୀ ସ୍ଥାପିତ ହୋଇ ପୂଜା ପାଉଥିଲେ ।

ମୋର ଜନ୍ମହେଲା ବେଳକୁ 'କୁଶେଇ' ଖାଲି ଲୁପ୍ତ ହେଇ ନଥିଲା, ଜନମାନସରେ ଏହାର ଆଲୋଚନା ମଧ୍ୟ ଆଦୌ ନଥିଲା । ସାମନ୍ତପୁର ଗଣ୍ଡଟି ବି ଏକ ପୋଖରୀକୁ ରୂପାନ୍ତରିତ ହେଇସାରିଥିଲା । ଦୁଇଟି ଲମ୍ୱା ଲମ୍ୱା ଗଛ ସକାଶେ ସ୍ଥାନଟିର ନାମ ମଧ୍ୟ ବଦଳି 'ଦି'ଗୋଛିଆ' ଭାବରେ ପରିଚିତ ହାସଲ କରିଥିଲା । ଗୋପାଳ ଦାଶ ନାମକ ଜଣେ ବାବାଜୀଙ୍କ ଦ୍ୱାରା ସେଠାରେ ମା' ଶାରଳାଙ୍କୁ ଅବସ୍ଥାପିତ କରାଯାଇ ସଂପ୍ରତି ତାହା ଦି'ଗୋଛିଆ ଶାରଳାପୀଠ ଭାବରେ ପରିଚିତ ।

ତେବେ ମତେ ପଚାଶ ଛୁଇଁଲାବେଳକୁ, କେତେଜଣ ସ୍ଥାନୀୟ ଗବେଷକଙ୍କଠାରୁ, ମୁଁ କୁଶେଇ ନଈ ବିଷୟରେ ଜାଣିଲି । ଏଇ ନଦୀଟି ଯେ ଏକଦା ଆଳିର ଧନ, ମାନ, ସଂସ୍କୃତିକୁ ଜଳ ଏବଂ ଅନ୍ନଦାନ ଦେଇ ଉଚ୍ଚାଟ କରି ରଖିଥିଲା ସେ ସମ୍ପର୍କରେ ମଧ୍ୟ ଅବଗତ ହେଲି ।

ସେଇ ପୁରୁଣାନଦୀର ପ୍ରଭାବ ଏବେ ମଧ୍ୟ ଆଳି ଅଞ୍ଚଳରୁ ଅପସରି ଯାଇନାହିଁ । ଏବେ ମଧ୍ୟ ଆଳିର ଜନତା କୃଷି ଉପରେ ନିର୍ଭରଶୀଳ ଏବଂ ଦେବଦେବୀରେ ବିଶ୍ୱାସୀ ।

କୃଷକମାନେ ସରଳ । ସରଳତା ସହିତ ସଚ୍ଚୋଟତା ଏକ ଅଙ୍ଗଜଡ଼ିତ ଗୁଣ । ଦେବଦେବୀଙ୍କ ଉପରେ ଅଗାଧ ବିଶ୍ୱାସ ସେହି ସରଳତା ଏବଂ ସଚ୍ଚୋଟତାକୁ ଆହୁରି ଶାଣିତ ଅଥଚ ଆହୁରି ଶ୍ରଦ୍ଧାଶୀଳ କରାଏ । ସେମିତି ପରିବେଷ୍ଟନୀରେ, ମଣିଷ ଜୀବନରେ କଦବା କ୍ୱଚିତ ଅଥବା ସ୍ୱାଭାବିକ ଭାବରେ ଘଟୁଥିବା 'ଅବିଶ୍ୱାସ' ଉପରେ ବାରମ୍ବାର

'ବିଶ୍ୱାସ'ର ହିଁ ବିଜୟ ହେଉଥାଏ। 'କୁଶେଇ' ଭୂଇଁର ଏହା ଏକ ବିଶେଷ ବାର୍ତ୍ତା। ଏମିତି ଏକ ବିଶ୍ୱାସ ଏବଂ ବାର୍ତ୍ତା ଆଧାରିତ ଉପନ୍ୟାସ 'ଓଁ ଶ୍ରୀ ଶ୍ରୀ ପ୍ରଜାପତୟେ ନମଃ'

ମୋ ଦ୍ୱାରା ଲେଖା ଯାଇଥିବା ଏହା ହେଉଛି ପ୍ରଥମ ପୂର୍ଣ୍ଣାଙ୍ଗ ଉପନ୍ୟାସ। ଉପନ୍ୟାସଟି ପୁସ୍ତକ ଆକାରରେ ପ୍ରକାଶ ହେବା ଆଗରୁ ଏହା ମାସିକ ସାହିତ୍ୟ ପତ୍ରିକା 'ସମାରୋହ'ରେ ଧାରାବାହିକ ଭାବରେ ପ୍ରକାଶ ପାଉଥିଲା। ସେଥିପାଇଁ ମୁଁ 'ସମାରୋହ'ର ସମ୍ପାଦନା ମଣ୍ଡଳୀଠାରେ କୃତଜ୍ଞ ଏବଂ ଏଥିପାଇଁ ବିଶେଷ ଭାବରେ ଶ୍ରୀ ରବି ନନ୍ଦଙ୍କୁ ଧନ୍ୟବାଦ ଜଣାଉଛି। କଥାଶିଳ୍ପୀ ଲକ୍ଷ୍ମୀ ଚାନ୍ଦ ଏଇ ପ୍ରକ୍ରିୟାରେ ସୂତ୍ରଧରର ଭୂମିକା ନିର୍ବହନ କରିଥିବାରୁ ତାଙ୍କୁ ମଧ୍ୟ ଶ୍ରଦ୍ଧାର ସହ ସ୍ମରଣ କରୁଛି ଏବଂ ଧନ୍ୟବାଦ ଜଣାଉଛି।

ଗାଳ୍ପିକା, କବୀ, ଚିତ୍ରଶିଳ୍ପୀ ତଥା ଏକ ମନେଇ ନଈଟେ ପରି ଜୀବନ ଜୀଉଁଥିବା ମାନମୟୀ ରଥ, ଆଗ୍ରହ ସହକାରେ ଏହାର ପ୍ରଚ୍ଛଦ ଅଙ୍କନ କରିଥିବାରୁ ମୁଁ ତାଙ୍କୁ ମଧ୍ୟ ହାର୍ଦ୍ଦିକ ଧନ୍ୟବାଦ ଜଣାଉଛି।

'ବ୍ଲାକ୍ ଈଗଲ ବୁକ୍ସ'ର କର୍ତ୍ତୃପକ୍ଷ ଶ୍ରୀ ସତ୍ୟ ପଟ୍ଟନାୟକ ତଥା ସଂସ୍ଥାର ଓଡ଼ିଶା ପ୍ରତିନିଧି ସାନୁଜ ଅଶୋକ ପରିଡ଼ା, ବହିଟିକୁ ଉଚିତ୍ ସମୟରେ ପ୍ରକାଶ କରିଥିବାରୁ ଉଭୟଙ୍କ ନିକଟରେ ମୁଁ କୃତଜ୍ଞ ଏବଂ ଉଭୟଙ୍କୁ ହୃଦୟଭରା ଧନ୍ୟବାଦ ଜଣାଉଛି।

ଶେଷରେ ଆଶା ଏବଂ ବିଶ୍ୱାସ ରଖୁଛି ଯେ ଏହା ନିଶ୍ଚୟ ପାଠକମାନଙ୍କ ବିଶ୍ୱାସ ଜିତି ପାଠକମାନଙ୍କ ପ୍ରିୟ ବହି ତାଲିକାରେ ସ୍ଥାନିତ ହେବ।

ବିନୀତ

ଲେଖକ

ସେ ବର୍ଷ ମାର୍ଚ୍ଚ ପହିଲାରେ ପଡିଥିଲା ଅଗ୍ନିଉତ୍ସବ।

ଠିକ୍ ସେଇଦିନଠୁ ହିଁ ଶୀତ ନିରୁଦ୍ଦିଷ୍ଟ ହୋଇଗଲା। ଚାହୁଁ ଚାହୁଁ ତାତି ବଢିଲା। ଲୋକମାନେ ରେଜେଇ, କମ୍ବଳକୁ ଧୋବା ଘରକୁ ପଠେଇଦେଲେ। ସ୍ଲିଭ୍‌ଲେସ୍ ପୋଷାକ ପିନ୍ଧୁଥିବା ନାରୀମାନଙ୍କ ସଂଖ୍ୟା ବି ସହରରେ ହଠାତ୍ ବଢିଗଲା। କୃଷ୍ଣଚୂଡା ଫୁଲର ବହୁଳ ଆବିର୍ଭାବ ରାଜଧାନୀକୁ ଲାଲ ଆଉ ଯୁବକ ଯୁବତୀମାନଙ୍କୁ ରୋମାଂଟିକ୍ କରିଦେଲା !

ଏଇ ସମୟକୁ ଭାଇ ମତେ କହିଲେ : "ତୋର ତ ପରୀକ୍ଷା ସରିଲା, ତୁ ଏବେ ଗାଁକୁ ଯା'। ମିଳି ପାଇଁ ପିଲା ଠିକ୍‌କର, ଏଇ ବର୍ଷ ହିଁ ତା'ର ବାହାଘରଟା ସାରିଦେବା"।

ମିଲି ମୋର ଭଉଣୀ। ଭାଇ ଆଉ ମୋ ମଝିରେ ତା'ର ଜନ୍ମ। ଗତ ଜାନୁଆରୀରେ ତାକୁ ଚବିଶ ପୁରିଗଲା। ସେମିତି ବେଶି ପାଠ ପଢିନି କି ଦେଖିବାକୁ ବି ରୂପବତୀ ନୁହେଁ। ଯଥା ତଥା ଗାଁ କଲେଜରୁ ବି.ଏ ପାଶ୍ ପରେ ଏବେ ବାପା-ବୋଉଙ୍କ ପାଖେ ଗାଁରେ ରହୁଛି। ଆଣ୍ଠୁ-ଗଣ୍ଠି ବାତରେ ସଢୁଥିବା ବୋଉକୁ ତା'କାମରେ ସାହାଯ୍ୟ କରୁଛି।

ବୋଉର କିନ୍ତୁ ତା' ପାଇଁ ଭାରି ଚିନ୍ତା, ବେଳ ଅବେଳାରେ ସେ ବାପାଙ୍କୁ ତାଗିଦ୍ କରେ: "ଝିଅକୁ ଆସି ଚବିଶି ପୁରିଲାଣି, ଆଉ କେତେଦିନ ତାକୁ ଘରେ ବସେଇବ; ଏବେ ତ ହେଲେ ତା' କଥା ଚିନ୍ତାକର" !

ବୋଉଠୁ ଏମିତି କଥା ବାରମ୍ବାର ଶୁଣି ଶୁଣି ବାପା, ଭାଇଙ୍କ ପାଖକୁ ଆସିଥିଲେ।

ବାପାଙ୍କୁ ଯେଉଁଠି ବୁଦ୍ଧିବାଟ ଦିଶେନି, ରାସ୍ତାସବୁ ଗୋଳମାଳିଆ ଦିଶେ, ସେତେବେଳେ ସେ ଭାଇଙ୍କୁ ପାଖକୁ ଆସନ୍ତି। ଭାଇଙ୍କୁ ଅସୁବିଧା ବିଷୟରେ ସିଧାସଳଖ କିଛି ନ ଜଣାଇ ଓଲଟା ଦୋଷ ଦିଅନ୍ତି - ତୁ ଏଇଟା ବୁଝିଲୁନି ... ତୁ ସେମିତି କଲୁନି ... ସେଇଥି ପାଇଁ ଏ ଅସୁବିଧା...ଇତ୍ୟାଦି...।

ବାପାଙ୍କର ଅଭିମାନ, ଅଭିଯୋଗ ଭରା ସମସ୍ୟାକୁ ଭାଇ ମୁଣ୍ଡପୋତି ଚୁପଚାପ୍ ଶୁଣନ୍ତି। ସମସ୍ୟାର ସମାଧାନ ବି ଖୋଜନ୍ତି।

ଅବଶ୍ୟ ଏବେ ସେ କଥା କେବେଠୁ କିଛି ପରିମାଣରେ ବଦଳିଗଲାଣି। ତିନିବର୍ଷ ତଳେ ଭାଇ ବାହାହେବା ପରେ ବଦଳି ଯିବାର ଲକ୍ଷଣ ସବୁ ଅଙ୍କୁରୋଦ୍‌ଗମ ହୋଇଥିଲା, ପୁଅ ଶାଶ୍ୱତର ଜନ୍ମ ହେବାପରେ ତାହା ଗୋଟେ ଦମ୍ଭିଲା ବୃକ୍ଷଟିଏ ପାଲଟି ଯାଇଥିବା ପରି ମନେ ହେଉଥିଲା।

ଚିରାଚରିତ ଢଙ୍ଗରେ ବାପା ଯେତେବେଳେ ତାଙ୍କର ସମସ୍ୟା ବଖାଣିଲେ, ଏଥର ଭାଇ ନୁହେଁ ଭାଉଜ ହିଁ ଆଗକୁ ଆସିଲେ। ସିଧାସଳଖ କହିଲେ: "ମିଳି ଆପଣଙ୍କ ଝିଅ, ତା' ବିଷୟରେ ଆପଣ ଚିନ୍ତା କରନ୍ତୁ"।

ତା'ପରେ ସେ ହୁଏତ ମୋ ବିଷୟରେ ବି କହି ଥାଆନ୍ତେ। ମୁଁ ତାଙ୍କ ପାଖରେ ରହି ପାଠ ପଢୁଥିବାରୁ ସମସ୍ତ ଖର୍ଚ୍ଚର ବି ହିସାବ ଦେଇଥାଆନ୍ତେ। ମାତ୍ର ଭାଇ ରୋକିଦେଲେ। କହିଲେ : "ଢେର୍ ହୋଇଗଲା; ତମେ ଚୁପ୍ ରୁହ" !

ଭାଉଜ ନାକ ଛିଂଚାଡିଲେ। ଲୁହ ଗଡେଇ କ'ଣ ସବୁ ବକର ବକର ହେଲେ। ଆଲୋଚନା ଆଉ ଆଗେଇ ପାରିଲାନି। ତା'ପରେ ଈଶ୍ୱରଙ୍କ ଉପରେ ସବୁ କିଛି ଛାଡିଦେଇ ସକାଳ ବସ୍‌ରେ ବାପା ଗାଁକୁ ଫେରିଗଲେ।

ଯା'ପରେ ଆଉ ନୂଆ ଘଟଣା କିଛି ଘଟିନଥିଲା। ଭାଇ ସଚିବାଳୟ ସ୍ଥିତ ତାଙ୍କର ଅଫିସକୁ ନିୟମିତ ଯାଉଥିଲେ। ସଂଧ୍ୟାବେଳେ କେବେ ଘର ପାଇଁ ସଉଦା କରୁଥିଲେ ତ କେବେ ଶାଶ୍ୱତ ସହ ଖେଳୁଥିଲେ। ଭାଉଜ ଯଥାରୀତି ଘର ସମ୍ଭାଳୁଥିଲେ। ଅପରାହ୍ନରେ ଦର୍ପଣ ଆଗରେ ଛିଡା ହୋଇ ସଜେଇ ହେଉଥିଲେ। ବେଳକାଳ ଦେଖି ଆମ ପରିବାରର ନିନ୍ଦାଗାନ ବି କରୁଥିଲେ।

ମୁଁ ପାଠ ପଢୁଥିଲି। ବିଭିନ୍ନ ସ୍ୱପ୍ନ ଦେଖୁଥିଲି, ପୁଣି କେତେବେଳେ ଅସହାୟ ମନେ କରୁଥିଲେ ଭାଗ୍ୟକୁ ଦୋଷ ଦଉଥିଲି। ଏମିତି ଏମିତିରେ କେତେଟା ମାସ ବିତିଗଲା। ମୋର ୟୁନିଭରସିଟି ପରୀକ୍ଷା ବି ଶେଷ ହୋଇଗଲା।

ପରୀକ୍ଷା ପାଇଁ ପାଠ ପଢାରେ ବ୍ୟସ୍ତ ରହୁଥିବାରୁ ଆଶା ଆଶଙ୍କା ମାନଙ୍କର ଅଦୌତି ନଥିଲା। ପରୀକ୍ଷା ପରେ ସେମାନେ ମୁଣ୍ଡ ଟେକିବା କଥା। କିନ୍ତୁ ଠିକ୍ ତା ପୂର୍ବରୁ ଭାଇ ମତେ ଗାଁକୁ ପଠାଇଦେଲେ, ମିଳି ଦେଇର ବାହାଘର ଠିକ୍ କରିବାକୁ।

ମିଲିଦେଇ, ମୋ ଠାରୁ ତିନିବର୍ଷ ବଡ। ଆମେ ଦୁହେଁ ପରସ୍ପର ସହିତ ଖୁବ୍ କଳିକରୁ। ଖାଇବାରେ ଭାଗ ନ ଛିଡିବା, ଘରୁ କିଏ ଟିକେ ଅଧିକ ଶ୍ରଦ୍ଧା ପାଇଲା, କିଏ କେଉଁ କାମ କରିବ ତାର ହିସାବ ନ ଛିଡିବା ଆଦି ଆମ କଳିର କାରଣ। ଏମିତିରେ ବି ଆମେ ପରସ୍ପରକୁ ବହୁତ ଭଲପାଉ, ଏକ ମା' ପେଟରୁ ଜନ୍ମିତ ଦୁଇ ଭାଇ ଭଉଣୀ ହୋଇଥିବା ହେତୁ।

ଦେଇ ମୋର ପୋଷାକପତ୍ର ସଫା କରିଦିଏ। ମୁଁ ସେ ସବୁକୁ ଇସ୍ତ୍ରୀ କରେ। ଗାଁ ଦାଣ୍ଡ ରେ ଆଇସ୍‌କ୍ରିମ୍ ବିକାଳି ଆସିଲେ, ଦେଇ ନିଜ ପାଇଁ ଗୋଟେ କିଣିଲେ ମୋ ପାଇଁ ବି ଗୋଟେ କିଣେ। ସେ ପାଖ ବଜାରକୁ ଯିବାକୁ ଚାହିଁଲେ, ମୁଁ ତାକୁ ସାଇକେଲ୍‌ରେ ବସାଇ ନେଇଯାଏ। ବାହାରେ ମୋର କାହା ସହିତ ଝଗଡା ହେଲେ, ସେ ପ୍ରଥମେ ହିଁ ମୋ ସପକ୍ଷରେ ବାହାରେ। ଏହା ସତ୍ତ୍ୱେ ବି ଆମ ଦୁହିଁଙ୍କର ଝଗଡା ହୁଏ। ଝଗଡାରୁ କେବେ ମାଡଗୋଳ ବି ହୋଇଛି, ମୁଁ ସ୍କୁଲରେ ପଢୁଥିବା ସମୟଯାଏ।

ତେବେ ପ୍ରତି ଝଗଡାରେ ମୁଁ, ତାକୁ କହେ : "ତୋ ବାହାଘର ବେଳେ ମୁଁ ଉପସ୍ଥିତ ରହିବିନି କି ତୋ ଶାଶୁଘରକୁ କେବେ ବି ଯିବିନି"। ଅଥଚ ଭାଗ୍ୟ ଦେଖ, ଭାଇ ମୋତେ ହିଁ ପଠାଇଛନ୍ତି ତା'ର ବାହାଘର ଠିକ୍ କରିବା ପାଇଁ ।

ମୁଁ ତାକୁ କହିଲି : "ତୋର ବର ଖୋଜା ଏବେ ମୋର ଦାୟିତ୍ୱ। ତୁ କହ କେମିତି ପିଲା ତୋର ଦରକାର" ?

ଦେଇ ଏ କଥା ଶୁଣି ଲାଜେଇ ଗଲା। ତେବେ ତା'ର ବିଶ୍ୱାସ ହେଲାନି ଯେ ବାପା, ଭାଇ ଥାଉଥାଉ ବର ଖୋଜା ଦାୟିତ୍ୱ ମୁଁ ହାତକୁ ନେବି !

ପ୍ରଥମେ ବାପା ବି ସେୟା ଭାବିଲେ। କହିଲେ : "ସେ ନ ଆସି ତତେ ପଠାଇଦେଲା। ତୁ କ'ଣ ଯାଣିଚୁ ନା କାହାକୁ ଚିହ୍ନିଚୁ, ବର ଖେଜିବାକୁ ଚାଲି ଆସିଲୁ" !

ବାପାଙ୍କ ପ୍ରଶ୍ନ ଶୁଣି, କିଛି ବି ଉତ୍ତର ନ ଦେଇ ମୁଁ ଛିଡା ହେଇ ରହିଲି।

ମତେ ଚୁପ୍ ରହିବା ଦେଖି ବାପା ପୁଣି କହିଲେ : "ଠିକ୍ ଅଛି ତୋ' ବୟସର ପିଲା ତ ପୁଣି କଲେକ୍ଟର ହେଲେଣି ! ଚେଷ୍ଟାକର କ'ଣ ହେଉଚି ଦେଖିବା"।

ବାପା ହିଁ ଏମିତି। ନିଜେ କିଛି କରିବେନି। ଆଉ କିଏ କିଛି କରିବାକୁ

ଚାହିଁଲେ, ତାଙ୍କର ଭରସା ପାଇବନି। ତେବେ ଭାଇଙ୍କ ପାଇଁ ତାଙ୍କ ବିଚାର ଅଲଗା। ତାଙ୍କ ଆଖିରେ, ଭାଇ ସର୍ବରୋଗର ଏକମାତ୍ର ମହୋଷଧି।

ତେବେ ବାପା, ମତେ 'ଚେଷ୍ଟାକର' ବୋଲି କହିବାପରେ, ଦେଇ ପାଇଁ କିପରି ଘର ଏବଂ ବର ଦରକାର, ଏ ବିଷୟରେ ତାଙ୍କର ପରାମର୍ଶ ଚାହିଁଲି।

ବାପା କହିଲେ : "ଭଲ ଘର ଏବଂ ଭଲ ପିଲା ହେଇଥିବା ଜରୁରୀ"।

ମୁଁ ପଚାରିଲି : "ଭଲ ଘର, ଭଲ ପିଲା ବୋଲି ମୁଁ କେମିତି ଜାଣିବି" ?

'ନାମ ଡାକ ଥିବ, ନା' କହିଲେ ଦଶଖଣ୍ଡ ଗାଁର ଲୋକ ଜାଣୁଥିବେ। ଅଭାବ ଅସୁବିଧା ନ ଥିବ – ଏଇତ ଭଲ ଘର। ଆଉ କ'ଣ" ? ବାପା ମତେ ଭଲ ଘରର ସଜ୍ଞା ବୁଝେଇଦେଲେ।

ମୁଁ ପୁଣି ପଚାରିଲି : "ଆଉ ଭଲ ପିଲା" ?

ବାପା ଟିକେ ଚିଡିଗଲେ: "ଏତେ ବଡ ଦାୟିତ୍ୱ ନେବାକୁ ଚାଲି ଆସିଲୁ ... ଅଥଚ ଭଲ ପିଲା କାହାକୁ କହନ୍ତି ଜାଣିନୁ" !

କଥାରେ କଥାରେ ଚିଡିବା ବାପାଙ୍କର ଅଭ୍ୟାସ। ତେଣୁ ମୁଁ ନିରବ ରହିଲି।

ବାପା ଆଉ ଥରେ ଆରମ୍ଭ କଲେ: "ବାହା ହେବାକୁ ଥିବା ପିଲା, ରୋଜଗାର କ୍ଷମ ହୋଇଥିବ, ମଦ ଖାଉ ନଥିବ, ପର ଝିଅ ବୋହୂଙ୍କ ଉପରେ ନଜର ରଖୁନଥିବ ... ହେଲା"।

ଏହା କହି ବାପା ସେଠାରୁ ଚାଲିଗଲେ।

ଆମ ଦୁଇଜଣଙ୍କର ଏପରି କଥୋପକଥନକୁ, ବୋଉ ଏବଂ ଦେଇ ପାଖରେ ଥାଇ ଶୁଣୁଥିଲେ। ବାପା ଚାଲିଯିବା ପରେ ବୋଉ ଆରମ୍ଭ କଲା : "ତୁ ତୋ ବାପାଙ୍କ କଥା ଧରନା, ସେ ତ ସବୁଦିନ ସେମିତି। ତତେ ଯେମିତି ଦେଖାଯାଉଛି, ସେମିତି ଯୋଗାଡ କର"।

ଏଇଟା ବି ବୋଉର ଅଭ୍ୟାସ। ତା' ଆଖି ସାମ୍ନାରେ ଦେଖିଥିବା ଲୋକଙ୍କ ଭିତରୁ ସେ ସବୁଠୁ କମ୍ ବିଶ୍ୱାସ ବାପାଙ୍କୁ ହିଁ କରେ। ଅଥଚ ବାପାଙ୍କୁ ଆକ୍ଷେପ କରି କେହି ପଦେ କହିଦେଲେ ତା' ସର୍ବାଙ୍ଗରେ ନିଆଁ ଲାଗିଯାଏ। ସେ ଭାବେ, ବାପାଙ୍କୁ ଭଲମନ୍ଦ କହିବାରେ ଏକା ତା'ର ହିଁ ଅଧିକାର, ଆଉ କେହି ସେ ଅଧିକାରରେ ଭାଗ ବସେଇବା ଅନଅଧିକାରରେ ଯିବ। ଅବଶ୍ୟ ବୋଉ ତା'ର ଏଇ ଗୁଣଟି ବିଷୟରେ ନିଜେ ସଚେତନ ଥିବା ସନ୍ଦେହାସ୍ପଦ କଥା।

ତେବେ ବୋଉକୁ ବି ମୁଁ କିଛି କହିଲିନି । ବୋଉ ବି ତା' ରାସ୍ତାରେ ଚାଲିଗଲା ।

ରହିଗଲା ଦେଇ । ତା'ର ଏଥର ବିଶ୍ୱାସ ଆସିଗଲା ଯେ ମୁଁ ତା' ପାଇଁ ସତସତିକା ବାହାଘର ଠିକ୍ କରିବାକୁ ଆସିଛି । ସେ ମୋ ହାତଧରି ପକାଇଲା । କହିଲା : "ତୁ ୟା' ଭିତରେ ଏତେ ବଡ ହୋଇଗଲୁଣି" !

ଏହା କହି ସେ କାନ୍ଦି ପକାଇଲା । ମୋ ଆଖିରେ ବି ଲୁହ ଆସିଗଲା । ମୋ ଲୁହକୁ ଲୁଚେଇବା ପାଇଁ ତା' ହାତକୁ ଛିଂଚାଡିଦେଇ, ସେଠୁ ପଳାଇ ଆସୁ ଆସୁ ତାକୁ ଥଟ୍ଟାରେ କହିଲି : "ରହ ରହ ତତେ ଗୋଟେ ମାଙ୍କଡ ବେକରେ ଛନ୍ଦି ଦଉଛି" ।

ଦୁନିଆରେ କେତେ ଘଟଣା ଘଟେ । ସେ ଘଟଣା କାହିଁକି ଘଟେ, କେତେବେଳେ ଘଟେ, କାହାଦ୍ୱାରା ଘଟେ - ସେ ସବୁର ପୂର୍ବାନୁମାନ ସବୁବେଳେ ସମ୍ଭବ ନୁହେଁ । ନିୟତିର ଆକଳନ ସାଧାରଣ ମଣିଷର ପହଁଚ ବାହାରେ ।

ଦେଇ କେମିତି ଜାଣିଥାଆନ୍ତା ଯେ, ସେ ଯାହାକୁ ମଣିଷ ଭାବରେ କେବେ ହିସାବକୁ ନେଇନି, ସେ ପୁଣି ଆସିଛି ତା' ଭବିଷ୍ୟ ନିର୍ଦ୍ଧାରଣ କରିବା ପାଇଁ ! ଦେଇ ଖାଲି ଆଶ୍ଚର୍ଯ୍ୟ ହେଲାନି ତା' ସହିତ ଆନନ୍ଦିତ ବି ହୋଇଗଲା । ସଂଧ୍ୟାବେଳେ ମୋ ହାତକୁ ଚା'କପ୍‌ଟେ ବଢେଇଦେଇ କହିଲା: "ଭଲ ହେଲା ତୁ ଏ କାମ କରିବାକୁ ଆସିଲୁ, ତା' ନ ହେଲେ ମୁଁ କ'ଣ ଏ ବିଷୟରେ କିଛି ବି କଥା ଭାଇ କିମ୍ବା ବାପାଙ୍କୁ କହି ପାରିଥାନ୍ତି" !

ମୁଁ କହିଲି : "ଠିକ୍ ଅଛି କହ ତୋର କେମିତିକା ବର ଦରକାର ! ବୁଦ୍ଧିମାନଙ୍କୁ ବାହାହବୁ ନା ଲୁଲାଟେ ହେଲେ ବି ଚଳିବ । ଶାଶୁ ନଣନ୍ଦ ଥିବା ଘର ନା, ପୋଛାପୋଛି ହେଇ ବାପ- ପୁଅର ସଂସାର" ?

"ନା ଏସବୁ କିଛି ନୁହେଁ। ମୋ ବର ବୁଦ୍ଧିମାନ ହୋଇଥିବ, ସୁନ୍ଦର ଥିବ; ସେ ଗଲାବେଳେ ଲୋକ ତାକୁ ଦେଖୁଥିବେ। ଶଶୁରଙ୍କର ନାମ ଡାକ ଥିବ। ଚଳାଚଳ ଠିକ୍ ଠାକ୍ ଥିବ। ତା' ପରେ ଶାଶୁ,ନଣନ୍ଦ ଥିଲେ କିଛି ଅସୁବିଧା ନାହିଁ"। ଦେଇ କହିଲା।

ଏସବୁ କହିବାବେଳେ ସେ ଭାରି ଖୁସି ଲାଗୁଥିଲା। ନୂଆ ଆଶା ଆଉ ସ୍ୱପ୍ନରେ ତା' ଆଖି ଗୁଡିକ ଚମକୁଥିଲେ। ମୁଁ ତା ମୁହଁକୁ ଚାହିଁ ରହିଲି, ସେଠି ଖାଲି ଗଡ ଜିଣିବା ଭଳି ଖୁସି ହିଁ ଖୁସି ଥିଲା।

ତା'ର ଏତେ ଖୁସି କିନ୍ତୁ ମୋ ମନରେ ଶଙ୍କା ଭରିଦେଲା। କାରଣ ମୁଁ ମୋ ଭଉଣୀକୁ ଜାଣିଥିଲି। ତା'ର ସୁନ୍ଦରତା କିମ୍ବା ଅନ୍ୟାନ୍ୟ ଯୋଗ୍ୟତା ଏମିତି କିଛି ନଥିଲା ଯେ ତା' ଇଚ୍ଛା ଅନୁଯାୟୀ ସବୁକିଛି ମିଳିଯିବ! ତଥାପି ତା'ର ଖୁସି ମତେ ଭଲ ଲାଗିଲା। ମୁଁ ତା'ର ମୁହଁକୁ ସେମିତି ଚାହିଁ ରହିଲି।

ସେ ମତେ କହିଲା : "କ'ଣ ଏମିତି ଭାବୁଛୁ" ?

ତା'ପରେ ସେ ମୋ ଭାବନା ପଢିନେଲା କି କ'ଣ, ନିଜ ବିଷୟରେ ସଚେତନ ହୋଇଗଲା। କହିଲା : "ମୁଁ ବହୁତ ବେଶି କହି ଦଉଛି ନା ମଣ୍ଟୁ"!

ମୁହୂର୍ତ୍ତକ ଭିତରେ ସେ ବଦଳିଗଲା। ଯେଉଁ ଆଖିରେ ଖୁସି ଚମକୁଥିଲା, ସେ'ଠି ଲୁହ ଜକେଇ ଆସିଲା। ସେ ନିଜକୁ ନିଜେ କହିଲା : 'ଜାଣେ, ମୁଁ ଜମା ବି ସୁନ୍ଦର ନୁହଁ। ବାପା ବି ବେଶୀ ଯୌତୁକ ଦେଇ ପାରିବେନି"। ତା'ର କଣ୍ଠରୋଧ ହୋଇଗଲା।

କପ୍ରୁ ଚା'ତକ ଶେଷ କରିଦେଇଥିଲି। ଭାବିଲି ମୁଁ ସେଠୁ ଖସିଆସିବି। କାରଣ ମୋର ବଡ ଦୁର୍ବଳତା ହେଉଛି, ମୁଁ କାହାର ଲୁହ ସହି ପାରେନା। ଜଟିଳ ପରିସ୍ଥିତିକୁ କେମିତି ଆୟତକୁ ଅଣାଯାଏ ସେ ଜ୍ଞାନ ବି ମୋର କମ୍। ତେଣୁ ମୁଁ ଉଠି ଠିଆ ହେଲି। କିନ୍ତୁ ଆସି ପାରିଲିନି।

ଭାଇ, ଭଉଣୀ ନିରବ ହୋଇଗଲୁ। ଗାଁ ଦାଣ୍ଡରେ କେଉଁଠି ଗୋଟେ ଗାଈଟେ ହମ୍ବାଳିଲା। ତା' ରଡିକୁ ଅନୁଧାବନ କରି ବାଛୁରୀଟିଏ ହମ୍ବାରଡି କଲା।

ଦେଇ କହିଲା : "ଆମରି ଗାଈ, ବାଛୁରୀରେ ମଣ୍ଟୁ! ତୁ ସେମାନଙ୍କୁ ଅଲଗା କରିଦେ, ନ ହେଲେ ସବୁଯାକ ଦୁଧ ବାଛୁରୀ ପିଇଯିବ"।

ତା' କଥାରେ ମୁଁ ଦାଣ୍ଡଦୁଆରକୁ ଚାଲିଆସିଲି। ଦେଖିଲି, ଗୋଠରେ ବାପା, ଗାଈକୁ ତା' ଖୁଂଟରେ ବାନ୍ଧୁଛନ୍ତି, ବୋଉ ସମ୍ଭାଳୁଛି ବାଛୁରୀକୁ।

କାମରେ ବାପା, ବୋଉଙ୍କର ଏମିତି ସହଯୋଗର ଦୃଶ୍ୟ ମତେ ଭାରି ଭଲ ଲାଗିଲା। ଦେଇ ବି ଆସି ଦୁଆର ମୁହଁରେ ପହଁଚି ସାରିଥିଲା।

ଆମେ ଭାଇ ଭଉଣୀ ଦୁହେଁ, ବାପା ବୋଉଙ୍କର ଏ ସହଯୋଗ ଦୃଶ୍ୟକୁ ଦେଖି ଖୁସି ହେଇଗଲୁ। ଦେଇ କହିଲା: "ବାପା-ବୋଉଙ୍କ ପରି ଖୁସିରେ ଚଳିବା ପାଇଁ, ମୋ ଲାଗି ବରଟେ ଯୋଗାଡ କରିଦେ"।

ଦେଇ କଥା ଶୁଣି ମତେ ଭାରି ହସ ମାଡିଲା। ମୁଁ ତା'କୁ ଖତେଇ ହେଲି : "ବାପା ବୋଉଙ୍କ ପରି ..."!

ତାକୁ ଲାଜ ଲାଗିଲା କି କଣ, ସେ କହିଲା : "ହଉ ଠିକ୍ ଅଛି, ତୋ କଥା ଅନୁଯାୟୀ ମୋ ପାଇଁ ଗୋଟେ ମାଙ୍କଡ ଠିକ୍ କରିଦେ" ।

ତାକୁ ଆହୁରି ଚିଡାଇବାକୁ ଯାଇ କହିଲି : "ଠିକ୍ ଅଛି, ମୁଁ ଏବେ ବାହାରିଲି ତୋ' ଲାଗି ମାଙ୍କଡ ସନ୍ଧାନରେ" ।

ଏମିତି ହୁଏ, ମଣିଷ ଯାହାକୁ ଅନାବଶ୍ୟକ କହି ଏଡେଇ ଦେଇଥାଏ, ସିଏ ହିଁ ଦିନେ ଆବଶ୍ୟକତାର ଶକ୍ତ ଖମ୍ବ ହେଇ ଛିଡା ହୁଏ। ଯାହାକୁ ଅପମାନିତ କରି ଦୂରେଇ ରଖିଥାଏ, ଆବଶ୍ୟକତା ବେଳେ ସିଏ ହିଁ ଆଶାବାଡି ସାଜେ!

ଟୁବୁଲା ସହିତ ମୋର କେବେଠୁ ଅପଡ ହୋଇଥିଲା। ନବମ ଶ୍ରେଣୀରେ ପଢିଲାବେଳେ ତା'ର ମୋର ଝଗଡା ଆଉ ସେବେଠୁ ହିଁ ଅପଡ। ଝଗଡାର କାରଣ ବି ସେମିତି କିଛି ଠୋସ୍ ନ ଥିଲା। ଇନ୍ଦୁ ନାମକ ଝିଅଟିର ପ୍ରିୟପାତ୍ର ହେବାକୁ ମୁଁ, ଟୁବୁଲାକୁ ଅପମାନିତ କରିଥିଲି। ସେଇ ଇନ୍ଦୁର ଇଙ୍ଗିତରେ ହିଁ ତା'ସହ କଥାବାର୍ତ୍ତା ବି ବନ୍ଦ କରିଦେଇଥିଲି।

ପରବର୍ତ୍ତୀ ସମୟରେ ମାଟ୍ରିକ୍ ପରୀକ୍ଷା ପରେ ପରେ କିଏ କୁଆଡେ ଚାଲିଗଲେ ପାଠ ପଢିବା ପାଇଁ ଅଥବା ରୋଜଗାର କରିବା ପାଇଁ। ଗାଁରେ କିନ୍ତୁ ଏକା ରହିଯାଇଥିଲା ଟୁବୁଲା। ଖାଲି ରହି ନଥିଲା, ତରୁଣ ଶୂନ୍ୟ ଗାଁରେ ସବୁ ଘରର ବାହାରିଆ ବୋଲହାକ

ବି କରିଦେଉଥିଲା । କାହାର ଔଷଧ ଦରକାର ହେଲା ତ ସିଏ ଟୁବୁଲାକୁ ଖୋଜୁଥିଲା । କାହାର ଭୋଜିଭାତ ହବ ତ ବଜାର ଯିବା ପାଇଁ ଟୁବୁଲାର ଆବଶ୍ୟକ ପଡୁଥିଲା । ବୁଢାବୁଢୀଙ୍କ ସରକାରୀ ଭତ୍ତା ବି ଟୁବୁଲା ଦ୍ୱାରା ପଂଚାୟତ ଅଫିସ୍‌ରୁ ଅଣାଯାଉଥିଲା । ଟୁବୁଲା ମାଧ୍ୟମରେ ସେମାନଙ୍କର ଅମଲିପତ୍ର (ପାନ, ବିଡି, ଖଇନି, ଗୁଡାଖୁ) ବି ଦୋକାନରୁ ଆସୁଥିଲା । ତେଣୁ ବୁଢାବୁଢୀମାନେ ତାକୁ ନିଜର ରକ୍ତର ମଣିଷଙ୍କଠାରୁ ବି ଅଧିକ ଭଲ ପାଉଥିଲେ । ପ୍ରକୃତରେ ସେ ସେଥିପାଇଁ ଯୋଗ୍ୟ ବି ଥିଲା । ଅଥଚ ଅହଂକାର ବଶତଃ ମୁଁ ତା' ସହିତ ଏବେଯାଏ କଥା ହୋଇନଥିଲି । ଏବେ ଭଉଣୀ ପାଇଁ ବର ଖୋଜିବାର ଆବଶ୍ୟକ ପଡିବାରୁ ମତେ ପ୍ରଥମେ ଟୁବୁଲାର ମୁହଁ ହିଁ ଦିଶିଲା ।

ରାସ୍ତାରେ ଟୁବୁଲାକୁ ଦେଖି ଉଦାରତାର ଅଭିନୟ କଲି : "କଣ ବନ୍ଧୁ ; ସବୁ ଭଲ ତ" !

ଟୁବୁଲା ଆଶ୍ଚର୍ଯ୍ୟ ହେଇଗଲା । ତତୋଧିକ ଖୁସି ବି ହେଲା । ମତେ କୁଣ୍ଢେଇ ପକାଇ କହିଲା: "ତମେମାନେ ସହରରେ ରହି ପାଠ ପଢିଲ, ଆଗକୁ ବାବୁ ହବ । ମୁଁ ତ ଗାଁଉଲି ମୂର୍ଖ ହୋଇ ରଇଗଲି; ମୋର ଆଉ ଭଲ କ'ଣ" !

ନିଷ୍କପଟ ହୃଦୟର ପିଲା ଟୁବୁଲା । ତାର ହସ, ଖୁସି ଭାରି ନିର୍ଭେଜାଲ । ମତେ ଭାରି ଭଲ ଲାଗିଲା ସେ । ହୃଦୟରେ ଗୋଟେ ଆବେଗ ଆପେ ଜନ୍ମ ନେଇଗଲା ତା' ପାଇଁ ।

ମୁଁ କହିଲି : "କିଏ ସହରରେ କି କିଏ ଗାଁରେ ରହିଛି, ସେ କଥା ମୁଁ ଜାଣେନି ଟୁବୁଲା । ହେଲେ ତୁ ଯେଉଁଠି ଅଛୁ, ଯେମିତି ଅଛୁ, ସେଇଟା ଗୋଟେ ଭାଗ୍ୟ" ! ମୁଁ ଟୁବୁଲାକୁ ଜାବୋଡି ଧରିଲି ମୋ ଛାତିରେ ।

କିଛି ସମୟପରେ ପରସ୍ପରଠାରୁ ମୁକ୍ତ ହୋଇ ସାରିଲା ପରେ ଟୁବୁଲା ପଚାରିଲା: "ଏବେ କ'ଣ ଗାଁରେ କିଛିଦିନ ରଇବୁ" ?

"ମିଲିଦେଇର ବାହାଘର ଠିକ୍ କରିବାକୁ ଆସିଛି" । ମୁଁ ଜଣେଇଲି ।

କି ଆନନ୍ଦ ଟୁବୁଲାର ! କହିଲା : "ମତେ ବି ସାଙ୍ଗରେ ନେ' । ତତେ ସିନା ଏଠାରେ କେଇ ଜାଣନ୍ତିନି, ମୋର କିନ୍ତୁ ସମତଙ୍କ ସଇତ ଦୋସ୍ତି ରଇଛି । ମଟରସାଇକେଲର ଦି'ଦିନ ବୁଲିଲେ ଦେଇର ବାହାଘର ବଳେ ଫିଟ୍ ହୋଇଯିବ" ।

ମୁଁ ଭାରି ଉତ୍ସାହିତ ହେଇଗଲି । ଟୁବୁଲାକୁ ସାଙ୍ଗରେ ଧରି ମୋ କାମ ସହଜରେ କରିଦେବି ବୋଲି ମନେମନେ ଭାବିନେଲି ।

ଟୁବୁଲା ଡାକିଲା : "ଆ' ବନ୍ଧଆଡେ ଟିକେ ବୁଲି ଆସିବା"।

ବିନା କୌଣସି ହଁ, ନାଁର ପ୍ରୟୋଗରେ ମୁଁ, ତା' ସହ ଆଗେଇଲି।

ଟୁବୁଲାକୁ ଯେ ମୁଁ ଦିନେ ବିନା କାରଣରେ ଅପମାନିତ କରିଥିଲି କିମ୍ବା ଅହଂଙ୍କାରରେ ତା'ସହିତ ବହୁତ ଦିନ କଥାବାର୍ତ୍ତା ବନ୍ଦ କରିଦେଇଥିଲି, ସେ ସବୁକୁ ନେଇ ଟୁବୁଲା ମନରେ କୌଣସି ପ୍ରଶ୍ନ ନ ଥିଲା। ଆମେ ସବୁଦିନର ଅନ୍ତରଙ୍ଗ ବନ୍ଧୁପରି ମିଶି ସାରିଥିଲୁ ।

ଟୁବୁଲା ମତେ ନଇବନ୍ଧ ଆଡକୁ ନେଇଗଲା। ରାସ୍ତାରେ ମୋ ସହିତ ଅନର୍ଗଳ ଗପିଲା।

ଟୁବୁଲା ସହିତ ମିଶିବାପରେ ମୁଁ ପ୍ରଚଣ୍ଡ ଆଶାବାଦୀ ହେଇଗଲି ଯେ ଭାଇ ମତେ ଯେଉଁ ଦାୟିତ୍ୱ ଦେଇଛନ୍ତି, ତାହା ମୁଁ ବେଶ୍ ଆରାମରେ ତୁଲାଇ ପାରିବି। କିନ୍ତୁ ଘରକୁ ଫେରିବା ରାସ୍ତାରେ ଟୁବୁଲାର ଶେଷ ପଦକ କଥା ମତେ ଆଶଙ୍କା ଭିତରକୁ ନେଇଗଲା।

ଘରକୁ ଫେରିବା ପୂର୍ବରୁ ଟୁବୁଲା ମତେ କହିଲା : "ତୁ ଭାଇଙ୍କୁ କଇ ମଟର ସାଇକେଲଟା ନେଇଆ। ଦଶହଜାର ଟଙ୍କା ବି ପାଖରେ ରଖ। ମଟରସାଇକେଲ୍‌ରେ ତେଲ ପଡିବ, ଆଉ ଆମ ପେଟରେ ଟୋପେ ଟୋପେ ମଦ ବି ପଡିବ; ବାସ୍ ତା' ପରେ ମାମଲା ଫିଟ୍"!

ମୁଁ ବୁଝିପାରିଲିନି, ଟୁବୁଲା ମୋ ସହ ମିଶି, ମିଳିଦେଇ ପାଇଁ ବର ଖୋଜିବ ନା ସେଇ କାରଣକୁ ବାହାନା କରି ମୋ' ଠୁ ପଇସା ଖସାଇ ମସ୍ତି କରିବ! ଏଣେ ଭାଇଙ୍କର ଅବସ୍ଥା ସମ୍ପର୍କରେ ବି ଜାଣିଥିଲି। ଶାଶ୍ୱତ ପାଇଁ ବହୁତ ଖର୍ଚ୍ଚ ହେଉଥିଲା। ମୋ ପାଠପଢାର ବି ଖର୍ଚ୍ଚ ଥିଲା। ବନ୍ଧୁବାନ୍ଧବଙ୍କ ଭାର-ବେଭାର ଭାଇ ଚାକିରି କରିବା ଦିନଠାରୁ ବୁଝିଆସିଛନ୍ତି। ମାସିକ ଘର ଖର୍ଚ୍ଚ ପରେ ଭାଇଙ୍କ ପାଖରେ ଆଉ କିଛି ବଳୁନଥିଲା। ଭାଉଜଙ୍କର ସବୁବେଳେ ବିରକ୍ତି ଯେ ଭାଇ ଭବିଷ୍ୟତ ପାଇଁ କୌଣସି ସଂଚୟ ରଖୁନାହାନ୍ତି।

ଏଭଳି ସ୍ଥିତିରେ ଖାଲି ବରପାତ୍ରଟେ ଖୋଜିବା ପାଇଁ ଭାଇଙ୍କୁ ମୁଁ ନଗଦ ଦଶହଜାର ଟଙ୍କା ଆଉ ମଟର ସାଇକେଲଟିଏ ପାଇଁ କହିବା ସତରେ ଭାରି କଷ୍ଟକର ଥିଲା।

ମୁଁ ମୁହଁ ଶୁଖାଇ ଘରକୁ ଫେରିଲି ।

ମଣିଷ ଜୀବନରେ ସବୁଠୁ ଗୁରୁତ୍ୱପୂର୍ଣ୍ଣ ହେଉଛି ଆଶା ଆଶଙ୍କାର ଗତି। ଜୀବନ ଥିବା ଯାଏ ଯେପରି ବିଭିନ୍ନ ଆଶା, ବିଭିନ୍ନ ସମୟରେ ଜନ୍ମ ନେଉଥାଆନ୍ତି, ଆଶଙ୍କାମାନେ ହିଁ ସେହିପରି ଆଶାର ଗତିରୋଧ କରୁଥାଆନ୍ତି। ଆଶା, ଆଶଙ୍କାର ଗୋଡିଆ ଗୋଡି ଖେଳ ମଣିଷର ତ ଗତିରୋଧ କରୁଥାଏ ଆଗକୁ ବଢିବାରେ ସାହାଯ୍ୟ ବି କରୁଥାଏ।

ଠିକ୍ ପରଦିନ ହିଁ ଭାଇ ଭାଇ ଫୋନ୍ କଲେ : "ଆରେ ତୁ ଠୋଙ୍ଗା ଠୋଙ୍ଗା ଚାଲିଗଲୁ; ପଇସାପତ୍ର କିଛି ନେଲୁନି" !

ମୁଁ କହିଲି : "ହଁ ଭାଇ ପଇସାର ଦରକାର ହେଉଛି"।

ଭାଇ କହିଲେ : "ହବ ତ। ଖାଲି ପଇସା ନୁହଁ, ଯିବା ଆସିବା ପାଇଁ ମଟର ସାଇକେଲ୍‌ଟିଏ ବି ଦରକାର ହବ"।

ଟିକେ ଦମ୍ ନେଇ ଭାଇ ପୁଣି କହିଲେ : "ଠିକ୍ ଅଛି, ତୁ କଳସପୁର ଯାଇ ମୋ ସାଙ୍ଗ ଦୀନବନ୍ଧୁ ପତିଠାରୁ ତା' ଗାଡିଟା ନେଇ ଆସିବୁ। ମୁଁ ତା' ସହିତ ଏ ବିଷୟରେ କଥା ହେଇ ସାରିଛି"।

"ହଉ ତେବେ"। ମୁଁ ସମ୍ମତି ଜଣେଇଲି।

ଭାଇ ପୁଣି ଜଣେଇଲେ : "ବାପାଙ୍କ ଆକାଉଣ୍ଟରେ ଦଶ ହଜାର ଟଙ୍କା ଜମା କରିଦେଇଛି। ଦରକାର ବେଳେ ଖର୍ଚ୍ଚ କରିବ"।

ଭାଇ କ'ଣ ଅନ୍ତର୍ଯ୍ୟାମୀ ! ଏ ସବୁ ଦରକାର ବୋଲି ସେ ଜାଣିଲେ କେମିତି ? ନା ଡହରା ଟୁବୁଲା ଭାଇଙ୍କୁ ଫୋନ୍ କରି ଏସବୁ କଥା କହିଛି ! ନିଜ ତରଫରୁ ଭାଇ ଯାହା କହିଲେ ସେଇସବୁ କଥା ତ କାଲି ଟୁବୁଲା କହୁଥିଲା। କଥା କ'ଣ ତେବେ !

ଟୁବୁଲା ପାଖକୁ ଧାଇଁଲି।

ମତେ ଦେଖି ଟୁବୁଲା କହିଲା : "ତତେ ଯା' କଇଥେଲି ତୁ ଯୋଗାଡ କଲୁ" ?

ଟୁବୁଲା ସ୍ୱରରେ ମୁରବୀ ପଣିଆ ଥିଲା।

ମତେ ଲାଗିଲା, ଟୁବୁଲା ମୋ ଉପରେ ରୀତିମତ ମାମଲତି କରିବା ଆରମ୍ଭ କରିଦେଲାଣି। ମନରେ ଟିକେ କ୍ରୋଧ ବି ଆସିଲା। ତେବେ କାମ ତ ମୋର, ତେଣୁ ସାଧାରଣ ଭାବରେ ଟୁବୁଲାକୁ କହିଲି : "ଚାଲ କଳସପୁର ଯିବା। ଦୀନବନ୍ଧୁ ଭାଇଙ୍କ ପାଖରୁ ତାଙ୍କ ମଟର ସାଇକେଲ୍‌ଟା ନେଇ ଆସିବା"।

ଟୁବୁଲା ଡିଆଁଟେ ମାରିଲା : "ଇଏ ହେଲାନା କାମ! ଗାଡି ନ ହେଲେ ମଣିଷ କୁଆଡେ ଯାଇପାରିବ ନା କିଛି କାମ କରିପାରିବ"!

ତରତର ହେଇ ଟୁବୁଲା ଘରୁ ବାହାରି ଆସିଲା। କିଛି ଗୋଟେ ଉତ୍ସବର ଆୟୋଜନ ପରି ତା'ର ଥିଲା ମାନସିକତା।

ମୁଁ ତାକୁ ଜଣେଇଦେଲି: "ବାପାଙ୍କ ଆକାଉଣ୍ଟରେ ଭାଇ ଦଶହଜାର ଡିପୋଜିଟ୍ କରିଦେଇଛନ୍ତି"।

ଟୁବୁଲା ବିରକ୍ତ ହୋଇଗଲା: 'ତୋ ବାପାଙ୍କ ଆକାଉଣ୍ଟ କାଇଁକି! ତୋର ଆକାଉଂଟ ନାଇଁକି" ?

ମୁଁ ପଚାରିଲି : "ବାପାଙ୍କ ଆକାଉଣ୍ଟରେ ପଇସା ଆସିଲେ ଅସୁବିଧା କଣ" ?

"ଗୋଟେ ନୁହଁ ଅନେକ"। ଟୁବୁଲା ହୁଁକାର ମାରିଲା। ପୁଣି କହିଲା : "ଯେତେବେଳେ ଯାହା ଦରକାର ହବ ସେତେବେଳେ କ'ଣ ବାପାଙ୍କ ହାତକୁ ଅନେଇବୁ? ସେମିତି ହେଲେ କାମ ହବନି"। ସେ ଭାରି ରୋକ୍‌ଠୋକ୍ କହିଲା।

ମୁଁ ପଚାରିଲି : "ହବନି ମାନେ" ?

"ଏତିକି ବୁଝୁନୁ! କେତେବେଳେ ସାଙ୍ଗଙ୍କୁ ଭୋଜି ଦେବାକୁ ପଡିବ। ମଦ, ମାଂସ ଆସିବ। ସେ କଥା ତୋ ବାପାଙ୍କୁ କଇଲେ ସେ କ'ଣ ରାଜି ହୋଇଯିବେ"! ଟୁବୁଲା ଯୁକ୍ତି କଲା।

ଏ କଥା ଶୁଣି ମୁଁ ତାଟକା ହୋଇଯାଇ ଟୁବୁଲାର ମୁହଁକୁ ଚାହିଁ ରହିଲି।

ଟୁବୁଲା ବୁଝେଇଲା : "ଏବେ ଯୁଗ ବଦଳିଗଲାଣି। ସମସ୍ତେ ଏୟା କରୁଛନ୍ତି, ତୁ ବି କରିବୁ; ନୂଆ କଥା କଣ"!

ମତେ ଲାଗିଲା, ଟୁବୁଲାର ସାହାଯ୍ୟ ନେଇ ମୁଁ ଭୁଲ୍ କରୁଛି। ଧିରେ ଧିରେ ମୁଁ କେଉଁ ଅର୍ଗଳି ଭିତରେ ପଶି ଯାଉଚି। ଯା' ଭିତରେ ଆମେ କଳସପୁର ପାଖରେ ପହଁଚି ସାରିଥିଲୁ। ମୁଁ ଟୁବୁଲାର ହାତ ଧରିଲି। କହିଲି: "ଚାଲ ଏଇଠୁ ଫେରିଯିବା, ମିଲିଦେଇର ବରଖୋଜା ମୋ ଦ୍ୱାରା ହେଇପାରିବନି"।

ଠୋ ଠୋ ହେଇ ହସିଲା ଟୁବୁଲା: "ଧେତ୍‌ତେରିକି ; ତୋର ଏତିକି ପିତ୍ତ! ସହରରେ ରଉଚୁ, ପାଠ ପଢିଚୁ କିନ୍ତୁ ଧର୍ଯ୍ୟ ଘର ଶୂନ୍"!

ମତେ ଭାରି ରାଗ ଲାଗିଲା। ଅସହାୟ ବି ହେଇଗଲି। ଟୁବୁଲାକୁ

ଯେତିକି ନିରିହ ଭାବିଥିଲି ସେ ସେମିତି ଆଦୌ ନୁହଁ। ବରଂ ତାକୁ ନିରିହ ଭାବିବା ମୋର ଭୁଲ୍ ହୋଇଯାଇଛି। ମୁଁ ଉତ୍ତ୍ୟକ୍ତ ହୋଇଗଲି। କହିଲି: "ତୁ ସୀମା ଟପି ଯାଉଛୁ"।

ଟୁବୁଲା ଆହୁରି ଠୋ ଠୋ ହସିଲା। କହିଲା: "ଆରେ ଜୀବନ ରାସ୍ତାରେ କେତେ କଂଟାଝଂଟା ଆସିବ, ଏଇ ସାମାନ୍ୟ ବାଲି ଗରଡାଟେ ପାଇଁ ତୁ ଇମିତି ଅସ୍ତବ୍ୟସ୍ତ କାଇଁକି ହଉଚୁ"!

ତା' ପରେ ସେ ମୋ ପିଠି ଥାପୁଡେଇ ଦେଲା: "ପାଠ ପଢୁଆ ପିଲାଙ୍କର ପରା ଦସ୍ତୁରୁ ଏୟା; କଥା କଥାକେ ରାଗିଯିବେ! ହଉ ବାବା, ଚାଲ କଳସପୁରରୁ ପ୍ରଥମେ ମଟର ସାଇକେଲଟା ନେଇ ଆସିବା"।

ମୁଁ ଜାଣି ପାରିଲିନି ମୋର କ'ଣ କରିବା ଉଚିତ୍ ହବ। ତେବେ ଟୁବୁଲା କଥାକୁ ଟାଳି ବି ପାରିଲିନି।

ତା' ସହିତ କଳସପୁର ଗଲି।

ଆମ ଘର ଆଗରେ ଥୁଆ ହୋଇଥିଲା, ଦୀନବନ୍ଧୁ ଭାଇଙ୍କ ମଟରସାଇକେଲ। ମୁଁ ତାକୁ ପୋଛାପୋଛି କରି ଚିକ୍କଣ କରୁଥିଲି। ଟୁବୁଲା ମୋ ପାଖରେ ଛିଡା ହୋଇ ଖବରକାଗଜ ଉପରେ ଆଖି ବୁଲାଉଥିଲା। ଗଲା ଆଇଲା ଲୋକ ଆମକୁ ଦେଖୁଥିଲେ। କେହି କେହି ପଦେଅଧେ କଥା ବି ହେଉଥିଲେ। ସେଇଥିରୁ ସେମାନେ ବୁଝୁଥିଲେ ଯେ ମିଲିଦେଇ ର ବାହାଘର ବୁଝାବୁଝି କରିବାକୁ ମୁଁ ଗାଁକୁ ଆସିଛି।

ଧନୀକାକା ପ୍ରସ୍ତାବଟେ ଦେଲେ : "କଲ୍ଲୋଳପାଟଣାରେ ପିଲାଟେ ଅଛି। ଭିଲ୍ଲାଇରେ ରହେ ତା' ବାପା ପାଖରେ। ସେଇଠି କ'ଣ ପଢାପଢି କରିଛି। ଠିକ୍ ଭାବରେ ଓଡିଆ କହିପାରେନି କିନ୍ତୁ ଭଲ ଚାକିରି କରିଛି। ସେଇଠି ବୁଝନ"!

ମୁଁ ବୁଝି ପାରିଲିନି ଏକଥା କିଏ ବୁଝିବ ଆଉ କେମିତି ବୁଝାଯିବ !

ଟୁବୁଲା କଥା ଧରିଲା: "କକେଇ, କେବେ ଯିବା କଉନ" ?

ଧନୀକାକା କହିଲେ : "ଆରେ ଏତେ ବାଟ ମୁଁ କୁଆଡେ ଯିବି ! କଲ୍ଲୋଳପାଟଣା ଏଠାରୁ ଦଶବାର ମାଇଲି ହବ କି କ'ଣ"।

"ହଉ ! ମଟରସାଇକେଲ ପରା ଅଛି" ! ଟୁବୁଲା ଜବାବ୍ ଦେଲା।

"ତାହେଲେ ମତେ ଯିବାକୁ ହବ କହୁଛୁ" ? କକେଇ ପ୍ରଶ୍ନ ଛଳରେ ନିଜର ସମ୍ମତି ଜଣାଇଲେ।

ଏଇ ସମୟକୁ ବାପା ସେଠାରେ ପହଁଚିଯାଇ ଧନୀକକାଙ୍କୁ ଲକ୍ଷ୍ୟ କରି କହିଲେ: "ଧନୀ ! ତୁ ଟିକେ ଏ କାମରେ ମୁଣ୍ଡଲଗା। ତା' ନ ହେଲେ ... ଏ ଛୁଆ ଦି'ଟା ..."। ବାପା ଆଉ କିଛି କହିଲେ ନାହିଁ।

ବାହାର ଲୋକଙ୍କ ସହିତ ବାପା ଏମିତି ହିଁ କଥା ହୁଅନ୍ତି। କାରଣ ନ ଥିଲେ ତ କିଛି ବି କହନ୍ତି ନାହିଁ। ନିହାତି ଆବଶ୍ୟକ ପଡିଲେ ଏଇପରି ଖଣ୍ଡ ବାକ୍ୟରେ କାମ ଚଳେଇ ନିଅନ୍ତି। ତା' ସହିତ ବାପା ଜଣେ ସଚ୍ଚୋଟ ଆଉ ନିଷ୍ପାପର ପୋଷ୍ଟମାଷ୍ଟର ଥିବାରୁ ଲୋକେ ତାଙ୍କର କଥା କହିବାର କମିପଣିଆକୁ ଅଣଦେଖା କରନ୍ତି। ତେବେ ବେଶ୍ ସମ୍ମାନ ଆଉ ଆଦର ବି କରନ୍ତି ବାପାଙ୍କୁ। ତେଣୁ ଧନୀକାକା ଖୁସି ହେଇଯାଇ କହିଲେ : "ହଁ ଭାଇ ; ମିଳି କଣ ଆଉ ମୋ ଝିଅ ନୁହଁ" !

ଧନୀକାକା ଆଉ ବାପାଙ୍କର ଏଇ କଥୋପକଥନ ଭିତରେ ଟୁବୁଲା ମତେ କହିଲା : "କାମ ଆରମ୍ଭ ହୋଇଗଲା ବୋଲି ଜାଣ। ଚାଲ ଆମେ ଗାଧେଇ ପଡିବା। ଧନୀକାକା ଭାରି ତୁରୁତୁରିଆ। ଦଶ ମିନିଟ୍ ଭିତରେ ଜାମାଯୋଡ ହେଇ ଦୁଆରେ ଛିଡା ହେଇ, ଡେରି ହୋଇଗଲା ବୋଲି ହୁରି କରିବେ" !

ଆମେ ଦୁହେଁ ଗାଁ ମୁଣ୍ଡର ବଡ ପୋଖରୀକୁ ଗାଧେଇବା ପାଇଁ ଖସି ଆସିଲୁ।

ଏଇ ହେଉଛି ସେଇ ପୋଖରୀ, ଯାହାର କୂଳରେ ଥିବା ବିରାଟ ଚାଖୁଣ୍ଡା ଗଛର ଛାଇରେ ପୋଖରୀର ପାଣି ସଦା ଶୀତଳ ରହେ। ଗଛ ଡାଳରେ କେତେବେଳେ କାଉ ତ କେତେବେଳେ ବଗ ବସନ୍ତି। ବଣି, ଚିଲ, ପାରାମାନେ ବି ବସନ୍ତି। ଡାଳରେ ବସି ପାଣିରେ ମଳତ୍ୟାଗ କରନ୍ତି।

ତାଙ୍କର ମଳମିଶା ପାଣିରେ ଆମେ ପହଁରୁ, ଗାଧୋଉ ଆଉ ବାକି ଜିନିଷ ଧୁଆଧୋଇ ବି କରୁ।

ପୋଖରୀ କୂଳରେ ପହଁଚି ଘାଏଁ କରି ଡିଆଁଟେ ମାରିଲି ପାଣି ଭିତରକୁ। ମୋ ପଛକୁ ଟୁବୁଲା। ପାଣିରେ ବୁଡିକରି ଗାଧୋଇବାର ମଜା କିଛି ଅଲଗା। ପହଁରା ଲଗାଇଲି, ଏ କୂଳରୁ ଆର କୂଳକୁ, ପୁଣି ଆର କୂଳରୁ ଏ କୂଳକୁ। ମୋ ସାଙ୍ଗରେ ଟୁବୁଲା ବି।

ଏମିତି ପହଁରୁ ପହଁରୁ ସମୟ କେତେବେଳେ ଯେ ଅଧିକ ହେଇଗଲାଣି ଆମେ ଜାଣି ପାରିଲୁନି। ବାପା ଆସି ପୋଖରୀ ପାଖରେ ପହଁଚିଗଲେ। ତା' ପରେ ପ୍ରତିକ୍ରିୟା ଦେଲେ: "ଓଃ ଏଇ କାମ କରିବାକୁ ତେବେ ତୁ ଗାଁକୁ ଆସିଛୁ"!

ବାପାଙ୍କର ଏଇଟା ଗୋଟେ ବିଶେଷ ଗୁଣ, ସେ କେବେ ବି ଆମ ଭାଇ ଭଉଣୀକୁ ନାମ ଧରି ଡାକନ୍ତିନି କି କୌଣସି କାମ ସମ୍ପର୍କରେ ସିଧାସଳଖ ବି କହନ୍ତି ନାହିଁ।

ଆମେ ତରବର ହୋଇ ପାଣିରୁ ବାହାରି ଆସିଲୁ। ବାପା ଆମ ଆଗେ ଆଗେ ଚାଲିଥାଆନ୍ତି, ପଛରେ ଆମେ ଦୁହେଁ। ରାସ୍ତାରେ ଟୁବୁଲାକୁ କହିଲି : "ତୁ ଖାଲି ପ୍ୟାଂଟ୍‌ସାର୍ଟ ପିନ୍ଧି ପଳେଇଆ'। ସାଙ୍ଗ ହୋଇ ଆମ ଘରେ ଖାଇବା"।

ଟୁବୁଲା ରାଜି ହେଇଗଲା। ଖୁସି ବି ହେଲା।

ଜଳଖିଆ ବଢାବଢି ହେବାବେଳକୁ ଟୁବୁଲା ଆମଘରେ ହାଜର।

ବୋଉ, ଆମ ପାଇଁ ଚକୁଳିପିଠା, ଆଳୁ-ବାଇଗଣର ଭଜା ନେଇ ଆସିଲା। ଥାଳିକଡରେ ମିଲିଦେଇ ଗୁଡ ଟିପେ ଲେଖା ଥୋଇଲା।

ଧନୀକାକା ପ୍ରତିବାଦ କଲେ : "ଏତେ ସବୁ କ'ଣ ଦରକାର ଥିଲା"!

ବୋଉ କହିଲା : "କୋଉ ସବୁଦିନେ ଦଉଚି। ଦିନେ ଅଧେ କଥା ତ"!

ତା'ପରେ ବୋଉ ସାକୁଲାଇ ହେଲା : "ଧନୀ, ପଚରା ପଚିରି କରି ତମେ ସବୁ କଥା ବୁଝିବ। ତମ ଭାଇଙ୍କର ତ କୋଉ କଥାକୁ ଆଗ୍ରହ ନାହିଁ। ଏ ଛୁଆଟା ଆଇଚି ... ସେ କଣ ଜାଣିଚି ଯେ ..... କଣ କରିବ"!

ଧନୀକାକା ଆଶ୍ୱାସନା ଦେଲେ: "ସେ କ'ଣ କରିବ ନା ମୁଁ କ'ଣ କରିବି ନା ଆଉ କିଏ କଣ କରିବ! ସବୁ ଈଶ୍ୱରଙ୍କ ହାତରେ, ତାଙ୍କୁ ଡାକ, ଯାହା ହବାର ଥିବ ସେ ହିଁ କରିବେ"।

ଟୁବୁଲା କହିଲା: "ମୁଁ ଗାଡି ଚଲଉଚି। ଧନୀକାକା ମଝିରେ ବସନ୍ତୁ। ତୁ ପଛକୁ ବସ"।

ମୁଁ ରାଜି ହେଇଗଲି।

ଧନୀକାକା କିନ୍ତୁ ଅବିଶ୍ୱାସ କଲେ। ଟୁବୁଲାକୁ ପଚାରିଲେ : "ତୁ କ'ଣ ଚଲେଇ ପାରିବୁ"?

ଟୁବୁଲା କିଛି କହିଲାନି। ମୋ ହାତରୁ ଚାବି ନେଇ ଗାଡି ଷ୍ଟାର୍ଟ କଲା। ଧନୀକାକା ଧୋତି କଛାକୁ ପକେଟରେ ପୁରାଇ ଟୁବୁଲା କାନ୍ଧକୁ ଧରି ତା' ପଛକୁ ବସିଗଲେ। ତାଙ୍କ ପଛକୁ ମୁଁ ବସିଲି।

ସୁଦକ୍ଷ ଡ୍ରାଇଭରଟିଏ ପରି ଟୁବୁଲା ଆମକୁ ଘଣ୍ଟାକରେ ନେଇ କଲ୍ଲୋଳପାଟଣାରେ ପହଁଚାଇ ଦେଲା।

ଆମେ ଯାଉଥିବା ଖବର, ଆଗତୁରା ଫୋନ୍ ଦ୍ୱାରା ଧନୀକାକା ଜଣେଇଦେଇ ଥାଆନ୍ତି। ତେଣୁ ସବୁକିଛି ଆୟୋଜନ କରି ସେମାନେ ଆମକୁ ପ୍ରତୀକ୍ଷା କରିଥାଆନ୍ତି। ଆମେ ପହଁଚିବାରୁ ଗୋଡ, ହାତ ଧୁଆଧୋଇ ହେବାକୁ ଆମକୁ ପାଣି ଯୋଗାଇ ଦିଆଗଲା।

ପାଣି ଢାଳଟେ ନେଇ, ଧନୀକାକା ବଡ ଯତ୍ନ ସହକାରେ ଗୋଡ ଧୋଇବା ଆରମ୍ଭ କଲେ। କେହି ଜଣେ ଆମ ଦୁଇଜଣଙ୍କୁ ବି ଧୋଇ ହେବାକୁ କହିଲେ।

ଟୁବୁଲା କହିଲା : 'ଆମେ ତ ଗାଡିରେ ଆଇଲୁ, ଧୁଆଧୋଇରେ କ'ଣ ଦରକାର'!

ମତେ କେଜାଣି କାହିଁକି ଭାରି ଅଖାଡୁଆ ଲାଗୁଥାଏ। କୌତୂହଳ ଯୋଗୁଁ ମୁଁ ଖାଲି କୁନୁକୁନୁ ହେଉଥାଏ।

ଆମକୁ ନେଇ ଗୋଟେ ବଖରାରେ ବସାଇ ଦିଆଗଲା। ସେମାନଙ୍କ ଘର ଲୋକଙ୍କ ସହ ଧନୀକାକା ଭଲମନ୍ଦ କଥା ହଉଥାଆନ୍ତି। ଟୁବୁଲା ତା' ମୋବାଇଲିରେ କାହାସହ କଥା ହଉଥାଏ ଏବଂ ଅମାନିଆ ଷଣ୍ଢଟେ ପରି ମଝିରେ ମଝିରେ ଉଠିଯାଇ ସେ ଭଦ୍ର ଲୋକଙ୍କ ଦାଣ୍ଡବାରି ବୁଲୁଥାଏ।

ବୁଢୀଟିଏ ଆସି ପଚାରିଲା: "ଝିଅର ଭାଇପରା ଆଇଚି, ସେ କିଏ"?

ଧନୀକାକା ମତେ ଚିହ୍ନାଇଦେଲେ।

ବୁଢୀ ମତେ ଟିକେ ଚାହିଁଲା। ତା' ପରେ ମୋ ପାଖକୁ ଆସି ଦେହମୁଣ୍ଡ

ଆଉଁଶି ପକାଇଲା। "ଈଶ୍ୱର ତୋର ମଙ୍ଗଳ କରନ୍ତୁ"। ବୁଢ଼ୀ ମନକୁ ମନ ମତେ ଆଶୀର୍ବାଦ ଦେଲା।

ଖୁବ୍ କମ୍ ସମୟ ମଧ୍ୟରେ, ଆମକୁ ପର୍ଯ୍ୟାୟକ୍ରମେ, କୋଲଡ୍ରିଙ୍କସ୍, ଜଳଖିଆ, ଚା' ଆଦି ପରଶି ଦିଆଗଲା। ସେ ସବୁ ପର୍ବ ସରିବା ପରେ ଧନୀକାକା ପ୍ରସ୍ତାବ ଦେଲେ: "ଏଥର ପିଲାକୁ ଡାକ"।

"ହଁ ହଁ"। ତାଙ୍କ ତରଫରୁ ଯୋଗାଯୋଗ କରୁଥିବା ଭଦ୍ରବ୍ୟକ୍ତି କହିଲେ। ସେ ପୁଣି ଆଉ ଜଣଙ୍କୁ ନିର୍ଦ୍ଦେଶ ଦେଲେ : "ଆରେ, ନୃସିଂହକୁ ଡାକ"।

ମତେ ଗୋଟେ କେମିତି କେମିତି ଲାଗୁଥାଏ। କିଛି ନ ଜାଣିବା ପରି ଚୁପ୍‌ଚାପ୍ ମୁଁ ଧନୀକାକାଙ୍କ ପାଖରେ ବସିଥାଏ। ସବ୍‌ଜାନ୍‌ତା ପରି ଟୁବୁଲା ଯେତେବେଳେ ଯାହା ପାରିଲା କହି ପକାଉଥାଏ।

ଟୁବୁଲା ଚୁପ୍‌ଚୁପ୍ ଧନୀକାକାଙ୍କୁ ପଚାରିଲା: "ସେ ପିଲା ସଇତ ତେମେ କଥା ହବ ନା ମୁଁ ହେମି" ?

ଧନୀକାକା କିଛି ଜବାବ୍ ଦେବା ପୂର୍ବରୁ ନୃସିଂହ ନାମକ ସେ ପିଲାଟି ପହଁଚିଗଲା। କାଳିଆ, ମୋଟା, ଉଚ୍ଚତା ପାଂଚ ଫୁଟ ଚାରି ଇଂଚ ପରି। କିନ୍ତୁ ବ୍ୟକ୍ତିତ୍ୱର ଗୋଟେ ପ୍ରଭାବ ଅଛି, ଆଖିର ବି ଚମକ ଅଛି। ସେ ଘର ଭିତରକୁ ପଶିଆସି ନମସ୍କାର କରି ଚୁପ୍‌ଚାପ୍ ଛିଡା ହେଲା।

ଧନୀକାକା କହିଲେ : "ବସ, ବାପା ବସ"।

ନୃସିଂହ ବାଧ୍ୟ ଛାତ୍ରଟି ପରି ତାଙ୍କ ପାଇଁ ପଡିଥିବା ଚେୟାର ଉପରେ ବସି ପଡିଲା।

ମୋ ପାଇଁ ଏମିତି ଘଟଣାସବୁ ନୂଆ। ମୁଁ କେବଳ ଧନୀକାକା, ଟୁବୁଲା ଆଉ ନୃସିଂହଙ୍କୁ ଦେଖୁଥାଏ।

କେଇ ମୁହୂର୍ତ୍ତର ନୀରବରେ ବିତିଗଲା। ଟୁବୁଲା ଅପେକ୍ଷା କରିଥାଏ, ଧନୀକାକା କଥା ଆରମ୍ଭ କରିବେ। ସେମିତି ଧନୀକାକା ବି ଟୁବୁଲାକୁ ଅପେକ୍ଷା କରିଥାନ୍ତି।

ନୃସିଂହ ବୋର ହେଇଗଲା କି କ'ଣ ଆଙ୍ଗୁଠି ଫୁଟାଇବା ଆରମ୍ଭ କଲା।

ମତେ ଚାହିଁ ଧନୀକାକା କହିଲେ: "ପଚାରୁନୁ କ'ଣ ପଚାରିବୁ"।

ମୁଁ ଆବାକାବା ହେଇଗଲି, ଧନୀକାକା, ଟୁବୁଲା ଥାଉ ଥାଉ ମୁଁ ବା କିଏ!

ଟୁବୁଲା କହିଲା : "ସେ କ'ଣ ପଚାରିବ? ତମେ ପଚାରୁନ"!

ସଜାଡି ହେଇ ବସିଲେ ଧନୀକାକା। ପଚାରିଲେ : "ତମ ନା' କଣ"?

"ନୃସିଂହ ..ନୃସିଂହ ରାଉଲ୍"। ନୃସିଂହ ହିନ୍ଦୀ ଉଚ୍ଚାରଣରେ ଉତ୍ତର ରଖିଲା।

"ତମ ବାପାଙ୍କ ନା"? ଧନୀକାକାଙ୍କ ଦ୍ୱିତୀୟ ପ୍ରଶ୍ନ।

"ବିରଂଚି ନାରାୟଣ ରାଉଲ୍" । ନୃସିଂହର ଦ୍ୱିତୀୟ ଉତ୍ତର ।

କାଲା ସହିତ କଥା ହେବା ପରି ଧନୀକାକା ବଡ ପାଟିରେ ପଚାରିଲେ : "ତମେ କେତେ ଯାଏ ପଢିଛ"?

ଅଧିକାଂଶ ଲୋକଙ୍କୁ ଭାଷା ନଖାପିଲେ ଏମିତି ବଡ ପାଟିରେ ହିଁ କଥା କହନ୍ତି। ଧନୀକାକା ବି ସେପରି କଲେ। ନୃସିଂହ କିନ୍ତୁ ଏଥର ଇଂରାଜୀ ମିଶା ହିନ୍ଦୀରେ ଉତ୍ତର ଦେଲା : "ପି.ଜି. କମ୍ପଲିଟ୍ କିୟା ହୁଁ" ।

ଧନୀକାକା ଦେଖିଲେ ସେ ଆଉ ଆଗକୁ ବଢିପାରିବେନି। ଟୁବୁଲାକୁ ଚାହିଁ କହିଲେ: "ତୁ କଥା ହଉନୁ"!

ଟୁବୁଲା ଯେମିତି ଏପରି ସୁଯୋଗକୁ ଅପେକ୍ଷା କରିଥିଲା। ସଙ୍ଗେ ସଙ୍ଗେ ସେ ତା' ଭୂମିକା ଆରମ୍ଭ କରିଦେଲା : "ତେମେ କିୟା କରତା ହେ"?

ମତେ ଭାରି ହସ ଲାଗିଲା। ନୃସିଂହକୁ ବି। ସେ ଅଳ୍ପ ହସି ଉତ୍ତର ରଖିଲା : "ନୈକିରୀ। ରାଜଧାନୀ ଷ୍ଟିଲସ୍ ମେଁ ମ୍ୟାନେଜର୍ ହୁଁ" ।

ଟୁବୁଲାର ଆଉ କାତ ପାଇଲାନି। ଓଡିଆରେ ହେଇଥିଲେ ସେ କେତେ କ'ଣ କଥା ହେଇଥାଆନ୍ତା। କିନ୍ତୁ ହିନ୍ଦୀ ତା' ଆୟତର ନୁହଁ। ଟିଭିରୁ ଶୁଣି ଯେତିକି ଶିଖିଥିଲା, ସେଇଥିରେ ଜଖମ ବାକ୍ୟଟିଏ କହିଦେଲା। ତା ପରେ ସେ ଚୁପ୍ ହୋଇଗଲା।

ଟୁବୁଲା ଚୁପ୍ ହେଇଯିବାରୁ ଧନୀକାକା କହିଲେ : "ଆରେ ଓଡିଆରେ ପଚାରୁନୁ; ସେ ତ ଓଡିଆ ବୁଝୁଛନ୍ତି"।

ଟୁବୁଲା କିଛି କହିଲାନି।

ଧନୀକାକା, ନୃସିଂହକୁ କହିଲେ : "ହଉ ବାବା ତମେ ଯାଅ"।

ନୃସିଂହ ଚାଲିଗଲା। ତା' ଚାଲିରେ ଗୋଟେ ଗଡ ବିଜୟର ଠାଣିଥିଲା।

ଯୋଗାଯୋଗ କରୁଥିବା ଭଦ୍ରବ୍ୟକ୍ତି ଜଣଙ୍କ ପଚାରିଲେ : "ଏଥର କୁହନ୍ତୁ ତା' ପରେ କଣ କରିବା"?

ତାଙ୍କ ପ୍ରଶ୍ନ ସରିଛି କି ନାହିଁ ଧନୀକାକା ମତେ ପଚାରିଲେ : "କ'ଣ କରିବା କିରେ"!

ଟୁବୁଲା ଜବାବ୍ ଦେଲା : "ସେ କ'ଣ କଇବ ! ତମେ କଉନ" !

ଧନୀକାକା ଟିକେ ଚିନ୍ତା କଲେ । ତାପରେ ଭଦ୍ର ଲୋକଙ୍କୁ କହିଲେ : "ମତେ ପାଂଚ ମିନିଟ୍ ସମୟ ଦିଅନ୍ତୁ, ମୁଁ ଟିକେ ପିଲାଙ୍କ ସହ କଥା ହୁଏ" ।

"ଠିକ୍ ଅଛି ଆପଣ କଥା ହୁଅନ୍ତୁ, ମୁଁ ଦଶ ମିନିଟ୍ ପରେ ଆସୁଛି" । ଏହା କହି ଭଦ୍ରଲୋକ ଉଠିଗଲେ ।

ଧନୀକାକା ପଚାରିଲେ : "ଆରେ ମଣ୍ଟୁ ! ପିଲା ତୋ ମନକୁ ପାଇଲା ତ" ?

ମନକୁ ନପାଇବାର କିଛି ନଥିଲା । ମିଲିଦେଇ ପାଇଁ ବରଂ ଯଥେଷ୍ଟ ଭଲଥିଲା ବୋଲି ମୋ ମନ କହୁଥିଲା । ତଥାପି ମୁଁ କହିଲି : "ତମେ କହୁନ କାକା" ।

" ମତେ ତ ଠିକ୍ ଠାକ୍ ଲାଗୁଚି । ଟୁବୁଲା କିଛି କହିବୁ କିରେ" । ନିଜର ମତ ରଖି ସାରିବା ପରେ ଧନୀକାକା ଟୁବୁଲାର ମତ ଜାଣିବାକୁ ଚାହିଁଲେ ।

ଟୁବୁଲା ବି ଏକମତ ହେଲା । କହିଲା : "ଟୋକା ବିଲ୍‌କୁଲ୍ ଠିକ୍ ଅଛି, ମିଲିଦେଇ ଭାଗ୍ୟରେ ଥିଲେ ହେଲା" !

ଧନୀକାକା ଖୁସି ହୋଇଗଲେ । ଭଦ୍ର ଲୋକଙ୍କୁ ଡକାଇ ପଠାଇଲେ ।

ଭଦ୍ରଲୋକ କହିଲେ : "କୁହନ୍ତୁ କ'ଣ କହିବେ ଆପଣ" ?

"ଆମେ ଆଉ କ'ଣ କହିବୁ ! ବରଂ ଆପଣ କୁହନ୍ତୁ ଝିଅ ଦେଖିବାକୁ କେବେ ଆସିବେ" ? ଧନୀକାକା ଉତ୍ତର ଦେଲେ ।

ଭଦ୍ରଲୋକ କହିଲେ : "ଠିକ୍ ଅଛି, ମୁଁ କଥାବାର୍ତ୍ତା କରି, ଦିନବାର ସ୍ଥିର କଲେ ଆପଣଙ୍କୁ ଜଣେଇବି" ।

ଆମେ ଫେରିଆସିଲୁ କିଛି ଗୋଟେ ବଡ ବିଜୟର ଖୁସି ନେଇ ।

ଗାଁ ମୁଣ୍ଡରୁ ପାଞ୍ଚଟା ଘର ଛାଡି ଟୁବୁଲାର ଘର । ତା ପରେ ଆଉ ଛ'ଟା ଛାଡି ଧନୀକାକାଙ୍କ ଘର । ସେଉଠୁ ଆଉ ଆଠଟା ଘର ଛାଡିଦେଲେ ଆମଘର । ଗାଁଟା ଦି'ସାରିଆ । ଜଣେ ଗୋଟେ ମୁଣ୍ଡରୁ ପଶିଗଲେ ଆରମୁଣ୍ଡରେ ବାହାରିବ ।

ତେବେ ଆମ ଘର ଆଗକୁ ଭାଗବତ ଗୋସେଇଁଙ୍କ ମଠ ଥିବାରୁ ଦାଣ୍ଡଟା ଅପେକ୍ଷାକୃତ ଚଉଡା। ମଠର ନିଜସ୍ୱ ବାରିରେ ନାନା ଜାତିର ଗଛ। ତେଣୁ ସେ ଜାଗାଟା ଅନେକଙ୍କୁ ଭଲ ଲାଗେ।

ମୋର ଇଚ୍ଛା ଥିଲା ଗାଁରେ ପହଁଚି ସେଇ ମଠରେ ମୁଁ, ଟୁବୁଲା ସହିତ କିଛି ସମୟ ବିତାଇବି। ମୋ ଉପରେ ଥିବା ଦାୟିତ୍ୱର ପ୍ରଥମ ପାହଚ୍ଛ ସଫଳତାର ସହ ଅତିକ୍ରମ କରିଯିବାର ଖୁସିକୁ ମୁଁ ଟୁବୁଲା ସହ ବାଂଟିବି। ତା' ସହିତ ନୃସିଂହ ଘରେ କେତୋଟି କୌତୁହଳପୂର୍ଣ୍ଣ ଦୃଶ୍ୟ ବି ମୋ ଆଖିରେ ପଡିଥିଲା। ସେ ସଂପର୍କରେ ବି ତା'ସହ ଆଲୋଚନା କରିବି। ଅଥଚ ଗାଁ ଭିତରକୁ ପଶିବା ପୂର୍ବରୁ ଗୋଟେ ବଡ ଚାଖୁଣ୍ଡା ଗଛର ଛାଇରେ ଟୁବୁଲା ମଟର ସାଇକେଲକୁ ଛିଡା କରିଦେଇ କହିଲା : "ମୋର ଟିକେ କାମ ଅଛି, ତେମେ ଦି'ଜଣ ଯା"।

କିଛି ନ କହି ମୁଁ ଓହ୍ଲାଇ ପଡିଲି। ମୋ ପଛେପଛେ ଧନୀକାକା।

ଟୁବୁଲା କେମିତି ବ୍ୟସ୍ତବ୍ୟସ୍ତ ଲାଗୁଥିଲା। ଆମଠୁ ଦୂରେଇ ଯିବାକୁ ସେ ତରତର ହେଲାଭଳି ତା' ଆଚରଣରୁ ବୁଝା ପଡୁଥିଲା।

ଧନୀକାକା କହିଲେ : "ଚାଲ ଯିବା। ତା'ର ଏବେ କ'ଣ ଅଲଗା ଯୋଜନା ଥିବାଭଳି ଲାଗୁଚି"।

ମୁଁ ମଟର ସାଇକେଲର କିକ୍ ମାରିଲି। ଧନୀକାକା ମୋ ପଛରେ ବସିଲେ। କହିଲେ : "ସିଧା ତମ ଘରକୁ ପଳେଇ ଚାଲ୍, ସେଇଠି ତମ ଘରେ ବସି କଥାବାର୍ତ୍ତା ହବା"।

ଘର ପାଖରେ ଗାଡି ପହଁଚିବା ମାତ୍ରେ ପ୍ରଥମେ ବୋଉ ବାହାରି ଆସିଲା। ତା' ପଛେ ପଛେ ବାପା।

ସେମିତି ବି ସେମାନେ ଆଗପଛ ହେଇ ଧନୀକାକାଙ୍କ ସହ ଭିତରକୁ ଗଲେ।

ଦହି-ଗ୍ଲାସଟେ ଧନୀ କାକାଙ୍କ ହାତକୁ ବଢେଇ ଦେଇ ବୋଉ କହିଲା : "କୁହ ଧନୀ, କ'ଣ ଦେଖିଲ" ?

ଧନୀକାକା କହିଲେ : "ଏଥିରେ କହିବାର କ'ଣ ଅଛି ! ପିଲା ତ ପାଠ ପଢିଛି, ଭଲ ଚାକିରୀ ବି କରିଛି । ଗାଁରେ ଘରବାଡି ସବୁତ ଅଛି, ଆଉ ଅସୁବିଧା କ'ଣ ! ତାଙ୍କୁ ଆସିବାକୁ ବି କହି ଆସିଲି"।

ବୋଉ ଲୁଗାକାନିରେ ମୁହଁ ପୋଛିଲା। ଶୂନ୍ୟକୁ ପ୍ରଣାମଟିଏ କରି କହିଲା : "ସବୁ ତାଙ୍କରି ଇଚ୍ଛା"।

ବାପା ପଚାରିଲେ : "ପାଠ କ'ଣ ପଢିଛି ? କି ଚାକିରି" ?

"କେଜାଣି ? ସେ ବିଷୟରେ ମଂଟୁ କହିବନି କି! ସେ ତ ବୁଝାବୁଝି କରୁଛି, ତାକୁ ପଚାର"। ଧନୀକାକା ନିଜ ଉପରୁ ଦାୟିତ୍ୱ ଖସାଇ ଦେଲେ।

ସେଇଠି, ପାଖରେ ମୁଁ ଛିଡା ହୋଇଥିଲି, ଅଥଚ କେହି ମତେ କିଛି ପଚାରିଲେ ନାହିଁ। ସେମାନଙ୍କ ଭିତରେ ଗପ ଚାଲୁ ରହିଲା।

ମୁଁ ଯାଇ ପୁଣି ଖଟ ଉପରେ ଗଡି ପଡିଲି, ମତେ ନିଦ ବି ହେଇଗଲା।

କେତେବେଳକେ ଦେଇ ଆସି ଡାକିଲା : "ଖାଇବୁ ଉଠ୍"।

ମୁହଁହାତ ଧୋଇ ଆସିଲା ବେଳକୁ ଦେଖିଲି, ତିନି ଯାଗାରେ ଭାତ ବଢା ହେଇ ତିନୋଟି ଆସନ ପଡିଛି। ମୁଁ ଗୋଟିଏ ଆସନରେ ବସିଗଲି। ପରେପରେ ବାପା ଏବଂ ଧନୀକାକା ଆସି ବସିଲେ।

ଖାଇବା ପାଖରେ ବି ଧନୀକାକାଙ୍କ ଗପ ଲମ୍ବିଥାଏ। ତେବେ ତାହା ଦେଇର ବାହାଘର ବିଷୟ ନୁହେଁ ଅନ୍ୟ କେଉଁ କଥା। ବାପା ଶୁଣୁଥାଆନ୍ତି କିନ୍ତୁ କିଛି କହୁନଥାନ୍ତି। ବୋଉ ମଝିରେ ମଝିରେ ପ୍ରଶ୍ନ ପଚାରୁଥାଏ ଅଥବା କଥାରେ କଥା ଯୋଡୁଥାଏ। ଦେଇକୁ ବୋଧେ ଭଲ ଲାଗୁଥାଏ ଧନୀକାକାଙ୍କର କଥା। କାରଣ ତା' ଚାଲି ଚଳଣିରେ ବି ଖୁସିର ଆଭାସ ମିଳୁଥାଏ। ଗୁଣ୍ଡୁଚିଟେ ପରି ସେ ଆମ ଥାଳି ପାଖରେ ଲଙ୍କା, ଲୁଣ, ଲେମ୍ବୁ ରଖୁଥାଏ ତ ପାଣିଗ୍ଲାସ ବି ସଜାଡୁଥାଏ।

ମୁଁ କାନେଇଲି, ଆଗ୍ରହ ବି ନେଲି ଧନୀକାକା କ'ଣ କହୁଛନ୍ତି ଶୁଣିବାକୁ ।

ଧନୀକାକା କହୁଥାଆନ୍ତି : "ବୁଝିଲ ନୂଆଉ ! ସେତେବେଳକୁ ମତେ ସବୁ ଅନ୍ଧାର ଦିଶୁଥାଏ। ମୀନୁ ଆଉ ବଂଚିବ, ସେ ଆଶା ବି ମୋର ନଥାଏ। ଆଳିର ଶର୍ମ୍ମା ଡାକ୍ତର କହିଲା ତାକୁ କଟକ ନେଇ ଯା'। ମୋ ପାଖରେ ପଇସା କାଇଁ ଯେ ତାକୁ କଟକ ନେବି ! ଅଭିରାମଙ୍କ ଫଟୋତଳେ ନମ୍ ହୋଇ ପଡ଼ିଗଲି, ତୁ ରଖିଲେ ରଖିବୁ ଠାକୁର ... ସବୁ ତୋରି ଖେଳ" !

ବୋଉ ଶୂନ୍ୟକୁ ହାତ ଟେକି ପ୍ରଣାମ କଲା।

ବୋଉ, ଦେବାଦେବୀ, ବାବା ମାତାଙ୍କୁ ଖାଲି ବିଶ୍ୱାସ କରେନି, ଡରେବି।

ତେଣୁ ସେମାନଙ୍କ ପ୍ରସଙ୍ଗରେ କଥା ହେଉଥିବାବେଳେ ବିଶେଷ ମୂହୁର୍ତ୍ତ ଆସିଗଲେ ବୋଉ ଏଇମିତି ହିଁ ଆଚରଣ କରେ।

ଧନୀକାକା ଆହୁରି ତେଜିୟାନ ହୋଇଗଲେ। ବାପାଙ୍କୁ ଚାହିଁ କହିଲେ : "ତମେ ବିଶ୍ୱାସ କର ଭାଇ, ଘଣ୍ଟାକ ଭିତରେ ଜଣେ ଲୋକ ଆସି ଦୁଆରେ ଡାକିଲା - ଘରେ କିଏ ଅଛ ପାଣି ମୁନ୍ଦେ ଦବ" !

ମୋ ସ୍ତ୍ରୀ ପାଣି ଗ୍ଲାସଟେ ନେଇ ବାହାରକୁ ଗଲା।

ଡେଙ୍ଗା, କଳା ମଣିଷ ଜଣେ। ମୁଣ୍ଡଟା ଚନ୍ଦା, କାନ ପାଖ ଅଂଚଳରେ ଧଳାକେଶ। ଠେଙ୍ଗା ଖଣ୍ଡେ ଧରିଚି। ମୋ ସ୍ତ୍ରୀକୁ ପଚାରିଲା - 'ଝିଅକୁ ପରା ଜର ହେଇଛି; ଏଇ ଗ୍ଲାସେ ପାଣିରେ କ'ଣ କାମ ଚଳିବ' !

ଇଏ ଘରକୁ ଫେରିଆସି ପିତଳ ଡାଲରେ ଡାଳେପାଣି ନେଇ ଗଲା।

ଏତେ ବଡ ଡାଲଟାକୁ ଉପରକୁ ଟେକି ଲୋକଟା କେଇ ଢୋକ ପାଣି ପିଇଲା। ତା ପରେ କହିଲା - ନିଏ ମା' ଏଇ ଯେଉଁ ବଳକା ପାଣି ଅଛି, ସେଇଥିରେ ଝିଅକୁ ଗାଧେଇ ଦେ'।

ଏ ମତେ ଆସି କହିଲା। ଆମେ ଦୁହେଁ ସାଙ୍ଗ ହୋଇ ଦୁଆରକୁ ଗଲାବେଳକୁ କେହି କୁଆଡେ ନାହିଁ।

ଧନୀକାକା ନିଜ କଥାରେ ନିଜେ ଚମତ୍କୃତ ହେଇଗଲା ପରି ଦିଶିଲେ। ବାପା ବାଗେଇ ହେଇ ବସିଲେ। ବୋଉ ଲୁଗା କାନିରେ ଆଖି ପୋଛିଲା। ଦେଇ ଆହୁରି ଆଗ୍ରହରେ ଧନୀକାକାଙ୍କୁ ଅନେଇ ରହିଲା। କିନ୍ତୁ କେଜାଣି କାହିଁକି ମତେ ପରିବେଶ ଭାରୀ ନାଟକୀୟ ମନେହେଲା। ସେତେବେଳକୁ ମୁଁ ଖାଇବା ଶେଷ କଲିଣି। ହାତ ଧୋଇବା ବାହାନାରେ ମୁଁ ସେଠୁ ଉଠି ଆସିଲି।

ବାରିପଟରେ ହାତ ଧୋଇଲି। ଇସାରାରେ ଦେଇକୁ ଡାକିଲି। ଧନୀକାକାଙ୍କୁ ମୁଗ୍ଧ ହେଇ ଶୁଣିଥିବା ଦେଇ ବିରକ୍ତି ହେବାପରି କହିଲା : "ରହ ଟିକେ" !

ଧନୀକାକାଙ୍କ ଗପ ଚାଲିଥାଏ: "କ'ଣ କହିବି ନୂଆଉ ! ଯେମିତି ସେ ପାଣିରେ ଆମେ ତାକୁ ଗାଧୋଇ ଦେଉଚୁ, ମୀନୁ ଖାଲି ଥରିଲା। ମୁଁ ପୁଣି ଯାଇ ଅଭିରାମଙ୍କ ଆଗରେ ଶୋଇଲି- 'ଠାକୁର ! ମୋ ଛୁଆକୁ ବଂଚାଅ ଠାକୁର' ! ତା' ପରେ ମୀନୁର ଥରିବା ବନ୍ଦ ହେଇଗଲା। ଘଣ୍ଟାକରେ ସେ ଠିକ୍"।

ମୁଁ ଦୂରରୁ ଲକ୍ଷ୍ୟ କରୁଥାଏ, ଧନୀକାକାଙ୍କ ଏ ଶେଷ ବାକ୍ୟରେ ସମସ୍ତେ ଯେପରି ଆଶ୍ୱସ୍ତ ହେଇଗଲେ।

ଧନୀକାକା କହିଲେ : "କୁହ ନୂଆଉ, ଠାକୁର ଆଉ ଦେବାଦେବୀ ନାହାନ୍ତି ତ ଏସବୁ ହଉଚି କେମିତି ? ସଂସାର ଚାଲିଛି କେମିତି ? ଗ୍ରହ ନକ୍ଷତ୍ର କେମିତି ଆତଯାତ ହଉଛନ୍ତି" ?

ବୋଉ ଭାବପ୍ରବଣ ହେଇ ଉଠିଲା। କହିଲା : "ଧନୀ ! ମିଲିର ବାହାଘର ସରୁ, ଆମ ଘରେ ଅଭିରାମ ମେଳାଟିଏ କରିବା"।

ତା' ପରେ ସେ ଧନୀକାକାଙ୍କୁ ହାତକୁ ଆଗରୁ ଭାଙ୍ଗି ରଖିଥିବା ପାନ ଦି'ଖଣ୍ଡ ବଢେଇ ଦେଲା।

ଧନୀକାକା ତରତର ହେଲେ : "ଯାଉଚି ଭାଇ। ସିଆଡେ ଘରେ କାହାକୁ କିଛି ନ କହି ମୁଁ ଏଇଠି ବସି ଗପୁଚି" !

ଧନୀକାକା ବାହାରିଗଲେ।

ଦେଇକୁ ମୁଁ ପଚାରିଲି : "ଏ ମୀନୁ କିଏ କି" ?

ସେ କହିଲା : "ତୁ ଶୁଣୁଥିଲୁ ପରା ସେ ଧନୀକାକାଙ୍କ ଝିଅ ବୋଲି" !

ଧନୀକାକାଙ୍କ ଗପକୁ ନେଇ ଗମାତ କରିବାକୁ ମୋର ଭାରି ଇଚ୍ଛା ହେଉଥିଲା, କିନ୍ତୁ କେଜାଣି କାହିଁକି ମୁଁ ସେମିତି କରିପାରିଲିନି।

ଯେତେବେଳେ ମଣିଷ କେଉଁ ବିଷୟ କି ବ୍ୟକ୍ତି ବିଷୟରେ ଅଧିକ ଆଗ୍ରହ ଦେଖାଏ, ସେତେବେଳେ ସେ ବିଷୟ ଆଉ ବ୍ୟକ୍ତି, ଆଇମା' କାହାଣୀର ପଦ୍ମପରି ଘୁଂଚି ଘୁଂଚି ଯାଆନ୍ତି, ମଣିଷ ସହ ଲୁଚକାଳି ଖେଳନ୍ତି !

ନୃସିଂହ ଘରେ ମୋ ସହିତ ଘଟିଥିବା ଗୋଟେ ଘଟଣା ଆଉ ଦେଇର ବାହାଘର ବିଷୟରେ ମୁଁ ଟୁବୁଲା ସହ କିଛି କଥା ବାଂଟିବାକୁ ଚାହୁଁଥିଲି, ଅଥଚ ତା'ର ଦେଖାଦର୍ଶନ ହିଁ ନଥିଲା। ରାତି ପାହିଲେ ଏଇ କେଇଦିନ ହେବ ଆମଘରେ ହାଜିରା ପକାଉଥିବା ଟୁବୁଲା ଯେମିତି କୁଆଡେ ଉଭାନ ହୋଇଯାଇଥିଲା।

ଧୈର୍ଯ୍ୟଧରି ପାରିଲିନି। ଟୁବୁଲାକୁ ଖୋଜିବାକୁ ତାଙ୍କ ଘରକୁ ଯିବାକୁ ମନସ୍ଥ କଲି। ଦେଇ ମୋର ଟ୍ରାଉଜରକୁ ସଫା କରି ଆଇରନ୍ କରିଦେଇଥିଲା। ସେଇ ଟ୍ରାଇଜରକୁ ପିନ୍ଧି ଦେହରେ ଗଞ୍ଜିଟା ଗଳେଇଲି।

ଏଇ ସମୟକୁ ବାପା ପଶିଆସିଲେ। ତାଙ୍କର ଚିରାଚରିତ ଢଙ୍ଗରେ ଗୋଟେ ନୂଆ ଘଟଣାଟେ ଘଟାଇଦେଲେ। କେଇ ବିଡା ଟଙ୍କା ଖଟ ଉପରେ ଥୋଇଦେଇ କହିଲେ : "ଏଇ ପଇସା ମୋ ଆକାଉଣ୍ଟରେ କାହିଁକି ପଡି ରହିବ" ?

ମୁଁ ଡରିଗଲି। ମୋ ବ୍ୟବହାରରେ, କଥାବାର୍ତ୍ତାରେ, ଚାଲିଚଳନରେ କଉଠି କିଛି ତ୍ରୁଟି ରହିଗଲା କି ଆଉ !

ବାପା ତାଙ୍କର ଦ୍ୱିତୀୟ ବାକ୍ୟ କହିଲେ : "ସେ ତ ଟଙ୍କା ପଠାଉଛି ପିଲା ଖୋଜାରେ ଖର୍ଚ୍ଚ କରିବାକୁ ? ତୁ ସେ ବିଷୟରେ ତୁଣ୍ଡ ନ ଖୋଲିଲେ କାମ କିମିତି ହବ ! ତୁ ଦାୟିତ୍ୱ ନେଇଛୁ, ପଇସାକୁ ବି ପାଖରେ ରଖ"। ବାପା ତାଙ୍କର ବାକ୍ୟ ଶେଷକରି ଚାଲିଗଲେ।

କଥାକୁ ବାପା ଠିକ୍ ଢଙ୍ଗରେ କହିଥିଲେ ବି କେଜାଣି କାହିଁକି ମତେ ଡର ଲାଗିଲା। ବାପା, ହଠାତ୍ ପଇସା କଥା କାହିଁକି ଉଠାଇଲେ। ମୁଁ ତ କିଛି ବି ଭାବି ପାରିଲିନି। ଚୁପ୍‌ଚାପ୍ ସେଇଠି ଛିଡା ହେଇ ରହିଲି।

ଅବଶ୍ୟ ଦେଇ ପଶିଆସି କଥାଟାକୁ ସମାଧାନ କରିଦେଲା। କହିଲା : "ମାଙ୍କଡ ଖୋଜିବାକୁ ଆସିଛୁ ପରା; ସବୁଦିନ କ'ଣ ଆଉ ବାପାଙ୍କୁ ପଇସା ମାଗିଥାଆନ୍ତୁ। ସେଇଥି ପାଇଁ ତ ଭାଇ ପଠେଇଥିବା ପଇସାତକ ବାପା ଆଜି ବ୍ୟାଙ୍କରୁ ଉଠେଇ ଆଣିଛନ୍ତି"।

ଦେଇର କଥାରେ ମୋର ଟିକେ ସାହାସ ଆସିଲା। ସନ୍ଦେହ ମୁକ୍ତ ହେଇ ଏବଂ ଏକକାଳୀନ ଏତେଗୁଡେ ଟଙ୍କା ପାଇ ମୁଁ ଟିକେ ରୋମାଞ୍ଚିତ ହୋଇଗଲି। ଦେଇକୁ କହିଲି : "ଓଃ ମାଙ୍କଡ ଗୁଡାକ ଆଜିକାଲି ଏମିତି ଦୁର୍ମୁଲ୍ୟ ଦେଇଗଲେଣି" !

ଦେଇ ଉତ୍ତର ଦେଲା : "ରହ ଆଉ କେଇଟା ବର୍ଷ କି; ତୁ ତ ପୁଣି କାହାପାଇଁ ମାଙ୍କଡ ସାଜିବୁ" !

ଭାଇ, ଭଉଣୀ ଦୁହେଁ ଏକାବେଳକେ ହସି ଉଠିଲୁ। ଏମିତି ମନଖୋଲା ହସ, ତା ପୁଣି ଘର ଭିତରେ ଏବଂ ବାପାଙ୍କ ଉପସ୍ଥିତିରେ ଜୀବନକାଳ ଭିତରେ କେବେ ଥରଟେ ବି ଘଟିନଥିଲା।

ବାପା ଆର ବଖରାରୁ କୃତ୍ରିମ କାଶ କାଶି ତାଙ୍କର ଉପସ୍ଥିତିର ସୂଚନା ଦେଲେ ।

ବାପାଙ୍କର ଅସମ୍ମାନ ହେଉଯାଉଥିବା ଭାବି ବୋଉ ତାଗିଦ୍ କଲା : "ହେ ... ଏ, ଭାଇ ଭଉଣୀ ଦି'ଟା ଏମିତି ବେମୁରବିଆଙ୍କ ପରି ଦାନ୍ତ କାଇଁକି ଦେଖଉଚ" !

ଆମ ହସରେ ହଠାତ୍ ଭଟ୍ଟା ପଡିଗଲା । ଦେଇ ଜିଭ କାମୁଡି ନିଜେ ଚୁପ୍ ହେଇଯିବା ସହ ମତେ ବି ଚୁପ୍ ରହିବାକୁ ଓଠ ଉପରେ ଆଙ୍ଗୁଳି ରଖି ସତର୍କ କରିଦେଲା ।

ଏଇ ଅବସରରେ ଟୁବୁଲାକୁ ଖୋଜିବାକୁ ଯିବି ବୋଲି ଘରୁ ବାହାର ଆସି ଦୁଆର ମୁହଁରେ ଗୋଡରେ ଚପଲ ଗଳେଇଛ କି ନାହିଁ ହଠାତ୍ ସ୍ୱୟଂ ଟୁବୁଲା ଆସି ପହଁଚିଗଲା ।

ଆଶ୍ଚର୍ଯ୍ୟ ହେଇ ମୁଁ ପଚାରିଲି : "ଆରେ ! ତୁ ଦି' ଦିନ ହେଲା କୁଆଡେ ଯାଇଥିଲୁ" ।

ମୋ ପ୍ରଶ୍ନକୁ ଅଣଦେଖାକରି ବେଶ୍ ମୁରବୀୟ ଶୈଳୀରେ ସେ ମତେ ପଚାରିଲା: "ସିୟାଡୁ କିଛି ଖବର ଆଇଲା" ?

ଟୁବୁଲା ମତେ କେମିତି ଭିନ୍ନ ମନେହେଲା । ତା' ଭିତରେ କଉଠି କ'ଣ ପରିବର୍ତ୍ତନ ହୋଇଥିବା ମତେ ସ୍ପଷ୍ଟ ଦିଶୁଥିଲା । ତେବେ କଥା ଚଳେଇ ନେଇ ଉତ୍ତର ଦେଲି : "ଆମେ ପରା ସେମାନଙ୍କୁ ଡାକିକି ଆସିଲେ ! ଆସନ୍ତାକାଲି ସେମାନେ ଆସିବା କଥା" ।

ଟୁବୁଲା କହଲା : "ହଁ ହଁ ଠିକ୍‌କଥା । ମୁଁ ଅଲଗା କାମରେ ବ୍ୟସ୍ତଥିଲି ତ !

ତା' ପରେ ସେ ସହଜ ହେଇଯାଇ କହିଲା : "ହଉ ଚାଲ କୁଆଡେ ଟିକେ ବୁଲି ଆସିବା" ।

ଆମେ ଦୁଇଜଣ ଆଗେଇ ଚାଲିଲୁ । ତେବେ କିଛି ସମୟ କଥାବାର୍ତ୍ତା ପରେ, ମୋର କାହିଁକି ମନେହେଲା, ଟୁବୁଲା କିଛି ଗୋଟେ କଥା ମୋତେ କହିବା ପାଇଁ ମୁହାଣଟିଏ ଖୋଜୁଛି । ମୁଁ ବି ନୃସିଂହ ଘରର ଘଟଣାଟା ତାକୁ ଜଣେଇବାକୁ ବ୍ୟସ୍ତ ହଉଥିଲି, ଅଥଚ କେମିତି ଆରମ୍ଭ କରିବି ଜାଣିପାରୁ ନଥିଲି ।

ଏଇପରି ନଦୀବନ୍ଧରେ ଦୁଇବନ୍ଧୁ ଅରଡମରଡ ଗପିଗପି ବାଟ ଚାଲୁଥିବାବେଳେ କେତେବେଳେ ସୂର୍ଯ୍ୟ ବୁଡି ଅନ୍ଧାର ହୋଇସାରିଥିଲା । ଆକାଶରେ

ତାରା ଭର୍ତ୍ତି ହେବା ସତ୍ତ୍ୱେ ବି ପୃଥିବୀ ପୁରାପୁରି ଅନ୍ଧାର ଥିଲା। ପରସ୍ପରକୁ ଅନ୍ଧାର ଭିତରେ ପାଇ ଦି'ଜଣ ଯାକ ପ୍ରାୟ ଏକାବେଳକେ ପ୍ରତିକ୍ରିୟା ଦେଲୁ : "ଆରେ! ଏତେ ଅନ୍ଧାର କେତେବେଳେ ହେଇଗଲାଣି"!

ଟୁବୁଲା ହସିଲା।

ମୁଁ ବି ହସିଲି।

ନିଜ ନିଜ ଅସଚେତନତାର ସଚେତନ ହେଇ ସେଇ ଅସଚେତନତାକୁ ହସରେ ଉଡେଇ ଦେବାକୁ ବ୍ୟସ୍ତ ହେଇଗଲୁ।

ହସ ଶେଷକୁ ଟୁବୁଲା ହିଁ ଆରମ୍ଭ କଲା : "ବୁଝିଲୁ, ସେ ଟୋକୀ ବେଶ୍ ଖଣ୍ଡେ ଅଛି! ନିଜେ ଖେଳିଲା, ମତେ ବି ଖେଳାଇଲା। ଗତକାଲି ସାରାଦିନ ତାରି ସାଙ୍ଗରେ କଟିଗଲା"।

ମୁଁ ଆବାକାବା ହେଇଗଲି : "ଆରେ କ'ଣ କହୁଛୁ! କାହା କଥା କହୁଛୁ"?

ଉଲ୍ଲସିତ ଟୁବୁଲା ସାର୍ଟ ପକେଟରୁ କାଗଜ ଖଣ୍ଡେ ବାହାର କରି ମୋ ହାତକୁ ବଢେଇଦେଲା। କହିଲା : "ନେଇଯା ଏ ଚିଠି ଖଣ୍ଡକ ଘରେ ପଢିବୁ ସବୁ ବୁଝିଯିବୁ"।

ମୁଁ କାଗଜ ଖଣ୍ଡକ ହାତରେ ଧରି ଅନ୍ଧାର ଭିତରେ ଅନୁମାନ ଲଗେଇଲି, ଠିକ୍ ସେଇ ଆକାରର କାଗଜ ଖଣ୍ଡେ ନୃସିଂହର ଭଉଣୀ ତାଙ୍କ ଘରେ ମୋ ସାର୍ଟ ପକେଟରେ ବେଶ୍ ସତର୍କତାର ସହ ଗୁଞ୍ଜି ଦେଇଥିଲା।

ସେଇ କଥାକୁ ଟୁବୁଲାକୁ କହିବା ପାଇଁ ହିଁ ମୁଁ ଏତେ ବ୍ୟଗ୍ର ଥିଲି, ଅଥଚ ଏବେ କାହିଁକି କେଜାଣି ସେ କଥା କହିବା ପାଇଁ ମୋର ଆଉ ସାହସ ହଉନଥିଲା।

ଆମେ ଦୁହେଁ ଘରମୁହାଁ ହେଲୁ। ନିର୍ଦ୍ଦିଷ୍ଟ ଜାଗାରୁ ବାଟ ଭାଙ୍ଗି, ଶୁଶୁରୀ ବଜାଇ ଟୁବୁଲା ତା' ଘରର ରାସ୍ତାରେ ଚାଲିଲା।

ଘରେ ପହଁଚିବା ପୂର୍ବରୁ ଧନୀକାକାଙ୍କ ଦାଣ୍ଡରେ ତାଙ୍କ ଘରର ଦରଜା ଫାଙ୍କରୁ ଆସୁଥିବା ଆଲୁଅରେ ଟୁବୁଲା ଦେଇଥିବା କାଗଜ ଖଣ୍ଡକ ଖୋଲି ପଢିଲି।

ସେଇ କାଗଜ ଏବଂ ମତେ ମିଳିଥିବା କାଗଜର ଖାଲି ଆକାର ସମାନ ନଥିଲା, ସମାନ ଅକ୍ଷର, ସମାନ କାଳି ଏପରିକି ଶବ୍ଦ, ବାକ୍ୟ ସବୁ କିଛି ସମାନ ଥିଲା।

ପରଦିନ ଥିଲା ରବିବାର। ମିଲିଦେଈ ଜୀବନର ଏକ ଭିନ୍ନ ପରୀକ୍ଷାର ଦିନ। ଜନ୍ମ ହେଇଥିବା ଘରକୁଛାଡ଼ି, ତାର ନିଜସ୍ୱ ସଂସାର ଗଢ଼ିବା ପାଇଁ ପ୍ରଥମ ପରୀକ୍ଷାର ଦିନ।

ବୋଉ ସକାଳୁ ଉଠି ଗାଧେଇ ପାଧେଇ, ମନ୍ଦିର ଯାଇ, ଆସି ସାରିଥିଲା। ବାପା କେମିତି ଗୁମ୍ ହୋଇ ଯାଇଥିଲେ। ସେ କେତେବେଳେ ଦାଣ୍ଡପିଣ୍ଡାରେ ବସୁଥିଲେ ତ ଆଉ କେତେବେଳେ ଅକାରଣରେ ବାରି ଭିତରେ ଏଣେ ତେଣେ ବୁଲୁଥିଲେ।

ଧନୀକାକା ସକାଳୁ ଆସି ଆମଘରେ ଥରେ ଚା' ପିଇ ସାରିଥିଲେ। ତେବେ ଏକା ଟୁବୁଲାର ଦେଖା ନଥିଲା।

ମୁଁ କେଉଁ ଭାବନାରେ ଥିଲି, ତାହା ମୁଁ ନିଜେ ବି ଜାଣି ନଥିଲି। କେଉଁଠି ଗୋଟେ ନିସ୍ପୃହତା ଭାବ ମତେ ଅସହାୟ କରିଦେଇଥିଲା। ଦେଇ ବାହାଘର ଯେମିତି ରାସ୍ତାରେ ଆଗୋଉଥିଲା, ସେଥିରେ ମୁଁ ସବୁଠୁ ବେଶୀ ଖୁସି ହେବା କଥା, ଅଥଚ ମୁଁ ସେପରି ହେଇପାରୁ ନଥିଲି। କେଜାଣି କାହିଁକି ଦେଇର ବାହାଘର କଥା ମୁଁ ଆଦୌ ଚିନ୍ତା ବି କରୁନଥିଲି।

ଗତ ରାତିରୁ ମୋ ମନରେ ଗୋଟେ ବିରକ୍ତିଭାବ ବସା ବାନ୍ଧିଥିଲା। ଏପରିକି ସକାଳୁ ଉଠି, ନୃସିଂହର ଭଉଣୀ, ଟୁବୁଲାକୁ ଏବଂ ମତେ ଦେଇଥିବା ଦୁଇଟି ପ୍ରେମପତ୍ରକୁ ମୁଁ ଆଉଥରଟେ ମିଳାଇ ପଢ଼ିସାରିଥିଲି। ଆଶ୍ଚର୍ଯ୍ୟ ହେଉଥିଲି, ଆମ ଦୁଇଜଣଙ୍କ ଭିତରେ କ'ଣ ତାକୁ କିଛି ବି ଫରକ୍ ଦିଶିଲାନି ଯେ ସେ ଦୁଇଜଣଙ୍କୁ ଏକା ପ୍ରକାରର ପତ୍ର ଲେଖିଦେଲା ! ତା' ପରେ ପୁଣି ଟୁବୁଲା ସହିତ ... ଛି ... ଛି !

ମୁଁ ଆଗକୁ କିଛି ଭାବି ପାରୁନଥିଲି, ମତେ ଖାଲି ଚିଡ଼ି ଲାଗୁଥିଲା। ମୁଁ ଖଟ ଉପରେ ସେମିତି ଶୋଇ ରହିଥିଲି।

ଏଇ ସମୟରେ ଦେଇ ପଶିଆସି କହିଲା : "ଜାଣିଚୁ, ବାପା ମତେ ଆଜି ଦୁଇଥର ଚା' କରିବାକୁ କହିଲେଣି ! ବୋଉ ଏ ଟ୍ରେଟାକୁ ସଫା କରିଥିବାର ଦେଖି, ମୁଁ ଚାରିକପ୍ ଚା' କରି ଟ୍ରେରେ ଥୋଇ ବାଂଟୁଛି। ପ୍ରଥମେ ବାପା, ବୋଉ ଆଉ ଏବେ ଏଥିରେ ଆମେ ଦୁଇ ଜଣଙ୍କ ପାଇଁ"।

କଥା କହିବାବେଳେ ଦେଇର ଖୁସି ବେଶ୍ ବାରି ହେଇ ପଡୁଥିଲା। ସେ

ସକାଳୁ ସଫା କରିଥିବା ଟା’ ଚୁଟିତକ ତଥାପି ଶୁଖି ନଥିଲା। ଅଥଚ ସେଗୁଡ଼ିକୁ ଝଡାଝଡି କରି ସେ ନିଜର ଖୁସି ଜାହିର କରୁଥିଲା।

ମୁଁ ତା’ସହ ମଜାକଲି : “କ’ଣ ମାଙ୍କଡ ସହିତ ଯିବାପାଇଁ ଏବେ ପୁରା ରେଡି” !

ଦେଇ ଆଖି ନଚାଇଲା। ଖୁସିରେ ଖୁସିରେ କହିଲା : “ଦେଖ୍ କ’ଣ ହଉଚି” !

ଆମେ ଭାଇ ଭଉଣୀ ଚା’ ପିଇବା ଆରମ୍ଭ କଲୁ। ବାପା ବଖରା ଭିତରକୁ ହଠାତ୍ ପଶି ଆସିଲେ। ଟିକେ ବିରକ୍ତିମିଶା ସ୍ୱରରେ କହିଲେ : “ଆଠଟା ବାଜିଲାଣି, ଚା’ ପିଆ ଚାଲିଛି; ଯେଉଁ ଭଦ୍ରଲୋକମାନେ ଆସିବେ ସେମାନଙ୍କ ପାଇଁ ବ୍ୟବସ୍ଥା ପୁଣି କେତେବେଳେ ହବ” !

ବାପା ଯଦିଓ ମତେ ତାଗିଦ୍ କରିବା ଉଦ୍ଦେଶ୍ୟରେ ଏତେ କଥା କହୁଥିଲେ, ତେବେ ତାଙ୍କର ଶବ୍ଦର ପ୍ରକ୍ଷେପଣରେ ଆମେ ଭାଇ ଭଉଣୀ ଦୁଇଜଣଯାକ ଝାଉଁଳି ପଡିଲୁ। ସେତକ କହିଦେଇ ବାପା ସେଠାରୁ ଚାଲିଯାଇ ସାରିଥିଲେ ବି ଆମେ ତଥାପି ପୂର୍ବସ୍ଥିତିକୁ ଫେରିପାରିନଥିଲୁ।

ଦେଇ କହିଲା : “ତୁ ଟୁବୁଲାକୁ ଡାକି ଆଣ। ସକାଳୁ ଧନୀକାକା ଆସିଥିଲେ। ଯାହା ଯାହା ଆଣିବା କଥା, ସେସବୁର ଲିଷ୍ଟ ବୋଉକୁ ଦେଇ ଯାଇଛନ୍ତି। ଟୁବୁଲାକୁ ସାଙ୍ଗରେ ନେଇ ତୁ କାମ ସାରିଦେ”।

‘ହଜିଲା ବଳଦ ଖୋଜିଲା ଠେଇଁ’ କଥାପରି, ଦେଇ କଥା ସରିଛି କି ନାହିଁ ଟୁବୁଲା ପହଁଚିଗଲା। ଦେଇର ଶେଷ ବାକ୍ୟକୁ ଆଧାର କରି ପାଳିଦେଲା : “କିବା କାମ ଯେ ଭାଇ ଭଉଣୀ ଦି’ଟା ବ୍ୟସ୍ତ ହେଇ ପଡୁଚ ! ଆରେ ସେମାନେ ଦୁଇରୁ ତିନିଜଣ ଆସିବେ। ଚା’ ଜଳଖିଆ ଖାଇକିରି ଯିବେ। ସେଥିପାଇଁ ଗନ୍ଧମାର୍ଦ୍ଦନ ପାହାଡ଼ ଉପାରିବା ପରି ଯୋଜନା କରିବାର ଦରକାର ନାଇଁ”।

ଟୁବୁଲାର କଥା କହିବାର ଶୈଳୀ ଭିନ୍ନ। ଅସହାୟ ଅନୁଭବ କରୁଥିବା ଅଥବା ବିଭିନ୍ନ କାମ କାର୍ଯ୍ୟର ତରିକା ସଂପର୍କରେ ଅଜ୍ଞଥିବା ଲୋକଙ୍କ ପାଇଁ ତା’ର କଥା ଟନିକ୍ ପରି କାମ କରେ। ତେଣୁ ତା’ର ଉପସ୍ଥିତିରେ ଆମେ ଭାଇ- ଭଉଣୀ ପୁଣି ସତେଜ ହେଇଗଲୁ।

ଟୁବୁଲା କହିଲା : “ଚାଲ ବଜାର ଯିବା, ଏଇ ଭୂଇଁପୁର ବଜାର ନୁଅଁ, ଆଳି ଯିବା। ସେମାନେ ପଅଁଚୁ ପଅଁଚୁ ଦିନ ଏଗାର ହବ। ତା’ରି ଭିତରେ ଆମେ

କୋଲ୍‌ଡ୍ରିଙ୍କସ, ମିଠା ଆଉ କିଛି ଫଳ ନେଇ ଆସିବା। ବାସ୍ ସେତିକିରେ ହେଇଯିବ ଆମ ଅତିଥିଙ୍କ ଚର୍ଚ୍ଚା। ସେ ତ ପୁଣି ଆମକୁ ଏଇସବୁ ଦେଇ ଚର୍ଚ୍ଚା କରିଥେଲେନା" !

ଦେଇ କହିଲା : "ଧନୀକାକା କ'ଣ ଲିଷ୍ଟ ଦେଇଛନ୍ତି, ବୋଉ ପାଖରେ ଅଛି"।

ଭୁରୁଡି ମାରିଲା ଟୁବୁଲା : "ଧନୀକାକା ଚୋପାଟା ଜାଣିଚନ୍ତି। ତାଙ୍କ ଲିଷ୍ଟରେ ପାନ, ବିଡି କଥା ହିଁ ଲେଖା ହେଇଥିବ"।

ଟୁବୁଲାର ଭୁରୁଡି ଶୁଣି ବୋଉ ଆରବଖରାରୁ ଉଠି ଆସିଲା। ମୋ ହାତକୁ କାଗଜଖଣ୍ଡେ ବଢେଇଦେଇ କହିଲା : "ନେ, ଏଇ ଚିଠାତ ଧନୀ କରିଛନ୍ତି"।

ମୁଁ ଚିଠା ଖୋଲି ଦେଖିଲି। ଟୁବୁଲା ସତ କହିଥିଲା। ଲିଷ୍ଟରେ ପାନ, ବିଡି କଥା ଲେଖା ହେଇଥିଲା। ସବାତଳକୁ ଲେଖା ହେଇଥିଲା – 'ଗୁଡାଖୁ ଶହେ ଗ୍ରାମ ଧନୀ କାକାଙ୍କ ପାଇଁ'।

ଆମେ ସମସ୍ତେ ହସି ଉଠିଲୁ।

ଟୁବୁଲା କାମର ପିଲା। ମୋ ହାତଧରି ଟାଣିଲା: "ଚାଲ ଆଗ କାମ ସାରିବା ତା ପରେ ହସିବା"।

ଆମେ ଘରୁ ବାହାରୁ ଥିବାବେଳେ ବୋଉ ଏକ ପ୍ରକାର ନେହୁରା ହେଲା: "ଆରେ ! ଧନୀ ପାଇଁ ଶହେଗ୍ରାମ ଗୁଡାଖୁ ଆଣିବ। ଭୁଲିବ ନାହିଁରେ ବାପ"।

ଟୁବୁଲା ବୋଉର କଥା ନଶୁଣିବା ପରି ଗାଡି ଷ୍ଟାର୍ଟ କଲା। ଭୂଇଁପୁର ବଜାରରେ ନଅଟକି ସିଧା ଆଳି ଆଡକୁ ଗାଡି ଗଡେଇଲା।

ଆଳିରେ ପହଁଚି ଗୋଟେ ଜଳଖିଆ ଦୋକାନ ସାମ୍ନାରେ ମଟର ସାଇକେଲ ରଖିଲା। ସମ୍ରାଟଟିଏ ପରି ଡାଣିମାଣି ଦେଖାଇ କ'ଣ ସବୁ ଖାଇବାକୁ ମଗାଇଲା।

ଆମେ ଖାଇ ସାରିବା ପରେ ଭଦ୍ରଲୋକଙ୍କ ସକାଶେ, ଘରକୁ ଆଣିବା ପାଇଁ ଜଳଖିଆର ନାମ ଏବଂ ପରିମାଣ ଦୋକାନୀକୁ ବତାଇଲା। ତାକୁ ଏକଥା ବି ତାଗିଦ୍ କଲା, ଜିନିଷ ସବୁ ଭଲ ଆଉ ତାଜା ହେବା ଦରକାର।

ପୁଣି ମତେ କହିଲା : "ଦୋକାନୀ ଆମ ଜିନିଷ ରେଡି କରିବା ଭିତରେ, ଚାଲ ଆମେ ଟିକେ ବାକିକାମ ସାରିଦେବା"।

ଏହା କହି ମଟରସାଇକେଲ ଛାଡି ଟୁବୁଲା ଚାଲିବା ଆରମ୍ଭ କଲା। ତା' ପଛେ ପଛେ ମୁଁ ଚାଲିଲି। ତା' ଛଡା ମୋର ଅନ୍ୟ କିଛି ଗତି ହିଁ ନଥିଲା।

ଟୁବୁଲା ପତଳା, ଧେଡା। ଗାଲରେ ମାଉଁସ ନାହିଁ, ହନୁହାଡର ରାଜୁତି। ମୁଣ୍ଡରେ ଅସଜଡା ଅଥଚ ଘଂଚକେଶ। ସାର୍ଟପ୍ୟାଂଟ ଢାପୁଲିଆ ବେଖାପ।

ଟୁବୁଲା ପରି ଆଜି ବଜାର। ସବୁ ଦୋକାନ ରଙ୍ଗଛଡା, ମଇଳା ପୁରୁଣାକାଳିଆ, ପୁଣି ଚାଳ ଛପର। ସେଇଠି ପରିବା ଦୋକାନ, ସେଇଠି ବି ଚା' ଦୋକାନ, ଲୁଗା ଦୋକାନ, ଚପଲ ଆଉ ଔଷଧ ଦୋକାନ। ଯେଉଁଠି ଖାତାବହି ବିକ୍ରି ହେଉଛି ତା'ରି ଆଗରେ ମାଛର କିଣା ବିକା ଚାଲିଛି। ବଜାର ମଝିରେ ପୁଣି ଦେବୀ ଦୁର୍ଗାଙ୍କ ମଣ୍ଡପ। ରାସ୍ତାରେ ସାଇକେଲ, ମଟର ସାଇକେଲ, ପଥଚାରୀ ମାଳକୁ ମାଳ। ତା' ଭିତରେ କେତେବେଳେ କଟକ, ଭୁବନେଶ୍ୱର, ରାଉରକେଲା, କଲିକତା ବସ୍। ବଜାର ପାଇଁ କିଛି ନିୟମ ନାହିଁ, ଠିକ୍ ଟୁବୁଲାର ଅସଜଡା ଜୀବନ ପରି।

ବଜାରସାରା ଟୁବୁଲାର କେତେ ଚିହ୍ନାପରିଚ ଲୋକ। ସମସ୍ତଙ୍କ ସହ ସେ ବେଶ୍ ନାଟକୀୟ ଶୈଳୀରେ ଭାବର ଆଦାନ ପ୍ରଦାନ କରୁଥାଏ।

ତା'ରି ଭିତରେ ଆମେ ଗୋଟେ ଯାଗାରେ ଚା' ପିଇଲୁ, ତା' ପାଖ ଦୋକାନରୁ ପରିବା କିଣିଲୁ। ଖଣ୍ଡେ ଛାଡି ଔଷଧ ଦୋକାନରୁ ଔଷଧ ବି ଆଣିଲୁ। ଏସବୁ ପୁଣି ଏକାଧିକ ଲୋକଙ୍କ ପାଇଁ। ଗାଁରୁ ବାହାରିବା ପୂର୍ବରୁ ଟୁବୁଲା କାହା କାହାଠୁ ଆଦେଶ, ଅନୁରୋଧ ସବୁ ଧରି ଆସିଥିଲା।

ମୁଁ ପଚାରିଲି : "ଏସବୁ ସେବା କ'ଣ ପାଇଁ" ?

ଟୁବୁଲା କହିଲା : "ତୁ କ'ଣ ଭାବୁଚୁ ଏତିକିରେ ସେବା ସଇଲା ! ଆଉରି ପରା ଅମଳି ଜିନିଷ ସବୁ ବାକିଅଛି। ନାରଣବୋଉର ଧୂଆଁପତ୍ର ଆଉ ସାବି ବୋଉର ସୀତାଗୁଣ୍ଡି ନ ହେଲେ ସେ ଦୁହେଁ ମୋର ମୁଣ୍ଡ ଖାଇଦେବେ" ! ତା' ପରେ ସେ ମୋ ଉପରେ ବର୍ଷିଲା : "ତେମେ ସବୁତ ପାଠ ପଢିବା ପାଇଁ ହଉ କି ଚାକିରି କରିବା ପାଇଁ ହଉ ଗାଁ ଛାଡି ସଅର ପଳେଇଲ। ଏଠି ରଉଥିବା ବେମାରିଆ ବୁଢାବୁଢୀ, ଅସହାୟ ତରୁଣୀମାନଙ୍କ କଥା ପୁଣି କିଏ ବୁଝିବ" ?

ଟୁବୁଲା ସତ କହୁଥିଲା। ଭଲମନ୍ଦରେ ବୋଲହାକଟିଏ କରିବାକୁ ଗାଁରେ କେହି ତରୁଣ ନଥିଲେ। ଯିଏ ବି ଥିଲେ, ସେମାନେ ନଥିଲେ ବରଂ ଅଧିକ ଭଲ ହେଇଥାଆନ୍ତି। ଟୁବୁଲା ଏକା କିନ୍ତୁ ସମସ୍ତଙ୍କ କଥା ବୁଝୁଥିଲା। ସମସ୍ତଙ୍କ 'ଉଃ'ର ସେ ଏକା ନିଦାନ ଥିଲା। ସେଇଥି ପାଇଁ ତା'ର ସମସ୍ତ ବେଖାପ ବ୍ୟବହାର ଏବଂ ଅଖାଡୁଆ କଥାବାର୍ତ୍ତା ସତ୍ତ୍ୱେ ବି ସେ ସମସ୍ତଙ୍କର ପ୍ରିୟପାତ୍ର ଥିଲା।

ଏଇପରି ବଜାର କାମସାରି ଘରେ ପହଁଚିଲା ବେଳକୁ ଦିନ ଏଗାର। ତଥାପି ବି ମିଲିଦେଇକୁ ଦେଖିବାକୁ ଆସିବାକୁ ଥିବା ଭଦ୍ରଲୋକମାନେ ଘରେ ପହଁଚି ନଥିଲେ।

ଆମକୁ ଦେଖି ବାପା ତାଙ୍କ ସ୍ୱଭାବସୁଲଭ ଗୁଣରେ କାହୁକୁ, ଚାଳକୁ ଶୁଣେଇବା ପରି କହିଲେ : "ଦିନ ଏଗାର ହେଲାଣି, ଭଦ୍ରଲୋକଙ୍କର କିଛି ଖବର ନାହିଁ ; ସେଥିକୁ କ'ଣ କା'ର ଚିନ୍ତା ଅଛି" !

ବାପାଙ୍କ କଥା ସରିଛି କି ନାହିଁ, ଗୋଟିଏ ମଟରସାଇକେଲ୍ ଆସି ଆମ ଦୁଆରେ ଅଟକିଲା। ଚାଳକ ଜଣେ ଯୁବକ। ତାଙ୍କ ପଛକୁ ଯାକିଯୁକି ହେଇ ବସିଥିଲେ ଦୁଇଜଣ ମୁରବୀସ୍ଥାନୀୟ ବ୍ୟକ୍ତି। ଉଭୟଙ୍କର ବୟସ ଷାଠିଏ ଉପରେ।

ସେମାନେ ମଟରସାଇକେଲରୁ ଓହ୍ଲାଇପଡି ପାହାଚ ଚଢିଲେ।

ମିଲିଦେଇର ବାହାଘର ପାଇଁ ଆମ ଘରକୁ ଆସିଥିବା ପ୍ରଥମ ପରୀକ୍ଷକ ଦଳ।

ଦାଣ୍ଡରୁ କେଉଁଠି ଦୁଇଜଣ ବୟସ୍କ ସ୍ତ୍ରୀ ଲୋକଙ୍କ କଥୋପକଥନ ଶୁଭିଲା : "ଆଲେ ଇଏ ମିଲିକୁ ଦେଖିବାକୁ ଆଇଚନ୍ତି କି" !

ଧନୀକାକା ଏବଂ ଟୁବୁଲାର ମିଳିତ ନେତୃତ୍ୱରେ ଆମ ଘରେ ଭଦ୍ରଲୋକଙ୍କ ଚର୍ଚ୍ଚା ଚାଲିଲା।

ମୁଁ ଦେଇକୁ କହିଲି : "ରେଡି ହେଇଯା, ମାଙ୍କଡର ପ୍ରତିନିଧିମାନେ ଏବେ ତୋର ପରୀକ୍ଷା ନେବେ"।

ଦେଇ ହସିଲା, ଆକର୍ଣ୍ଣ ଲମ୍ବିଲାଭଳି ମନେ ହେଉଥିବା ତା'ର ସେ ହସ, ତା'ର ପୂର୍ଣ୍ଣ ପ୍ରସ୍ତୁତି ବିଷୟରେ ସୂଚନା ଦେଇଦେଲା।

ପ୍ରଥମ ପରୀକ୍ଷାରେ ଦେଇ ଉର୍ତ୍ତୀର୍ଣ୍ଣ ହେଇଗଲା। ମୁରବୀ ଭାବରେ ଆସିଥିବା ନୃସିଂହର ବାପା ଏବଂ ମାମୁଁ ତଥା ମଟରସାଇକେଲ୍ ଚାଳକ ଭାବରେ ଆସିଥିବା ନୃସିଂହର ବନ୍ଧୁ, ମିଳିତଭାବରେ ମିଲିଦେଇକୁ ବୋହୂ କରିବାକୁ ପସନ୍ଦ କଲେ, ସମ୍ମତି ମଧ୍ୟ ଜଣାଇଦେଲେ।

ଏଣିକି କଥା ଆଗକୁ ବଢ଼ିବାର ପାଳି।

ଭଦ୍ରଲୋକମାନେ ଚାଲିଯିବା ପରେ ଧନୀକାକା କହିଲେ : "ଆଗକୁ ଯାହା ହବ, ସେ ସବୁ ଖାଲି ଲୌକିକତା ଦୃଷ୍ଟିରୁ ଯିବା ଆସିବା ଚାଲିବ। କଥା କିନ୍ତୁ ଏଇଠି ପକ୍କା ବୋଲି ଜାଣ"।

ଟୁବୁଲା ବି ସେଇଆ କହିଲା: "ମିଲିଦେଇଟା କପାଳିଆ ଏକାଥରକେ ପାଶ୍ କରିଗଲା"।

ଏମିତି ସବୁ କଥାବାର୍ତ୍ତା କରି ତଥା ଆଉ କପେଲେଖା ଚା' ପିଇ ଆଗପଛ ହେଇ ଧନୀକାକା ଏବଂ ଟୁବୁଲା ଆମଘରୁ ବାହାରିଗଲେ।

ସେମାନେ ଯାଇଛନ୍ତି କି ନାହିଁ ବାପାଙ୍କର ଶୂନ୍ୟକୁ ବାଣ ନିକ୍ଷେପ ଆରମ୍ଭ ହେଲା: "ବାହାଘର ଆସି ଅଧାବାଟରେ ହେଲାଣି, ଡିମଟାକୁ ଦାୟିତ୍ୱ ଦେଇ ସେ ସେ'ଠି ଅଚିନ୍ତା ବସିଛି"!

ବାପାଙ୍କ ଆଖିରେ ମୁଁ ଏବେ ବି ଡିମ, ଆଉ ଭାଇ ହଉଛନ୍ତି ଅଚିନ୍ତା ମଣିଷ। ମାତ୍ର ବାପା ଏକଥା ଜାଣନ୍ତିନି ଯେ, ଆମେ ଦୁଇଭାଇ, ଦେଇର ବାହାଘର ବିଷୟକୁ ନେଇ ପ୍ରତି ସଂଧ୍ୟାରେ ପନ୍ଦର ମିନିଟ୍‌ରୁ ଅଧଘଂଟାଯାଏ ମୋବାଇଲ୍ ଯୋଗେ କଥାହଉ। ମୁଁ ଦିନରେ କୁଆଡେ ଯାଇଥିଲି, କାହା ସହିତ କ'ଣ କଥା ହେଲି, ପ୍ରତ୍ୟେକ ଦିନ କେତେ କ'ଣ ଖର୍ଚ୍ଚ ହେଲା ସବୁକିଛି ଭାଇଙ୍କୁ ହିସାବ ଦିଏ। ଭାଇ ବି ମତେ ପରଦିନ ପାଇଁ କଉଠି କ'ଣ କରିବାକୁ ପଡିବ କି କାହାକୁ କ'ଣ କହିବାକୁ ହବ ତା'ର ଉପାୟ ବତାନ୍ତି। ରାସ୍ତା ଦେଖାନ୍ତି। କିନ୍ତୁ ବାପାଙ୍କ ବିଚାରରେ ଆମେ ଦୁଇଜଣଯାକ ଦାୟିତ୍ୱହୀନ। ଅବଶ୍ୟ ବାପା ଆମକୁ ଅନ୍ତରର ସହ ଏପରି ଭାବନ୍ତି ନାହିଁ, ସଚରାଚର ଅଧିକାଂଶ ବାପା ନିଜ ସନ୍ତାନ ମାନଙ୍କ ବିଷୟରେ ଏପରି କଥାରେ ଯେମିତି ଭାବରହିତ ହେଇ ଭାବନ୍ତି, ସେଇପରି ଆମ ବାପା ବି ଆମ ବିଷୟରେ ଏଇପରି ଭାବରହିତ ଭାବନା ହିଁ ପୋଷଣ କରନ୍ତି।

ବାପାଙ୍କ ଦୃଷ୍ଟିକୁ ଏଡାଇ, ମୁଁ ଚୁପଚାପ୍ ଖସି ଆସିଲି। ମୋବାଇଲ୍ ଧରି ବାରିରେ ଥିବା ପୋଖରୀକୂଳ ଆମ୍ବଗଛ ମୂଳକୁ ଚାଲିଗଲି।

ରବିବାର ଥିବାରୁ, ଭାଇ ଘରେ ଥିବାର ସମ୍ଭାବନା ଅଧିକ ଥିଲା।

ଭାଇଙ୍କୁ ମୁଁ ଫୋନ୍ ଲଗାଇଲି।

ଯାହା ଯେମିତି କହିବା କଥା ଭାଇଙ୍କୁ ସବୁ ଜଣେଇଲି। ଭାଇ ବି କେତୋଟି

ପ୍ରଶ୍ନ ତାଙ୍କ ତରଫରୁ ପଚାରିଲେ। ମୁଁ ସେସବୁକୁ ଠିକ୍‌ଠିକ୍ ଉତ୍ତର ଦେବାରୁ ଭାଇ ଖୁସି ହୋଇଗଲେ। କହିଲେ : "ବାକି କଥା ପାଇଁ ତୁ ସେମାନଙ୍କ ସହ ଆଲୋଚନା କରି ଦିନବାର ଠିକ୍‌କର। ସେଇ ଅନୁଯାଇ ମୁଁ ଛୁଟି ନେବି। ଅନ୍ୟାନ କଥା ଛିଡେଇବି"।

ମୁଁ ସମ୍ମତି ଜଣାଇ ଫୋନ୍ ରଖିବାକୁ ଯାଉଥିଲି, ଭାଇ କହିଲେ : "ଏଇ ନେ, ତୋ ଭାଉଜ କ'ଣ ତୋ ସହ କଥା ହବ"।

ଡରିଗଲି, ବାହାଘର କଥା ଯେତେବେଳେ ପକ୍କା ହେବାକୁ ଯାଉଛି, କାହିଁ ଭାଉଜ ସେତେବେଳେ କିଛି ନୂଆ ସମସ୍ୟା ବାହାର କରିବେନି ତ!

ଡରିଡରି ଭାଉଜଙ୍କୁ ମୁଁ ମୋର ମାନ୍ୟ ଜଣାଇଲି।

ଭାଉଜ ବିଲ୍‌କୁଲ୍ ତୟାର ଥିବାପରି ମତେ ପଚାରିଲେ : "ମୁଁ କ'ଣ ତମ ପରିବାରର କେହି ନୁହେଁ! ମୋର କିଛି ଦାୟିତ୍ୱ ତମ ମାନଙ୍କ ପ୍ରତି ନାହିଁ"?

ମୁଁ କହିଲି : "ସେମିତି କାହିଁକି ଭାବୁଛ ଭାଉଜ"!

"ମୁଁ ଭାବୁନି, ତମେମାନେ ମତେ ଭାବିବାକୁ ବାଧ କରୁଛ" ଭାଉଜ ଦୃଢ ଜବାବ୍ ଦେଲେ।

ଯା' ପରେ ଆଉ କଣ ଉତ୍ତର ଦିଆଯିବ ଜାଣି ନପାରି ମୁଁ ଚୁପ୍ ରହିଲି ।

ଭାଉଜ ପୁଣି ଆରମ୍ଭ କଲେ : "ତମେ ପାଖାପାଖି ମାସେ ହେବ ଏଠୁ ଗଲଣି। ସେ'ଠି ଯାଇ ଭଉଣୀର ବାହାଘର ଠିକ୍ କରୁଛ। ଭଲ ମନ୍ଦ ଯାହା ସବୁ ଭାଇ ସହିତ କଥା ହଉଚ। ଏଠି ଥିବାବେଳେ ତମ ଭାଇ କ'ଣ ତମକୁ ରୋଷେଇ କରି ଖାଇବାକୁ ଦଉଥିଲେ"?

ମୁଁ ମୋର ଭୁଲ୍ ବୁଝିଗଲି। ଭାଉଜଙ୍କର ଅଭିମାନ ଏବଂ କ୍ରୋଧରେ କୌଣସି ଅସ୍ୱାଭାବିକତା ନଥିଲା।

ପରିବାର ଭିତରେ ମହିଳା ସଦସ୍ୟା ମାନଙ୍କୁ ଅଣଦେଖା କରିବାର ପରମ୍ପରା ଅଭ୍ୟାସଗତଭାବେ ସାଧାରଣ ପରିବାର ମାନଙ୍କରେ ବର୍ଷ ବର୍ଷ ଧରି ଅସ୍ଥିମଜାଗତ ହେଇ ଯାଇଛି। ମାତ୍ର ଏବେ ସମୟ ବଦଳିଲାଣି, ନୂଆ ପିଢିର ମହିଳାମାନେ ଏହାର ପ୍ରତିବାଦ କରି ଶିଖିଲେଣି। ସେମାନଙ୍କ ଭିତରୁ ଭାଉଜ ଜଣେ।

ମୁଁ କହିଲି : "ଭାଉଜ, ମୋର ଭୁଲ୍ ହେଇ ଯାଇଛି"।

ଭାଉଜ ମନସ୍ଥିର କରିସାରିଥିଲେ। ସେ ସେଇ ଦୃଢ଼ତାରେ ପଚାରିଲେ:

"ଏ ଭୁଲ୍ କଣ ଖାଲି ତମର ? ତମ ବାପା ଆଉ ଭାଇ କଣ ସାଧୁ ! ତମ ଭାଇ, ତାଙ୍କ ମନଇଚ୍ଛା କାମ କରୁଛନ୍ତି । ମୁଁ ତାଙ୍କୁ ରାନ୍ଧିବାଢି ଖାଇବାକୁ ଦଉଚି, ତାଙ୍କର ଯାବତୀୟ କାମ ନିରନ୍ତର କରୁଛି; ଅଥଚ କୌଣସି କାମରେ ମୋ ସହ ଭଲମନ୍ଦ ଆଲୋଚନା କରିବାକୁ ତାଙ୍କ ପୌରୁଷ ବାଧା ଦଉଚି ! ତାହେଲେ ମୁଁ କ'ଣ ଅନୁବନ୍ଧିତ ଜଣେ ଚାକରାଣୀ" !

ମୋ ପାଖରେ ଉତ୍ତର ନଥିଲା । ମୁଁ ଚୁପ୍ ରହିଲି ।

ଆର ପାଖରୁ ବି ଭାଇଙ୍କର କୌଣସି ପ୍ରତିବାଦର ସ୍ୱର ଶୁଭୁନଥିଲା । ପ୍ରକୃତରେ ଭାଉଜ କିଛି ଭୁଲ୍ ବି କହୁନଥିଲେ । ମୁଁ କିନ୍ତୁ ଉତ୍ତର ରଖି ନପାରି 'କିଂ କର୍ତ୍ତବ୍ୟ ବିମୂଢ଼' ହୋଇଗଲି ।

ଭାଉଜ ପୁଣି ଆରମ୍ଭ କଲେ ; "ଶୁଣ ମଣ୍ଟୁ ! ଆଉ କେଉଁ କଥା ହେଇଥିଲେ ମୁଁ ଚୁପ୍ ରହିଯାଇ ଥାଆନ୍ତି, କିନ୍ତୁ ତମେ ବାପ ପୁଅ ମାନେ ଯେପରି ଉପଠାଉରିଆ କାମ କର, ସେଥିରେ ବିଚାରୀ ଝିଅଟିର ଜୀବନ ମାଟି ହୋଇଯିବ, ତେଣୁ ମୁଁ ଚୁପ୍ ରହିପାରୁନି" ।

ଅଭିମାନ ଏବଂ କ୍ରୋଧ ସତ୍ତ୍ୱେ ବି ଭାଉଜଙ୍କ ସ୍ୱରରେ ଦାୟିତ୍ୱ ସମ୍ପନ୍ନତା ଏବଂ ଆତ୍ମୀୟତାର ସ୍ୱର ଥିଲା । ତାଙ୍କର ପ୍ରତି ବାକ୍ୟରେ ସମ୍ଭାବନାର ଗୋଟେ ନୂଆ ମୁହାଣ ଖୋଲୁଥିଲା । ନିରନ୍ତର ହେଇ ଆସୁଥିବା ଭୁଲର ସଂଶୋଧନ ହେବାର ବି ସଂକେତ ମିଳୁଥିଲା । ମୁଁ ଭାଉଜଙ୍କୁ ସହଯୋଗ କଲି: "କୁହ ଭାଉଜ, ତମେ ଠିକ୍ ହିଁ କହୁଚ" ।

"ତମେ ସେ ପିଲା ବିଷୟରେ କି ତଥ୍ୟ ରଖିଛ" ? ଭାଉଜ ମତେ ସିଧାସଳଖ ପଚାରିଲେ ।

ମୋ ପାଖରେ ଯାହା ତଥ୍ୟ ଥିଲା, ଶୁଆ ଘୋଷିବାପରି ମୁଁ ସେସବୁ କଥା ଭାଉଜଙ୍କୁ ବଖାଣିଲି ।

ଭାଉଜ କହିଲେ : "ଝିଅଙ୍କ ଜୀବନ ପିଲାଖେଳ ନୁହଁ । ସେ ପିଲାର ଚାକିରୀ ବିଷୟରେ ତମେ ଖାଲି ଶୁଣିଛ କିନ୍ତୁ ସତ ମିଛର ଅନୁସନ୍ଧାନ କରିନ । ତା'ପରେ ଆଜି କାଲିର ସମୟ, ତମେ ସେ ପିଲାର ଅଭ୍ୟାସ ଏବଂ ଅନ୍ୟାନ୍ୟ ବିଷୟରେ ବି କିଛି ଜାଣିନ । ସେ ସବୁ ଜାଣିବା ନିହାତି ଜରୁରୀ । ତା' ଛଡା, ମିଳି ସହିତ ସେ ପିଲାର ବାହାଘର ହବ, ତେଣୁ ବାହାଘର ପୂର୍ବରୁ ସେମାନେ ଥରେ

ମୁହାଁମୁହିଁ ହେବା ବି ଉଚିତ୍। ଏଥିରେ ଖାଲି ସେ ପିଲାର ପସନ୍ଦ ଅପସନ୍ଦ କଥା ଆସୁନି, ଆମ ମିଳି ବି ଜାଣିବ ସେ ଯାହାକୁ ବାହା ହବାକୁ ଯାଉଚି, ସେ ତା ଲାଖି କି ନୁହେଁ ! ଏସବୁ ଠିକ୍‌ଠାକ୍ ହବା ଉଚିତ୍ ଏବଂ ଏସବୁ ତମର ଦାୟିତ୍ୱ। ବୁଝିଲ" ?

ମୁଁ ଏକ ପ୍ରକାର ସାକୁଂଡି ସାରିଥିଲି। ମୋ ଆଖି ଆଗରେ ମୋର ଅପାରଗ ପଣିଆ ବେଶ୍ ଜଳଜଳ ଦିଶୁଥିଲା, ତେଣୁ ନମ୍ର ଭାବରେ କେବଳ 'ହଁ' ଟିଏ ହିଁ ମାରିଲି।

ଭାଉଜ ତାଗିଦ୍ କଲେ : "ଏଣିକି ବାକିକଥା ପାଇଁ ଭାଇଙ୍କ ସହ ନୁହଁ ବରଂ ମୋ ସହିତ କଥା ହବ"।

ମୁଁ ଆନ୍ତରିକତାର ସହ ଜବାବ୍ ଦେଲି : "ନିଶ୍ଚୟ ଭାଉଜ"।

ଆରପଟରୁ ଫୋନ୍ କଟିଗଲା।

ଘରକୁ ଫେରିବା ପାଇଁ ବୁଲି ପଡିବାରୁ ଦେଖିଲି ମୋ ପଛରେ ଛିଡା ହେଇଚି ମିଲିଦେଇ।

ତା' ଚେହେରା ଏବଂ ହାବଭାବରୁ ବୁଝା ପଡୁଥିଲା, ଭାଉଜ ଏବଂ ମୋର କଥୋପକଥନକୁ ସେ ସବୁ ଶୁଣିସାରିଛି। କିଛିଦିନ ହେବ ମୋ କାନ ଦରଜ କରୁଥିବାରୁ ଏବଂ ସେଇ ଆମ୍ବଗଛମୂଳେ ମୁଁ ଏକାଥିବାରୁ, ଭଲ୍ୟୁମ୍‌ଦେଇ ଭାଉଜଙ୍କ ସହ କଥା ହେଉଥିଲି, ମିଲିଦେଇ ତା'ରି ସୁଯୋଗରେ ସବୁ ଶୁଣି ନେଇଛି।

ଦେଇର ଆଖି ଛଳଛଳ କରୁଥିଲା। ଭାଉଜଙ୍କର ଭଲ ପାଇବା ତାକୁ ଆଚ୍ଛନ୍ନ କରିସାରିଥିଲା। ତା' ମୁଣ୍ଡ ଉପରେ ଗୋଟେ ଟାଣଛାତ ଏବଂ ପାଦତଳେ ଦୃଢ ଅଥଚ କୋମଳ ମାଟି ଥିବା ସେ ଅନୁଭବ କରୁଥିଲା। ତା ଆଖିରେ ଛଳଛଳ କରୁଥିବା ଲୁହ ଗୁଡାକ କିଛି କ୍ଷଣପରେ ପତା ଡେଇଁ ଗାଲରେ ପହଁଚି ସାରିଥିଲେ।

ମୁଁ 'କିଂ କର୍ତବ୍ୟ ବିମୂଢ' ହୋଇଗଲି।

ସବୁଦିନ ମୋର ଲୁହକୁ ଡର; ସେ ଲୁହ ଛଳନାର ହେଉ କି ଆତ୍ମୀୟତାର ! ଏ ଲୁହ ତ ପୁଣି ମୋ ଭଉଣୀର, ମୁଁ ନିଜକୁ ନିଜଠୁ ଉଦ୍ଧାର କରିବାକୁ ଯାଇ କହିଲି: "ଦିନ ଦି'ଟା ବାଜିଲାଣି, ମତେ ଭାରି ଭୋକ। ଚାଲ ମତେ ଖାଇବାକୁ ଦବୁ"।

ଦେଇ ମତେ ନିରେଖି ଦେଖିଲା। ମୋ ନିର୍ବୋଧତାକୁ ଆବିଷ୍କାର କରି ମୋ ଗାଲରେ ଶ୍ରଦ୍ଧାରେ ଚଟ୍‌କଣଟିଏ ମାରି କହିଲା : "ଠକ କଉଠିକାର"।

ମୁଁ ତାକୁ ଦେଖିଲି। ତା ଆଖିରେ ଲୁହ ଏବଂ ଖୁସି ଏକତ୍ର ଝଟକୁ ଥିଲା।

ଗୋଟାଣେ ମହିଳାଙ୍କ ସାଧାରଣ ବିଚାର ତୁଳନାରେ ପୁରୁଷମାନଙ୍କ ସଯତ୍ନ ବିଚାର କେତେ ଦୁର୍ବଳ ସତେ !

ଏତେ ଦିନଯାଏ ଯେଉଁ ଟୁବୁଲାକୁ ମୁଁ ଭାରି କାମିକା ଆଉ ସଂସାରିକ ବୁଦ୍ଧିଆ ବୋଲି ଭାବୁଥିଲି, ଆମ ବାପ- ପୁଅଙ୍କ ପରି ସେ ବି ଭାରି ହାଲୁକା ମନେହେଲା । ଧନୀକାକା ତ କେବେ ବି ଓଜନଦାର ନଥିଲେ ।

ଭାଉଜଙ୍କର ତାଗିଦ୍ ମୋ ମନରେ ନୂଆବଳ ଭରିଲା । ନୃସିଂହ ସହ ମିଲିଦେଇର ବିବାହ ପକ୍କା ହେବା ପୂର୍ବରୁ ମତେ ନୃସିଂହ ସମ୍ପର୍କରେ ଆଉ କିଛି ବିଷୟରେ ଅନୁସନ୍ଧାନ କରିବାର ଥିଲା ।

ଚିନ୍ତା କରିପାରୁନଥିଲି ଯେ ଏଣିକି ଏସବୁ ମୁଁ ଏକା କରିବି ନା ପୂର୍ବବତ୍ ଟୁବୁଲାର ସାହାଯ୍ୟ ନେବି !

ଏମିତି ଦ୍ୱନ୍ଦାତ୍ମକ ଭାବନାରେ ଥିବାବେଳେ ଝଡପରି ଟୁବୁଲା ପହଁଚିଗଲା । ଗୋଟାଏ ଦିନ ପରେ ଟୁବୁଲା ସହ ମୋର ଭେଟ ଅଥଚ ମୋ ବିଚାରରେ ସେ ଆଉ ବାଘବତ୍ ମାନସିକ ବଳଶାଳୀ ନଥିଲା, ସେ ଗୋଟାଏ ଚତୁର- ବିଲୁଆ ଶ୍ରେଣୀକୁ ଖସି ଆସିଥିଲା । ଭାଉଜଙ୍କର ଯୁକ୍ତି ମୋ ମନ ଏବଂ ବିଚାରରେ ପରିବର୍ତ୍ତନ ଆଣିଥିଲା । ତେଣୁ ମୁଁ, ଟୁବୁଲାକୁ ଦେଖି ଆଗଭଳି ଉଲ୍ଲସିତ ହେଲିନି ବରଂ ନିସ୍ପୃହ ରହିଲି ।

ଟୁବୁଲା କିନ୍ତୁ ଟୁବୁଲା ; ତା'ର ମାଘ ଯାହା ପୁଷ ବି ସେଇଆ ! ମୋର ନିସ୍ପୃହତା ତା' ଉପରେ କୌଣସି ପ୍ରଭାବ ପକାଇଲାନି । ସେ ତା' ସ୍ୱଭବ ସୁଲଭ ଢଙ୍ଗରେ କହିଲା : "ଟିକେ ମଟର ସାଇକେଲ ଚାବିଟା ଦେଲୁ । ସେ ସନାତନ ଭାଇର ସ୍ତ୍ରୀ ଦେହ ଖରାପ, ତାକୁ ଡାକ୍ତରଖାନା ନେବି" ।

ନିଷ୍ପତ୍ତି କଲି ଟୁବୁଲାକୁ ଚାବି ଦେବିନି, ବରଂ ତାକୁ ସିଧାସଳଖ ମନା କରିଦେବି । ତେଣିକି ସେ ରାଗିଲେ ରାଗୁ !

କିନ୍ତୁ ସେମିତି ହେଇ ପାରିଲାନି । ତା' କଥା ଶୁଣୁଶୁଣୁ, ମତେ ନପଚାରି, ମିଲିଦେଇ ମନକୁ ମନ ଚାବି ଆଣି ଟୁବୁଲାକୁ ଦେଇଦେଲା ଏବଂ ଛଞ୍ଚାଣଟିଏ ପରି ଚାବି ଝାମ୍ପିନେଇ ସେ ସେଠାରୁ ଚାଲିଗଲା ।

ମୋ ମୁହଁରୁ ମୋ ମନର ଭାବକୁ ପଢ଼ି ଦେଇ କହିଲା : " ନଉ, ରାତିଦିନ ତ ତୋରି ସାଙ୍ଗରେ ବୁଲୁଚି । ଆମରି ଘର ପାଇଁ କାମ କରୁଚି" ।

ଟୁବୁଲା ପାଇଁ ଦେଇର ଓକିଲାତି ମତେ ଜମା ଭଲ ଲାଗିଲାନି। ଦେଇକୁ ଦୃଢ ଜବାବ୍ ଦେଲି: "ସେ ଆମ ଘର ପାଇଁ କାହିଁକି କାମ କରିବ ; ବରଂ ତୋରି ବାହାଘର ନା'ରେ ସେ ମୋ ଠୁ ପଇସା ଲୁଟୁଛି ! ତୁ କ'ଣ ଜାଣିଚୁ ତା' ବିଷୟରେ" ?

ମୋ ବିରକ୍ତି ଦେଖି, ଦେଇ ଆଶ୍ଚର୍ଯ୍ୟ ହେଇଗଲା। ମତେ ଥରେ ଆପାଦମସ୍ତକ ଦେଖି ଦେଇ ସେ ସେଠାରୁ ଚାଲିଗଲା।

ମୁଁ ବି ଜାଣି ପାରିଲିନି, ଦେଇକୁ ଏମିତି କହିବା ମୋର ଠିକ୍ ହେଲା କି ନାହିଁ।

ମୁଁ କେମିତି ଏକୁଟିଆ ହୋଇଗଲି। ଏକା ଏକା ଯାଇ ଭାଗବତମଠ ବାରିରେ ବସିଗଲି। ମୋ ଜୀବନରେ ଅସହାୟତାପଣ ଏମିତି ବାରମ୍ବାର ଆସିଥାଏ। ସେଇ ସମୟରେ ଦେବସ୍ଥାନ କିମ୍ବା କୌଣସି ନିରୋଳା ଯାଗାଦେଖି ମୁଁ କିଛି ସମୟ ଚୁପ୍‌ଚାପ୍ ବସିଯାଏ।

ଏଇ ଚୁପ୍‌ଚାପ ବସିବା ଭିତରେ ମୁଁ ଗଭୀର ଭାବରେ ଟୁବୁଲା ବିଷୟରେ ଚିନ୍ତା କରିବାକୁ ଲାଗିଲି। ପ୍ରକୃତରେ ସେ ମତେ ଲୁଟୁଥିଲା। ଆମେ ଯୁଆଡେ ଯାଉଥିଲୁ ଦେଇର ବାହାଘର ବୁଝାବୁଝି କରିବାକୁ, ସେ ସେଇ ରାସ୍ତାରେ ତା'ର ବ୍ୟକ୍ତିଗତ କାମ ବି କରେଇ ନେଉଥିଲା। ଏପରିକି ଗାଁ ଲୋକଙ୍କ ବୋଲହାକର ବରାଦି ମୁତାବକ କିଣାକିଣି ବି ସେଇ ରାସ୍ତାରେ କରୁଥିଲା। ଏଥିପାଇଁ ଯଦିଓ ରାସ୍ତାଖର୍ଚ୍ଚ, ଜଳଖିଆ ଖର୍ଚ୍ଚ ବାବଦରେ ସେମାନଙ୍କଠୁ ସେ ପଇସା ଆଣୁଥିଲା କିନ୍ତୁ ବାସ୍ତବପକ୍ଷରେ ଗାଡିରେ ତେଲ ମୁଁ ପକାଉଥିଲି ଏବଂ ଆମ ଖାଇବା ପିଇବାରେ ସମସ୍ତ ଖର୍ଚ୍ଚ ମୁଁ ହିଁ ବହନ କରୁଥିଲି। ଅନେକ ସମୟରେ ଆମେ ବାହାରେ ଖାଇବାର ସୁଯୋଗ ଟୁବୁଲା ଆପେ ସୃଷ୍ଟି କରୁଥିଲା ବିଭିନ୍ନ କାମକୁ ଜାଣିଶୁଣି ବିଳମ୍ବକରି। ହୋଟେଲ୍‌ରେ ପୁଣି ରାଜାଟିଏ ପରି ବରାଦ ଦଉଥିଲା। ମାଂସ ତରକାରି ଖାଇସାରି କହୁଥିଲା, 'ଆଳୁଭର୍ତ୍ତା ଟିକେ ଖାଇଦବା ନ ହେଲେ ପାଟି ଗନ୍ଧେଇବ'। ଚା', କୋଲ୍ଡ୍‌ଡ୍ରିଙ୍କସ ବରାବର ପିଆ ଯାଉଥିଲା। ନିଜ ପାଇଁ ସେ ପାନ, ବିଡି, ଖଇନି, ମୋରି ପଇସାରେ କିଣୁଥିଲା। ବେଳେବେଳେ ସଂଧ୍ୟାରେ ଜୁଲମକରି, ମଦ ପିଇବା ପାଇଁ ମୋ ଠୁ ପଇସା ନେଉଥିଲା। ଦେଇର ବରଖୋଜା ବାହାନାରେ ଟୁବୁଲା ମତେ ବେଶ୍ ଲୁଟୁଥିଲା।

ସେତେବେଳେ ମୁଁ, ତା'ର ପାରିବାର ପଣିଆ ଉପରେ ଯଥେଷ୍ଟ ବିଶ୍ୱାସ

ଆଉ ଭରଷା କରୁଥିଲି, ତେଣୁ ଏସବୁକୁ ଅଣଦେଖା କରୁଥିଲି। କେବେ ଏକଥାକୁ ମନକୁ ବି ନେଉନଥିଲି। ଏବେ ମତେ ଲାଗିଲା, ସେମିତି ଭାବନା ମୋର ଭୁଲ୍ ହିଁ ଥିଲା। ବରଂ ଏଣିକି ସେଥିରେ କ'ଣ କେମିତି ଲଗାମ ଲଗାଯିବ ମୁଁ ତା'ର ଚିନ୍ତା ଆରମ୍ଭ କରିଦେଲି।

ଥରେ ତ କଥା ପ୍ରସଙ୍ଗରେ ଟୁବୁଲାକୁ ପଚାରିଥିଲି: "ତୋର ତ ଚାକିରୀ ନାହିଁ କି କିଛି ରୋଜଗାର ପନ୍ଥା ନାହିଁ, ତୁ ଚଳୁଛୁ କେମିତି" ?

ସେ ମତେ କହିଥିଲା: "ଯାହାର କିଛି ପନ୍ଥା ନଥାଏ, ତା' କଥା ଭଗବାନ ବୁଝନ୍ତି"।

ସେତେବେଳେ ମୁଁ ତାକୁ ଦାର୍ଶନିକଟିଏ ଭାବି ଚୁପ୍ ରହିଥିଲି। କିନ୍ତୁ ଗୋଟେ ସଂଧ୍ୟାରେ, ସେ ମଦ ପିଇ ମତାଲ ଥିବାବେଳେ, ନିଜ ତରଫରୁ ତା' ରୋଜଗାର ଏବଂ ଚଳଣି ବିଷୟରେ ସବୁକିଛି ଓକାଳିଥିଲା।

ସେ କହିଥିଲା, ବୁଢାବୁଢୀଙ୍କ ଅମଳି ଖର୍ଚ୍ଚରୁ ସେ ନିଜ ଅମଳି ଯୋଗାଡ କରିଦିଏ। କିଏ ପରିବା, ଔଷଧ କି ଅନ୍ୟାନ୍ୟ ଜିନିଷ କିଣିବାକୁ ପଇସା ଦେଲେ ସେଥିରୁ ସେ କିଣା ଦାମର ଡବଲ ପଇସା ଅସୁଲ୍ କରେ। ଲୋକ ଦେଖି ଏସବୁରୁ ପରିମାଣ ବଢେ ବା କମେ। କିଣାକିଣି କରିବାକୁ ରାସ୍ତାଖର୍ଚ୍ଚ ବି ମାଗେ। ତା' ଛଡା ସନାତନ ଭାଇର ଘର ଦାୟିତ୍ୱ ବୁଝାବୁଝିରୁ ତାକୁ ବେଶ୍ ମୋଟା ପଇସା ବି ମିଳିଯାଏ।

ସନାତନ ଭାଇ, ଦୁବାଇ ଯିବାବେଳେ, ଟୁବୁଲାକୁ ତାଙ୍କ ଘରର ଭଲମନ୍ଦ ଦାୟିତ୍ୱ ତଥା ଆବଶ୍ୟକ ବେଳେ ଦରକାରୀ ଜିନିଷପତ୍ର କିଣାକିଣି କରିଦେବା ପାଇଁ କହିଥିଲେ। ସେଇସବୁ କାମ କରୁକରୁ ଦିନ କେଇଟାରେ, ଟୁବୁଲା କି କିମିଆ କରିଦେଲା ଯେ, ସନାତନ ଭାଇର ସ୍ତ୍ରୀ ପାଣିଗ୍ଲାସେ ପିଇବା ପାଇଁ ବି ଟୁବୁଲାକୁ ଖୋଜିଲେ। ଟୁବୁଲା କୁଆଡେ ବଢିଲା ରାତିଯାଏ ତାଙ୍କରି ଘରେ ଥାଏ। ଅବଶ୍ୟ ମୁଁ

ଗାଁ କୁ ଆସିବା ଦିନଠୁ ସେ ମୋ ପାଖ ଛାଡିନି। ତଥାପି ସଂଧ୍ୟାପରେ ସେ କୁଆଡେ ଯାଉଥିବ କ'ଣ କରୁଥିବ ତାକୁ ହିଁ ଜଣା।

ଏବେ ମୋର ଟୁବୁଲା ଉପରେ କେଜାଣି କାହିଁକି ଭୀଷଣ ରାଗ ଆସୁଥିଲା। ତା' ସାଙ୍ଗ ଛାଡିଦେବା ପାଇଁ ମନ ଭାରି ତରତର ହେଉଥିଲା।

ଏମିତି ସବୁ ଭାବନା ତା' ପୁଣି ଟୁବୁଲା ବିଷୟରେ, ମତେ ବ୍ୟତିବ୍ୟସ୍ତ କରି ପକେଇଲା। ଭାଗବତ ଗୋସେଇଁଙ୍କ ମଠରେ ଥାଇ ବି ମନରେ ଶାନ୍ତି ଆସିଲାନି। ମୁଁ ଘରକୁ ଫେରି ଆସିଲି।

ଦେଖିଲି ଦାଣ୍ଡରେ ମଟର ସାଇକେଲ୍ ଥୁଆ ହେଇଛି। ଦେଇଙ୍କୁ ପଚାରିଲି ଟୁବୁଲା କଥା। ଦେଇ କହିଲା : "ସେ କେତେ ବେଳଠୁ ଗାଡି ଥୋଇ, ଚାବି ଦେଇ, କୁଆଡେ ଗଲାଣି"।

ମୋ ମନକୁ ଗୋଟେ ନୂଆ ଭାବନା ଆସିଲା। ମଧ୍ୟାହ୍ନ ଭୋଜନ ଶେଷ କରି କାହାକୁ କିଛି ନଜଣାଇ, ମୁଁ, ନୃସିଂହର ଗାଁ ଅଭିମୁଖେ ବାହାରିଗଲି।

ମଟରସାଇକେଲ୍‌ରେ ବସିବାପରେ ନାନା ଭାବନା ମନକୁ ଆସିଲା। ସେ ଭାବନା ସବୁକୁ ନା ମୁଁ ସଂଯୋଜିତ କରିପାରିଲି ନା ନିୟନ୍ତ୍ରଣ। ଭାବନା ଭାବନା ବାଟରେ ଚାଲିଲା, ଗାଡି ତା' ବାଟରେ । ମୁଁ ଏଇ ଦୁଇଟିର ଅସହାୟ ପରିଚାଳକ ଭାବରେ ଯାହା ଖାଲି ଭୂମିକା ନିର୍ବହନ କଲି।

ମୁଖ୍ୟରାସ୍ତାରୁ ନୃସିଂହର ଗାଁ ସଂଯୋଜିତ ହେଇଛି ଚାରିଶହ ମିଟର ଲମ୍ବର ଏକ ସଡକ ଦ୍ୱାରା। ସଂଯୋଜିତ ହେଉଥିବା ଛକ ପାଖରେ ଗୋଟିଏ ଚା'-ଜଳଖିଆ ଦୋକାନ, ଗୋଟିଏ ବାଳକଟା ସେଲୁନ ଏବଂ ଆଉ ଗୋଟିଏ ତେଜରାତି ଦୋକାନ ରହିଛି। ମଟର ସାଇକେଲ୍ ରଖି ଚା' ପିଇବା ପାଇଁ ମୁଁ ଜଳଖିଆ ଦୋକାନ ଭିତରକୁ ପଶିଗଲି।

ସେଇ ସମୟରେ ସେଲୁନ୍ ଭିତରେ କେହି ଜଣେ ଅନର୍ଗଳ ଗପୁଥିବାର କାନରେ ବାଜିଲା। ସ୍ୱରଟା କେମିତି ଚିହ୍ନାଚିହ୍ନା ଲାଗିଲା, ଠିକ୍ ନୃସିଂହର ସ୍ୱର ପରି। ମୁଁ କାନପାତିଲି। କିନ୍ତୁ ଏ ତ ଅନର୍ଗଳ ଆଉ ସ୍ପଷ୍ଟ ଓଡିଆରେ କହୁଥିବା ସ୍ୱର ଥିଲା। ନୃସିଂହ ତ ଓଡିଆ ଜାଣେନି।

ଚା' କପଟେ ବରାଦଦେଇ ତଥାପି ସେ ସ୍ୱରକୁ ନିରବରେ କାନପାତିଲି। ମୋର ଅନୁମାନ ଠିକ୍ ବୋଲି ମନେ ହେଉଥିଲା।

ମୁଁ ଦୋକାନୀକୁ ପଚାରିଲି : "ଆରପଟରେ କିଏ ଏମିତି ଗପୁଚି କି" ?

ଦୋକାନ ଭିତରେ ମତେ ଛାଡି ଆଉ କେହି ବି ନଥିଲେ ଏମିତିରେ ମୁଁ ବି ଦୋକାନୀର କେବେ ଚିହ୍ନା ପରିଚୟ ନଥିଲି। ତେଣୁ ବେଶ୍ ବେପରୱାଭାବରେ ଦୋକାନୀ ଜବାବ୍ ଦେଲା : "ସେଇ ଡହରା ନୃସିଂହ ଆଉ କିଏ" ?

ମୁଁ କହିଲି : "ଏ ସେଇ ନୃସିଂହ, ଯେ ଭିଲ୍ଲାଇରେ ରହେ" !

ଦୋକାନୀ ଗୋଟିଏ କଦର୍ଯ୍ୟ ବାକ୍ୟଟିଏ କହିଲା। ମତେ ଲାଗିଲା ସେ ଆଦୌ ନୃସିଂହକୁ ପସନ୍ଦ ହିଁ କରେ ନାହିଁ।

ମୁଁ ଅଳ୍ପଟିକେ ହସି, ଦୋକାନୀକୁ ଉତ୍ୟକ୍ତ କରାଇଲି : "ସେ ତମରି ଗାଁର ପିଲାଟି" !

ଦୋକାନୀ କହିଲା : "ସେଇ ତ ଦୁଃଖ ଆଜ୍ଞା, କୁଳାଙ୍ଗାରଟା ଆମରି ଗାଁରେ ଜନ୍ମ ନେଇଛି"।

ମୁଁ ନିଶ୍ଚିତ ହେଇଗଲି, ନୃସିଂହର ନାମ ଅପେକ୍ଷା ବଦନାମ୍ ହିଁ ଅଧିକ ରହିଛି।

ମୋର ଏପରି ଭାବନା ଦୋକାନୀର କଥାରୁ ନୁହେଁ ବରଂ ଆରପଟେ ସେଲୁନ୍ ଭିତରୁ ଆସୁଥିବା ନୃସିଂହର ଅନର୍ଗଳ କଥାରୁ ହିଁ ଜାତ ହେଉଥିଲା। ଦୋକାନୀ ଖାଲି ସେପରି ଭାବନାକୁ ଦୃଢୀଭୂତ କଲା।

ମୁଁ ଏବେ ମନେ ପକାଉଥିଲି, ତାଙ୍କ ଘରେ ନୃସିଂହ ଆମକୁ ଓଡିଆ ଜାଣିନଥିବା କହି ଆମ ସହ ହିନ୍ଦୀରେ କଥାବାର୍ତ୍ତା ହେଉଥିବା ମୂହୂର୍ତ୍ତକୁ ।

ଦୋକାନୀ ମତେ ଏଥର ତା ତରଫରୁ ପ୍ରଶ୍ନ କଲା: "ତମେ କେମିତି ସେ ଭାଡୁଆକୁ ଜାଣିଲ" ?

ଏପରି ପ୍ରଶ୍ନ ପାଇଁ ମୋର ପ୍ରସ୍ତୁତି ନଥିଲା, ତେଣୁ କ'ଣ କହିବି ଭାବି ନଡବଡେଇଗଲି।

କ'ଣ ଭାବିଲା କେଜାଣି, ଦୋକାନୀ ମତେ ସିଧାସଳଖ ପଚାରିଲା : "ତା' ବା'ଘର ପ୍ରସ୍ତାବରେ ଆସିଛ କି" ?

ମୁଁ ମୁଣ୍ଡ ହଲେଇ ମୋର ସମ୍ମତି ଜଣାଇଲି ।

ଦୋକାନୀ କହିଲା : "ରାମ୍ ରାମ୍ ! ସେ ଝିଅ ଭାସିଯିବ ଆଜ୍ଞା। ବାହାଘର ପ୍ରସ୍ତାବ ଯେଉଁଠି ଅଛି, ସେଉଠୁ ଭାଙ୍ଗିଦିଅ"।

ନୃସିଂହ ବିରୋଧରେ ଦୋକାନୀର ଘୃଣା ଏବଂ ପ୍ରତିବାଦ ମତେ କାହିଁକି ଟିକେ ଅଧିକ ମନେ ହେଲା। ମୁଁ ଖୁବ୍ ଭଦ୍ରଭାବରେ ଉତ୍ତର ରଖିଲି : "ନା ନା ସେମିତି କେମିତି ହବ" !

ଦୋକାନୀ ଟିକେ ଚିଡିଗଲା, ଟିକେ ନିରାଶ ବି ହେଲା, ତଥାପି ନିଜକୁ ଆୟତରେ ରଖି କହିଲା : "ଭଲ କଥା, ମୋର କ'ଣ ଯାଉଛି ! ଆପଣଙ୍କୁ ଯେତିକି ସତର୍କ କରିବା କଥା କରିଦେଲି"।

ଏଇ ସମୟରେ ନୃସିଂହ ସେଲୁନ୍ ଭିତରୁ ବାହାରି ଆସିଲା, ସେମିତି ପାଟିକରି ଏବଂ ଟଳିଟଳି ତା ଗାଁ ରାସ୍ତାରେ ମୁହାଁଇଲା।

ଦୋକାନୀ ମତେ ଇସାରା କରି କହିଲା : "ହେଇ ଦେଖନ୍ତୁ ଆପଣଙ୍କ ନୃସିଂହ ବାବୁକୁ"।

ନୃସିଂହକୁ ମୁଁ ଚାହିଁ ରହିଲି। ତାର ଟଳଟଳ ଚାଲି, ଅବ୍ୟବସ୍ଥିତ ରୂପ, ସତରେ ଭାରି କଦର୍ଯ୍ୟ ଲାଗୁଥିଲା। ତାକୁ ସପକ୍ଷ ଦେବାଭଳି କଥା କହିଥିବା ଯୋଗୁ, ଦୋକାନୀକୁ ସିଧାସଳଖ ଚାହିଁବାକୁ ବି ମତେ ଖରାପ ଲାଗୁଥିଲା।

ଦୋକାନୀ ସହ ସଂପର୍କ ଯୋଡିବା ଉଦ୍ଦେଶ୍ୟରେ ମୁଁ ଆଉ କପ୍ ଚା'ର ବରାଦ ଦେଲି।

ଦୋକାନୀ ଭାରି ସରଳିଆ ଲୋକଟେ ଥିଲା। ମୋ ହାତକୁ ଚା' ବଢେଇ ଦେଇ ପଚାରିଲା: "କ'ଣ ଆପଣଙ୍କ ଭଉଣୀର ବାହାଘର କି" ?

ମୁଁ କହିଲି : "ହଁ ଯେ, ମୁଁ ଖାଲି ବୁଝାବୁଝି କରୁଛି, କଥା ସେମିତି କଉଠି ଆଗେଇ ନାହିଁ"।

ଦୋକାନୀ ପଚାରିଲା : "ଭଉଣୀର ପଢାପଢି କଣ ? ଦେଖିବାକୁ କେମିତି" ?

ଉତ୍ତରରେ ମୋର ଯାହା ଯେମିତି କହିବା କଥା, ତାହା ମୁଁ ଦୋକାନୀକୁ ଶୁଣେଇ ଦେଲି।

ଦୋକାନୀ କ'ଣ ଟିକେ ଭାବିଲା। ତା' ପରେ କହିଲା : "ଏଇ ପାଖ ଗାଁରେ ପିଲାଟିଏ ଅଛି। ପ୍ରାଇମେରୀ ସ୍କୁଲର ଶିକ୍ଷକ। ଦଶବର୍ଷ ହେଲାଣି ତା ବାପ ଗଲାଣି, ଘରେ କେବଳ ମା'- ପୁଅ ; ଯଦି ରାଜି ହେବ କଥା ପକାଇବି"।

ଏଥିରେ ଅରାଜି ହେବାର ବା କ'ଣ ଥିଲା ! ମୁଁ ସଙ୍ଗେ ସଙ୍ଗେ କହିଲି : "ଏ ତ ଭଲ ପ୍ରସ୍ତାବ, ମନା କାହିଁକି କରିବି" ?

ଦୋକାନୀ ବୁଝେଇଲା: "ତମେ ପାଠ ପଢୁଆ ଲୋକ, ସେଥିପାଇଁ ତମକୁ ଏ ପ୍ରସ୍ତାବ ଭଲ ଲାଗୁଚି ହେଲେ ତମ ବାପା, ମା' ରାଜି ନ ହେଇ ପାରନ୍ତି" !

ଦୋକାନୀର କଥା, ମତେ କେମିତି ଜଟିଳ ମନେ ହେଲା । ମୁଁ ସାମାନ୍ୟ ଚିଡିଯାଇ କହିଲି : "ଏଥିରେ ଅରାଜି ହେବାରେ କଣ ଅଛି" !

ଦୋକାନୀ ଉତ୍ତର ଦେଲା : "ଗାଁର ଲୋକମାନେ ବନ୍ଧୁ ଖୋଜନ୍ତି । ଏ ପିଲାର ଘରେ ମା', ପୁଅକୁ ଛାଡି ଆଉ କେହି ନାହାନ୍ତି । ଏମିତି ନାଣ୍ଡିଆ ପରିବାର ପାଇଁ କେତେ ଲୋକ ଫେରିଗଲେଣି । ତମେ ଆଗେ ତମ ଘରେ କଥା ହେଇ ସାର, ତା'ପରେ ମତେ ଖବର ଦେଲେ ମୁଁ ଆଗେଇବି" ।

ବାହାଘର ପାଇଁ ଯେ ଏମିତି କଥା ସବୁ ହିସାବକୁ ନିଆଯାଏ ସେ ଧାରଣା ମୋର ନଥିଲା । ଅଗତ୍ୟା ଦୋକାନୀଠାରୁ ତା'ର ମୋବାଇଲ ନମ୍ବର ଆଣି ଘରକୁ ଫେରିଲି ।

ଘରେ ପହଁଚିଲା ବେଳକୁ ବାପା ବସି ଚା' ପିଉଥିଲେ । ମୁଁ ସିଧାଯାଇ ବାପାଙ୍କ ପାଖରେ ବସିଗଲି । କୌଣସି ଭୂମିକା ନରଖି ସିଧାସଳଖ କହିଲି : "ବାପା ! ମିଲିଦେଇର ବାହାଘର ମୁଁ ଆଉ ଗୋଟେ ଯାଗାରେ ବୁଝାବୁଝି କରୁଛି" ।

ବାପାଙ୍କର ଏତେ ପାଖାପାଖି ବସିବା, ଇଏ ବୋଧହୁଏ ମୋ ଜୀବନର ପ୍ରଥମ । ସବୁବେଳେ ଆମେ ଭାଇ ଭଉଣୀ, ବାପାଙ୍କ ସହ ବୋଉ ମାଧ୍ୟମରେ କଥା ହଉ । ବାପା ବି ଆମ ମାନଙ୍କୁ ସିଧାସଳଖ କିଛି ନ କହି କାନ୍ଥକୁ, ଚାଳକୁ ଶୁଣେଇବା ପରି କହନ୍ତି ।

ବାପାଙ୍କ ସହ ଏମିତି ସିଧାସଳଖ କଥା ହେଇ, ମୁଁ ନିଜକୁ ନିଜେ ଆଶ୍ଚର୍ଯ୍ୟ ହେଇଗଲି । ତା'ଠୁ ବେଶି ଆଶ୍ଚର୍ଯ୍ୟ ହେଲି, ବାପା ପ୍ରଥମଥର ସ୍ନେହବୋଳା ସ୍ୱରରେ ଯେତେବେଳେ ମତେ ଉତ୍ତର ଦେଲେ: "ଆଉ କଉଠି ଭଲ ପିଲାର ଖବର ପାଇଲୁ କି" ?

ମୁଁ ସହଜ ଉତ୍ତର ଦେଲି : "ହଁ"।

ବାପା, ମିଲିଦେଇକୁ ଡାକିଲେ : "ମିଲି! ମଣ୍ଟୁ ପାଇଁ ଚା' କପେ ଆଣେ ତ"!

ସତରେ ଆଜି ଭାରି ଖୁସି ଲାଗୁଥିଲା ଯେ, ବାପା ପୁଣି ମୋ ପାଇଁ ଚା' ବରାଦ ଦେଉଛନ୍ତି।

ମିଲିଦେଇ ଚା' ଦେଲା।

ମୁଁ ଚା' ପିଉ ପିଉ ନୃସିଂହ ସମ୍ପର୍କରେ ସବୁକଥା ବାପାଙ୍କୁ କହିଲି। ଦୋକାନୀ ଉଠାଉଥିବା ନାଣ୍ଡିଆ ଘର ସମ୍ପର୍କରେ ବି ବାପାଙ୍କର ମତାମତ ଜାଣିବାକୁ ଚାହିଁଲି।

ଚା' ଦେଇ ମିଲିଦେଇ ଫେରି ଯାଉଥିବା ବେଳେ ନୃସିଂହ ବିଷୟରେ ନକାରତ୍ମକ କଥା ଶୁଣି ଛିଡା ହୋଇଗଲା। ବୋଉ ବି ଆସି ପାଖରେ ବସିଲା।

ନାଣ୍ଡିଆ ଘର ପ୍ରସଙ୍ଗରେ ବୋଉ ପ୍ରଥମ ଜବାବ୍ ରଖିଲା: "ଶଶୁର, ଦିଅର, ନଣନ୍ଦ କେହି ନାହାଁନ୍ତି, ଭଲ ମନ୍ଦରେ ମୋ ଝିଅ କା' ସାଙ୍ଗରେ ଚଳିବ! କାଇଁ ତତେ କ'ଣ ଆଉ କେହି ମିଳୁ ନାହାଁନ୍ତି, ତୁ ସେ ନାଣ୍ଡିଆ ଘର ପିଣ୍ଡାରେ ପତର ପକାଇବା କଥା ଭାବୁଚୁ"!

ବାପା ରୋକିଦେଲେ : "ହେ କାଇଁକି ଗୁଡେ ଇୟାଡୁ ସିୟାଡୁ ବକୁଚୁ! ଏ ମେଳିବନ୍ଧା ପରିବାରର ଦିନ ଗଲାଣି, ଏବେ ନାଣ୍ଡିଆଘର ସମସ୍ତଙ୍କର ପସନ୍ଦ। ମିଲୁକୁ ବି ଭଲ ଲାଗିବ"।

ମୁଁ ମିଲିଦେଇ ମୁହଁକୁ ଚାହିଁଲି। ମତେ ଲାଗିଲା ସେ ଯେମିତି ବାପାଙ୍କ କଥାରେ ଏକମତ।

ବୋଉ ତ ବାପାଙ୍କ କଥାକୁ କେବେ ବିରୋଧ କରିବାରେ ଆମେ ଦେଖିନାହୁଁ। ଯଦିଓ କଥା ଶୁଣୁଶୁଣୁ ସେ ନିଜର ମତ ଦେଇଦବ ପରେ କିନ୍ତୁ ବାପା ଯାହା କହିବେ, ସେଇ କଥାକୁ ବେଦର ଗାରମାନି ଚଳିବ।

ଏଥର ବି ବୋଉ ସେଇଆ କଲା। ବାପାଙ୍କୁ କହିଲା : "ହଉ ଯାହା ତମକୁ ଭଲ ଲାଗୁଚି କର"।

ଏଇ ସୁଯୋଗରେ ଭାଉଜ ଉଠେଇଥିବା ପ୍ରସଙ୍ଗ ଗୁଡିକ ମୁଁ ବାପାଙ୍କୁ କହିଲି। ବାପା ଖୁସି ହେଲେ। କହିଲେ : "ସେ ଠିକ୍ କହିଛି। ସେମିତି ବି ହେବା କଥା। ତୁ ତା' ସାଙ୍ଗରେ ଏ ବିଷୟରେ ଟିକେ ଯୋଗାଯୋଗ କର"।

ଜୀବନରେ ପ୍ରଥମଥର ପାଇଁ ଆମେ ଘର ଭିତରେ ଏକାଠି ବସି ଏତେ ସହଜ ଭାବରେ କଥାବାର୍ତ୍ତା ହେଉଥିଲୁ । ତା' ନହେଲେ ଜନ୍ମରୁ ଆଜିଯାଏ, ଯେମିତି ବାପାଙ୍କଠାରୁ ଦୂରେଇ ଚଳିବାକୁ କେହି ଜଣେ ଅଜ୍ଞାତ ବ୍ୟକ୍ତି ଆମ ଭାଇ, ଭଉଣୀଙ୍କ ଉପରେ ଅଲିଖିତ ନିୟମଟିଏ ଜାରୀ କରିଥିଲା ।

ବାପା ବି ଭାରି ସହଜ ଆଉ ଖୁସି ଖୁସି ଲାଗୁଥିଲେ । ମିଲିଦେଇ ବି ଏ ନୂଆ ପରିବେଶରେ ପ୍ରଭାବିତ ହେଇଥିଲା । ଏକା ଖାଲି ବୋଉ ସବୁଦିନ ପରି ସୁଖ ଦୁଃଖଠୁ ଊର୍ଦ୍ଧ୍ୱରେ ରହିଥିଲା ।

କିଛି ସମୟପରେ ବାପା କୁଆଡେ ଉଠିଗଲେ । ବୋଉ ତା'ର ଗତାନୁଗତିକ ନିତିଦିନିଆ କାମରେ ଲାଗିଗଲା । ଏଇ ସୁଯୋଗରେ ମିଲିଦେଇ ମତେ ପଚାରିଲା: "ତୁ କଣ ଏକଲା ଯାଇଥିଲୁ କି" ?

ମୁଁ କହିଲି : "ହଁ କଣ ହେଲା କି" ?

"ନାଇଁ ଟୁବୁଲାକୁ ସାଙ୍ଗରେ ନେଲୁନି ଯେ" ! ଦେଇ କାରଣ ଜାଣିବାକୁ ଚାହିଁଲା ।

"ସବୁବେଳେ ତା'ର ଉପସ୍ଥିତି ମୁଁ ଦରକାର କରୁନି" । ଦେଇକୁ ସଂକ୍ଷିପ୍ତ ଉତ୍ତର ଦେଲି ।

ଦେଇ ମତେ ବୁଝାଇଲା : "ଏକା ବୋକା । ସାଙ୍ଗରେ ଜଣେ ଥିଲେ କାମର ଭିଡ ଜଣାପଡେନି, ସମୟ ବି ସହଜରେ ବିତେ । ତାକୁ ସାଙ୍ଗରେ ଯେମିତି ନଉଥିଲୁ ନେ, ସେ ଟିକେ ଚତୁର ବି ! ଭଲମନ୍ଦରେ ସାହାଯ୍ୟ କରିବ" ।

ମତେ ଟିକେ ବିରକ୍ତ ଲାଗିଲା । କେଉଠି ନା କଉଠି ଦେଇ, ଟୁବୁଲାକୁ ମୋ' ଠୁ ଅଧିକ ଚାଲାକ ଭାବୁଥିଲା । ତାକୁ ଲାଗୁଥିଲା ଟୁବୁଲାକୁ ସାଙ୍ଗରେ ନ ନେଲେ ମୁଁ ଠିକ୍‌ରେ ବୁଝାବୁଝି କରିପାରିବିନି । ଚଢାଗଳାରେ କହିଲି : "ତୋର ଏତେ କଥାରେ ମୁଣ୍ଡ ଖେଳାଇବା ଦରକାର ନାହିଁ । ଯାହା ଯଉଠି କରିବା କଥା ମୁଁ ଠିକ୍‌ଠାକ୍ ଭାବରେ କରୁଚି" ।

ଦେଇକୁ ମୋ କଥା ଭଲ ଲାଗିଲା ନାହିଁ । ସେ କିଛି କହିଲା ନାହିଁ ଯଦିଓ ଅସନ୍ତୁଷ୍ଟ ହେବାପରି ମୋ ପାଖରୁ ଉଠିଗଲା ।

ମୁଁ ବି ଆଉ କ'ଣ କରିଥାଆନ୍ତି । ଉଠିଆସି ଏକା ଏକା ସଡକ ରାସ୍ତାରେ ମୁହାଁଇଲି ।

ଗାଁର ଘରଗୁଡିକ ଦୁଇଧାଡି ହେଇ ତିଆରି ହେଇଛି। ମଝିରେ ଅଜଗର ସାପପରି ଦମ୍ଫିଲା ପକ୍କା ରାସ୍ତାଟେ ଶୋଇଛି। ଗାଁର ଉଭୟ ପାର୍ଶ୍ୱରୁ ସେଇ ରାସ୍ତାଟି ବାହାରି ଆସି ମଝିଆ ମଝି ଦୂରତାରେ ମୁଖ୍ୟ ରାସ୍ତାକୁ ଛୁଇଁଛି। ଛୁଇଁବା ସ୍ଥାନଟିରେ ରାସ୍ତାର ଠିକ୍ କଡକୁ ବିରାଟ ବରଗଛଟିଏ। ବରଗଛ ଚଉହଦୀ ପକ୍କାର ଚାନ୍ଦିନୀ।

ଚାନ୍ଦିନୀ ଉପରେ ସଦାବେଳେ ଭିଡ। ସକାଳେ ସ୍କୁଲ ପିଲା, ଖରାବେଳକୁ ଟୋକା, ଦରବୁଢାଙ୍କ ତାସ୍ ବାଡିଆ। ସଂଧାରେ ବୁଢା ଚାଷୀଙ୍କ, ଚାଷ ଆଉ କ୍ଷେତ ବାରିର ଆଲୋଚନା। ରାତିରେ ବରଡାଳରେ ବ୍ରହ୍ମରାକ୍ଷସ। ରାସ୍ତାର ଆରପଟେ ମହାଦେବଙ୍କ ମନ୍ଦିର। ତାଙ୍କ ଡାହାଣ ପାଖକୁ ଚାରି ପାଂଚ ବର୍ଷ ହେବ ବସିଛି ହନୁମାନଙ୍କ ମୂର୍ତ୍ତି। ଖଣ୍ଡେ ଦୂରରେ ଭାଗବତ ଗୋସେଇଁଙ୍କ ଗାଦୀ। ପୁଣି କେଇ ପାହୁଣ୍ଡ ଆଗକୁ ଗଲେ ନୁଆଣିଆ ଚାଳଘରେ ଚା', ପାନ, ଜଳଖିଆ ଦୋକାନ ଦୁଇ ତିନୋଟି। ବର୍ଷେ ହେଲାଣି ଦରଜୀଟିଏ କ୍ୟାବିନ୍ ପକାଇ କପଡା ସିଲେଇ କରୁଛି। ତେଣୁ ଏଇ ଅଂଚଳରେ ସବୁ ସମୟରେ ଲୋକଭିଡ।

ଟୁବୁଲା ସହ ସେଇ ରାସ୍ତାରେ ଆସିଲେ, ଆମକୁ ପାଖାପାଖି ଘଂଟାଟିଏ ଲାଗିଯାଏ ସେଇତକ ପାର କରିବାକୁ। ସେଠି ଉପସ୍ଥିତ ଥିବା ଲୋକମାନେ ଟୁବୁଲାକୁ ଡାକି କଥା ହୁଅନ୍ତି। ଟୁବୁଲା ବି ନିଜ ତରଫରୁ କାହା ସହ କଥାହୁଏ। ସେଇ କଥାବାର୍ତ୍ତାରେ ସେ ଘଂଟାଏରୁ ଅଧିକ ସମୟ ଲଗାଇ ଦିଏ।

ଟୁବୁଲା ଗୋଟିଏ ମହାରାଜାର ଉଚ୍ଚାରଣରେ କଥାହୁଏ, ଯଦିଓ ସେ ନିହାତି ଜଣେ ମାମୁଲି କଟୁଆଳର ବେଶ୍ ପୋଷାକ ଆଉ ଠାଣିମାଣିରେ ଚଳପ୍ରଚଳ ହେଉଥାଏ। ତା' ସହିତ ମୋର ଉପସ୍ଥିତି ମତେ ଅନେକ ସମୟରେ ଭାରି ବେଖାପ ଲାଗେ।

ତେବେ ସେ ଯାହା ହଉ, ଆଜି ଟୁବୁଲା ମୋ ସହ ନଥିଲା। ଲୋକମାନେ ମତେ ନ ଚିହ୍ନିଲା ପରି ନିଜ ନିଜ ଯାଗାରେ କଥାଭାଷା ହଉଥିଲେ। ମାତ୍ର କେଇଟା ମିନିଟ୍‌ରେ ମୁଁ ଗାଁରୁ ବାହାରି ଆସି ମୁଖ୍ୟ ସଡକରେ ପହଁଚିଗଲି।

ମୁଖ୍ୟ ସଡକରେ ପହଞ୍ଚିବା ପରେ ନିଜ ପ୍ରତି ଭାରି ଧିକ୍କାର ଆସିଲା। ମୁଁ କ'ଣ ଏତେ ଅପାଂକ୍ତେୟ ଯେ ମତେ କେହି ଜଣେ ବି ଚିହ୍ନିଲା ନାହିଁ କି ପଚାରିଲା ନାହିଁ - ଆରେ ମଣ୍ଟୁ !, ଆଜି କଣ ଏକା, ଟୁବୁଲା କୁଆଡେ ଗଲା କି !

ଏଣେ, ମୁଁ ଏକୁଟିଆ କୁଆଡେ ଯିବି ନା କ'ଣ ବି କରିପାରିବି ! କାଣୀ ନଈ କୂଳେ କୂଳେ ବୁଲିବାକୁ ଇଚ୍ଛା ହଉଥିଲା। କିନ୍ତୁ ସେମିତି କଲେ, କେହି ଜଣେ ଯଦି

ଦେଖିଦେଲା, ତା' ହେଲେ ସେ ଦଶ ଲୋକଙ୍କୁ କହିବ, ମଣ୍ଟୁ ପାଗଳ ହେଇଗଲାଣି। ଏକା ଏକା ନଈକୂଳରେ ବୁଲୁଛି। ଏଠିକା ଲୋକଙ୍କ ଦସ୍ତୁରୁ ତ ସେମିତି !

କ'ଣ ତେବେ କରିବି ?

ଭାଉଜଙ୍କ ସଙ୍ଗେ ଆଉ ଥରେ କଥା ହୋଇଯିବି କି ?

କିନ୍ତୁ କ'ଣ ବା କଥା ହେବି ! ନୃସିଂହର ପ୍ରସ୍ତାବ ଏଯାଏ ବିଦ୍ଧିବନ୍ଧ ଭାବରେ ଭାଙ୍ଗି ନାହିଁ କି ନୂଆ ପ୍ରସ୍ତାବର ଏଯାଏ ମୂଳଦୁଆ ବି ପଡିନାହିଁ। ତେଣୁ ପୁରୁଣା ବିଷୟବସ୍ତୁକୁ ନେଇ ବା କେଉଁ ପରାମର୍ଶ ମାଗିବି !

ତଥାପି ମୁଁ ଆଗକୁ ଆଗକୁ ଚାଲିଲି। ଭଲ ସଫା, ଇସ୍ତ୍ରୀକରା ପୋଷାକ ପିନ୍ଧିଛି। ଗୋଡରେ ଦାମୀ ଜୋତା, ଦର୍ଶନୀୟ ଚେହେରା ବି ମୋର। ପାଠ ବି ଗୁଡାଏ ପଢିସାରିଲିଣି। ମାସେ ଭିତରେ ପରୀକ୍ଷାଫଳ ବାହାରିଲେ ମୋ ନାମକଡରେ ଏମ୍.ଏସ୍.ସି ଲେଖି ପାରିବି। କେତେଥର ଡିବେଟ କମ୍ପିଟେସନ୍‌ରେ ପ୍ରଥମ ବି ହେଇଛି। ଡ୍ରାମାରେ ଭାଗନେଇ ଦର୍ଶକଙ୍କର ମନ ବି ଜିତିଛି। ତଥାପି ରାସ୍ତାରେ କେହି ମୋ ଆଡେ ଦେଖୁନିକି, ମତେ କେହି କିଛି ପଚାରୁନି। ଅଚିହ୍ନା ଅଦରକାରୀ ମଣିଷ ଭଳି ସମସ୍ତଙ୍କର ମୋ ପ୍ରତି ବ୍ୟବହାର !

ମତେ ଆଶ୍ଚର୍ଯ୍ୟ ଲାଗୁଥିଲା। ଏତିକି ବାଟ ଟୁବୁଲା ମୋ ସହିତ ଚାଲିକି ଆସିଥିଲେ ରାସ୍ତାରେ କେତେ ଚହଳ ହୋଇଥାଆନ୍ତା। କଥାବାର୍ତ୍ତା, ଭାବର ଆଦାନ ପ୍ରଦାନ, ଥଟ୍ଟା ତାମସା। ଟୁବୁଲାର କାହାପାଖରେ କାମ, କାହାର ଟୁବୁଲା ପାଖରେ କାମ। ପାନ, ବିଡି, ଖଇନିର ଦିଆନିଆ। ଚା' ଯଚାଯଚି – ଏମିତି କେତେ କ'ଣ ଏବେ ଘଟୁଥାଆନ୍ତା ! ଅଥଚ ମୋ ଉପରେ ଥରେ ଆଖି ବୁଲେଇ ଆଣିବାକୁ କାହାର ତର ନାହିଁ। ଏମିତି ସ୍ଥିତିରେ ମିଲିଦେଇ ବାହାଘର ପାଇଁ ମୁଁ ଯେଉଁ ଭୂମିକା ନିର୍ବହନ କରିବାକୁ ଆସିଛି ତା' କଣ ଟୁବୁଲାର ଅନୁପସ୍ଥିତିରେ ସମ୍ଭବ !

ଏମିତି ଭାବନା ମତେ ସତରେ ଭାରାକ୍ରାନ୍ତ କରିଦେଲା। ମୁଁ ଚୁପ୍ ଚାପ ଘରକୁ ଫେରିଆସିଲି।

ଘରେ ଆସି ଦେଖିଲି, ମିଲିଦେଇ ପାଖରେ ଟୁବୁଲା ବସିଛି। ସେ ଦୁଇଜଣଙ୍କର କଣ ଅନର୍ଗଳ ଗପ ଚାଲିଛି।

ମନେ ମନେ ହସିଲି – 'ହଜିଲା ବଳଦ ଖୋଜିଲା ଠେଇଁ' !

ଆରେ ଢାମଣା, ବୁଲି ବୁଲିକି ସେଇ ଅଗଣା !

ଟୁବୁଲାକୁ ଛାଡି ମୋ କାମରେ ସଫଳତାର ସମ୍ଭାବନା ହିଁ ନଥିଲା । ମିଲିଦେଇ ଭାଷାରେ, "ଏକା ବୋକା" କଥାଟି ମୋ ପାଇଁ ବିଶେଷ ଭାବରେ ପ୍ରଯୁଜ୍ୟ ଥିଲା ।

ସୁଯୋଗ ଦେଖି ଟୁବୁଲାର ଶରଣରେ ପୁଣିଥରେ ନିଜକୁ ସମର୍ପଣ କରିବା କଥା ଭାବିନେଲି । ଅଥଚ ଏଥିଭିତରେ କିଛି ଘଟିନଥିବା ପରି ଅଭିନୟ କରି କହିଲି : "ମହାରାଜ, କୁଆଡେ ପଳେଇଥିଲ" !

ଟୁବୁଲା ତତ୍‌କ୍ଷଣାତ୍ ଜବାବ୍ ରଖିଲା : "ମୁଁ କୁଆଡେ ପଳେଇବି ! ତୁ ତ ମତେ ଛାଡି ଏକା ଏକା କଲ୍ଲୋଳପାଟଣା ପଳେଇଲୁ" ।

ମତେ ଖୁବ୍ ଅପ୍ରସ୍ତୁତ କରିଦେଲା, ଟୁବୁଲାର ଉତ୍ତର । ମୁଁ କିଛି ଉତ୍ତର ଦେବା ପୂର୍ବରୁ ସେ ମତେ ସିଧାସଳଖ ଚ୍ୟାଲେଞ୍ଜକରି କହିଲା : "ତୁ ଯଦି ମିଲିଦେଇ ପାଇଁ ଏକା ଏକା ବର ଠିକ୍ କରିଦେବୁ, ତା' ହେଲେ ମୁଁ ତୋ ପାଖରେ ବର୍ଷେ ମୂଲ ଖଟିବି" ।

ମୁଁ ଏକାକୀ, ନୃସିଂହ ଗାଁକୁ ପଳେଇଥିବା ଘଟଣାକୁ ଟୁବୁଲା ଠିକ୍ ଭାବରେ ନେଇ ପାରୁନଥିବା ତା' କଥାରୁ ଜଣା ପଡୁଥିଲା । ସେ ନିଜକୁ ଅପମାନିତ ମନେ କରୁଥିଲା ଏବଂ ଏଥିପାଇଁ ମତେ ସିଧାସଳଖ ଚାଲେଞ୍ଜ କରୁଥିଲା ।

ମୁଁ ତା' ହାତଧରି ପକାଇଲି : "ମୁଁ ଏକା ମିଲିଦେଇର ବାହାଘର ଠିକ୍‌କରି ଦେବି ଯେ, ହେଲେ କୌଣସି ପରିସ୍ଥିତିରେ ବି ତତେ ମୋ ପାଖରେ ମୂହୁର୍ତ୍ତେ ଲାଗି ବି ମୂଲ ଖଟିବାକୁ ଦେବିନି ବରଂ ସେଇ ଖୁସିରେ ତତେ ହଳେ ପ୍ୟାଂଟ୍ ସାର୍ଟ ଦେବି" ।

ଟୁବୁଲାକୁ ମୁଁ କୁଣ୍ଢେଇ ପକାଇଲି । ଟୁବୁଲା ବି ଟିକେ ଭାବପ୍ରବଣ ହୋଇ ଆଖିରୁ ଲୁହ ଗଡେଇ ପକାଇଲା ।

ମୁଁ ମୋର ଭୁଲ୍ ବୁଝିପାରିଥିଲି ।

ଟୁବୁଲାକୁ କହିଲି : "ଚାଲ କୁଆଡେ ଯାଇ ବୁଲି ଆସିବା" ।

ଟୁବୁଲା କହିଲା: "ଚାଲ" ।

ଆମେ ଆଗେଇଲୁ । ଯା' ଭିତରେ ଯେଉଁ ନୂଆ ଘଟଣାସବୁ ଘଟିଥିଲା, ସେ କଥା ଟୁବୁଲାକୁ ଜଣାଇବା ନିହାତି ଜରୁରୀ ଥିଲା । ତେଣୁ ସଡକ ପଥରେ ନଯାଇ ଅଣରାସ୍ତାରେ ଯିବାପାଇଁ ମୁଁ ତାକୁ ପ୍ରବର୍ତ୍ତାଇଲି ।

ସେ ବି ରାଜି ହେଇଗଲା ।

ସେତେବେଳକୁ ସଞ୍ଜ ନଇଁ ଆସିଲାଣି। ଆକାଶରେ ଅଳ୍ପ ତାରା ଆଉ ପୂର୍ଣ୍ଣମୀର ଜହ୍ନ ଦିଶୁଥିଲା। ଆମେ ଦୁହେଁ ଯାଇ କାଣୀନଦୀର ବାଲିପଠାରେ ବସିଲୁ। କେହି କୁଆଡେ ନଥିଲେ। ନଈରେ କୁମ୍ଭୀର ମାଡିବା ଦିନଠାରୁ ସଂଧ୍ୟାବେଳେ ନିତ୍ୟକର୍ମ ପାଇଁ କାଣୀକୂଳ ଆଉ ଉପଯୁକ୍ତ ହେଉନାହିଁ। ଏପରିକି ବଢିଲା ପୁଅମାନେ ଦୂରଦୂରାନ୍ତ ଯାଇ, ଘରକୁ ପଇସା ପଠାଇବା ପରଠାରୁ କାଣୀକୂଳରେ ଆଉ ପରିବା ବି ଚାଷ ହେଉ ନାହିଁ। ଗାଁ ଗାଁ ରେ ନଳ ଆଉ କଳପାଣିର ବ୍ୟବସ୍ଥା, କାଣୀ ନଈକୁ କୁଆଁରୀ ଆଉ କଳସୀ ଅଛୁଆଁ କରିଦେଇଛି। ପୁଣି ଯିବା ଆସିବା ପାଇଁ ଯା' ଉପରେ ପୋଲଟିଏ ହେବା ଦିନଠୁ କାଣୀ ମଣିଷଠୁ ଢେର୍ ଦୂରେଇ ଯାଇଛି। ଏବେ କାଣୀନଈ ଆଉ ମଣିଷ, ଯାହା ଖାଲି ପରସ୍ପରକୁ ଦୂରରୁ ଦେଖିବା କଥା !

ତେଣୁ ସେଇ ଯାଗାରେ କଥା ବାଣ୍ଟିବା ପାଇଁ ଅଦ୍ୱିତୀୟ ମନେକରି ମୁଁ ଟୁବୁଲାକୁ କାଣୀ ପଠାକୁ ନେଇଗଲି।

ସବୁକଥା ମନ ଖୋଲି କହିଲି। ନୃସିଂହର ଗୁମର ଫିଟୋଇଲି। ଦୋକାନୀଠାରୁ ଶୁଣିଥିବା, ନାଣ୍ଡିଆ ଘର ବାହାଘର ବାଛନ୍ଦ ହେବା କଥା, ସେ ଜାଣିଛି କି ନାହିଁ, ତା' ଠୁ ଜାଣିବାକୁ ଚାହିଁଲି।

ଟୁବୁଲା କିନ୍ତୁ ଆଦୌ ଉତ୍ସାହିତ ହେଲାନି। ବରଂ ତାକୁ ଆଡେଇଦେଇ ଏତେ କଥା ମୁଁ ଏକା ଏକା କରିଦେଇଥିବାରୁ ସେ କିଛି ମାତ୍ରାରେ ଉତ୍ୟକ୍ତ ଆଉ ଦୁଃଖୀପରି ଲାଗିଲା।

ମତେ କହିଲା : "ତତେ ଗୋଟେ କଥା କହିବି, ରଖିବୁ" ?

ମୁଁ କହିଲି : "କହ" ।

ସେ ପଚାରିଲା : "ତୋ ପକେଟରେ ଏବେ କେତେ ପଇସା ଅଛି" ?

ମୁଁ ସାର୍ଟପକେଟରୁ ବାହାର କରି ତା' ଆଗରେ ଟଙ୍କା ଗଣିବାକୁ ଲାଗିଲି। ଗୋଟିଏ ଶହେ ଟଙ୍କିଆ ସହ ସର୍ବମୋଟ ଦୁଇଶହ ବତିଶି ଟଙ୍କା ଥିଲା।

ଟୁବୁଲା କହିଲା : "ଚଳିବ। ଚଳିକି ବଳିବ" ।

ସେ ମୋ ହାତରୁ ପଇସାତକ ନେଇ ତା' ନିଜ ପକେଟରେ ରଖିଲା। ମତେ ଡାକିଲା : "ଆସ ମୋ ସାଙ୍ଗେ"।

ମୁଁ ତାକୁ ଅନୁଧାବନ କଲି।

ତା'ର ଏପରି ଆଚରଣ ମତେ ଭଲ ଲାଗିଲାନି। ମୋ ପାଖରେ ଥିବା

ପଇସାକୁ ସେ ନିଜ ପଇସା ଭଳି ଖର୍ଚ୍ଚ କରିବାକୁ ପ୍ରସ୍ତୁତ ହେଉଥିବା କଥା ମୋର ହଜମ ହେଲାନି। ତଥାପି କିଛି କହିଲିନି, କାରଣ 'ତୋ ବିନୁ ମୋର ଅନ୍ୟଗତି ନାହିଁ' ନିୟମରେ ମୋର ସମୟ ଚାଲିଥିଲା।

ନିର୍ଦ୍ଦିଷ୍ଟ ଦୂରତାରେ ମତେ ଛିଡା କରିଦେଇ ସେ ନିଜେ ଯାଇ ମଦ କିଣିଲା। ତା' ସହ ଆନୁସଙ୍ଗିକ ବି ଆଣିଲା। ମୋ ପାଖରେ ପହଁଚିଯାଇ କହିଲା : "ଚାଲ ଯେଉଁଠି ବସିଥିଲେ ସେଇଠିକି ଫେରିଯିବା"।

ଏତକ କହି ସେ ଆଗେ ଆଗେ ଚାଲିଲା, ତା'ର ଅନୁଚର ପରି ମୁଁ ତାକୁ ଖାଲି ଅନୁସରଣ କଲି।

ମୋର ଶିକ୍ଷା- ଦୀକ୍ଷା, ବେଶ ପୋଷାକ, ଭାବମୂର୍ତ୍ତି- ସବୁକିଛି ତୁଚ୍ଛ ମନେ ହେଉଥିଲା। ମୁଁ ଟୁବୁଲାର ଇଚ୍ଛା ପାଖରେ ବନ୍ଧା ପଡିଥିଲି।

ନଈପଠାର ବାଲି ଉପରେ ଟୁବୁଲା ପାନୀୟ ପ୍ରସ୍ତୁତି କଲା, ମୁଁ ପିଆପିଇ ସହ ସଂସ୍କୃତି ରଖି ନଥିବାରୁ ମତେ ଖାଲି ଧର୍ମକୁ ଆଖିଠାର ମାରିବା ପରି ଥରେ ପଚାରିଦେଇ ସେ ନିଜେ ପିଇବା ଆରମ୍ଭ କଲା।

ଗ୍ଲାସ ପରେ ଗ୍ଲାସ ପିଇ ଟୁବୁଲା ପ୍ରଥମେ ଉତ୍‌ଫୁଲ୍ଲିତ ତା ପରେ ଉଚ୍ଛୃଙ୍ଖଳିତ ହେବାକୁ ଲାଗିଲା।

କେତେବେଳେ କାନ୍ଦ ତ ପୁଣି କେତେବେଳେ ହସ ।

ପ୍ରଥମେ ସେ ସବୁକ୍ଷେତ୍ରରେ ସମସ୍ତଙ୍କ ପାଖରେ ନୀରହ ଥିବା କଥାରୁ ଖିଅ ଆରମ୍ଭ କଲା। ତା'ପରେ ସେ ଅନ୍ୟମାନଙ୍କର ଦୋଷ ବାହାର କରିବାରେ ଲାଗିଲା'।

ପ୍ରଥମେ ମୋ' ଠୁ ଆରମ୍ଭ କଲା। କହିଲା : "ତୁ ଭଲ ପାଠ ପଢୁଥାଇପାରୁ, କାଲି ତୁ ଭଲ ଚାକିରୀ ବି ପାଇବୁ; ହେଲେ ତୁ କେବେ ଭଲ ମଣିଷଟେ ନଥେଲୁ କି ହେଇ ବି ପାରିବୁନେଇ"।

ମୁଁ ଟୁବୁଲାର କାନ୍ଧ ଥାପୁଡେଇ ଦେଲି : "ମୁଁ ଜାଣେ ଟୁବୁଲା, ମୁଁ ଜାଣେ"। ଉଦ୍ଦେଶ୍ୟ ଥିଲା ସେ ଆଉ ଯାଗାକୁ ନବଢି ଚୁପରହୁ।

ହେଲେ ସେ ତ ହିତାହିତ ଜ୍ଞାନ ହରାଇ ସାରିଥିଲା। ସେ ଗପି ଚାଲିଲା: "ତୋର ସ୍ୱାର୍ଥପର ଗୁଣଟି ପିଲାବେଳରୁ। ଇନ୍ଦୁ ପାଇଁ ତୁ ବିନା କାରଣରେ ମତେ ବାସନ୍ଦ କରିଥେଲୁ। ପୁଣି ତୋ ଭଉଣୀର ବାହାଘର ପାଇଁ ମୋର ସାହାଯ୍ୟ ଆବଶ୍ୟକ

ପଡିବାରୁ ହାତ ମିଳେଇଲୁ। ସେଥିରେ ପୁଣି କେତେବେଳେ କଉଠି ସୁଯୋଗଦେଖି ମତେ ଅଣଦେଖା ବି କରୁଚୁ"।

ମତେ ଭାରି ଖରାପ ଲାଗୁଥିଲା। ମୋରି ପଇସାରେ ମଦ ପିଇ, ମାତାଲ ହେଇ, ଟୁବୁଲା ମୋରି ସାମ୍ନାରେ ମୋ ଅବଗୁଣର ବର୍ଣ୍ଣନା ଦଉଥିଲା।

ମୁଁ ଉତ୍ୟକ୍ତ ହେଇଗଲି । କହିଲି : "ଟୁବୁଲା ତୁ ବାଟ ହୁଡୁଛୁ"।

ଟୁବୁଲା ସୀମା ଟପିବା ପରି ଆଚରଣ କଲା : "ମତେ ମାରିବୁ ... ମାର...। ସତ କଥା କହିଲେ ସୀତାର ବି... ଫାଟେ"!

ମୁଁ ଅସହାୟ ହେଇଗଲି। କ'ଣ କରିବି, ମତେ କିଛି ବାଟ ଦିଶୁନଥିଲା।

ଟୁବୁଲାର ସଂଳାପ କିନ୍ତୁ ବନ୍ଦ ହେବାର ନଥିଲା। ମତେ ଛାଡି ସେ ଏଥର ଧନୀକାକାକୁ ଟାର୍ଗେଟ୍ କଲା। ସେ କହିଲା : "... ଶଃ ... ହାରମୀ ଧନୀକାକା, ବାହାରକୁ ଏତେ ଭଦ୍ରାମୀ ଦେଖଉଚି ... ତା' ଭିତରଟା ଜାଣିଚୁ? ... ତୁ କ'ଣ ଏ ଗାଁରେ କେହି ବି ଜାଣନ୍ତିନି- ତା' ପରିବାର ପାଇଁ ମୁଁ କ'ଣ ନ କରିଚି ... ହେଲେ ରାତିଅଧରେ ବାପା-ମା'-ଝିଅ ତିନିହେଁ ମିଶି ମତେ ତାଙ୍କ ଘରେ ପିଟିବେ...। ମା'-ଝିଅ ମିଶି ମତେ କାମୁଡା କାମୁଡି କରି ଖଣ୍ଡିଆ ଖାବରା କରିବେ... ହାରମୀ ଧନୀକାକା, କିଛି ହେଇନଥିବା ପରି, ମତେ ସକାଳୁ କଅଁଳେଇ କରି ଦାଣ୍ଡରେ ଡାକିବ- ହାଟକୁ ଯିବୁକିରେ ଟୁବୁଲା! ଶଳା... ଏ ଟୁବୁଲା, ସେ ଧନିଆର ସ୍ତ୍ରୀ ଆଉ ଝିଅ; ଦି'ଜଣଯାକର ଘଇତା"!

ଟୁବୁଲା ଭାରି ଜଟିଳ କଥା କହୁଥିଲା। ତେବେ ସେ ତ ନିଶାରେ କହୁଥିଲା, ମୁଁ କିନ୍ତୁ ସଚେତନ ଥାଇ ଧନୀକାକାଙ୍କ ଘରକଥା ଜାଣିବା ପାଇଁ ତାକୁ ଟିକେ ଉସୁକାଇବା ଉଦ୍ଦେଶ୍ୟରେ କହିଲି : "ତୁ ଗୋଟେ ପାଗଳ ଭଳି କ'ଣ ଏମିତି ଗପୁଛ"!

"ପାଗଳ ମୁଁ କାଇଁକି ହେମି! ପାଗଳ ଶଳା ସେ ଧନୀକାକା"। ଟୁବୁଲା ପୁରାପୁରି ଉତ୍ୟକ୍ତ ଲାଗୁଥିଲା। "ଶଳା ତା' ମାଇପକୁ ସମ୍ଭାଳି ପାରିଲା ନାହିଁ... ମାଇପ ତାକୁ ରାତି ଅଧରେ, ଛାଂଚୁଣି, ଠେଙ୍ଗା ଯାହା ପାଇଲା ସେଥିରେ ପିଟିଲା। ବିକଳରେ ଧନୀଆ ଦାଣ୍ଡରେ ଦଉଡୁଥିବାବେଳେ ମୁଁ ପରିସ୍ରା ଉଠିଥେଲି। ମତେ ନେଇ ସେ ତା' ଘରେ ପହଞ୍ଚାଇ ଦେଲା। ତା' ମାଇପକୁ ମୁଁ ଶାନ୍ତ କରାଇଲି। ଧନୀଆ ବର୍ତ୍ତିଗଲା"।

ଟୁବୁଲା ଟିକେ ଥମିଲା। କିଛି ସମୟ ଚୁପ୍ ହେଇ ବସିଲା। ମୋ ଦେହ ପୁରା ଶୀତେଇ ଉଠୁଥାଏ। ମୁଁ କାଠ ହେଇ ବସିଥାଏ। ମୋ ପାଟି କିଛି ନ କହିଲେ ବି ମୋ ମନ ଆହୁରି ଶୁଣିବାକୁ ଅପେକ୍ଷା କରିଥାଏ।

ଟୁବୁଲା କିଛି ଦୂରକୁ ଉଠିଯାଇ ନଈ ବାଲିରେ ଠିଆ ଠିଆ ପରିସ୍ରା କଲା। ତା' ପରେ ପୂର୍ବସ୍ଥାନକୁ ଫେରିଆସି କହିଲା : "ଜାଣିଛୁ ତା'ପରେ କଣ ହେଲା ! ଧନୀଆର ମାଇପ ମୋ ପାଇଁ ବାୟାଣୀ ହେଲା। ସଂଧ୍ୟା ହେଲେ ଧନୀଆ ମତେ ଖୋଜିକି ଆଣିବ। ମୁଁ ଘରକୁ ପଶିବାମାତ୍ରେ ସେ ବାହାରେ ଜଗିକି ବସିବ'।

ମାଇପ ତା'ର ଭିତରେ ଉଦଣ୍ଡ ହବ। ମୋ ପାଇଁ ନାନା ଜିନିଷ ଖାଇବାକୁ ରଖିଥିବ। ମତେ ଖୁଆଉ ଖୁଆଉ ମୋ ଦେହକୁ ଚାଟିବ। ନିଜେ ନଙ୍ଗଳା ହବ ... ମତେ ନଙ୍ଗଳା କରିବ ... ଓଃ ତାକୁ ଶାନ୍ତ କରିବା କି ଯେ କଷ୍ଟ" !

ଟୁବୁଲା ସତସତିକା କଷ୍ଟ ପାଇବା ପରି ଆଚରଣ କଲା। କହିଲା : "ବଡ ହେଇଗଲା ପରେ ତା' ଝିଅର ବି ସେଇ ଦୋଷ ବାହାରିଲା। ତାକୁ ବି ଶାନ୍ତ କରୁଚି। ହେଲେ ମା' ଝିଅକୁ ଏକାବେଳକେ କେମିତି ଶାନ୍ତ କରିବି ... ? ଅଶାନ୍ତ ହେଲେ ସେମାନେ ମତେ କାମୁଡା ରାମ୍ପୁଡା କରନ୍ତି। ଯାହା ହାତରେ ପଡିଲା, ପିଟନ୍ତି। ସେମାନଙ୍କ ସହ ଧନୀଆ ବି ମିଶେ। ... ଶଳାର ମନତଳେ ମୋ ପ୍ରତିଥିବା ଘୃଣାର ପ୍ରତିଶୋଧ ନିଏ । ... ହାରାମୀ ଶଳା ... ଭାରି ଭଦ୍ରଲୋକୀ ଦେଖୋଉଚି ... ମୁଁ ପାଟି ଖୋଲିଲେ ତା ମାଟି ରହିବ ତ" !

ପ୍ରକୃତରେ ମୁଁ ଏତେବେଳକୁ ଥରିବା ଆରମ୍ଭ କରିଦେଇଥିଲି। ମୋ ଦେହ ଓ ମୋ ମନ ଅମାନିଆ ହଉଥିଲେ। ମନ ହଉଥିଲା ପାଣିରେ ଲମ୍ପମାରି ଏକୂଳ ସେ କୂଳ ପହଁରି ଯିବାକୁ।

ଟୁବୁଲା ଏଥର ଧନୀକାକାଙ୍କୁ ଛାଡି ସନାତନ ଭାଇର ପରିବାର କାହାଣୀ ଆରମ୍ଭ କଲା: "ଜାଣିଚୁ, ସେ ସନାତନ ଭାଇଟା ଭାରି ନୀରହ। ସ୍ତ୍ରୀ ଉପରେ ଦୟାକରି, ତା' ଘରର ବୋଲହାକ କରିବା ପାଇଁ, ମୋ ହାତରେ ପଇସାପତ୍ର ଦେଇ, ମୋ ଉପରେ ଦାୟିତ୍ୱ ଛାଡିକି ଗଲା। ହେଲେ ତା' ବେଧେଇ ମାଇକିନା ମାତ୍ର ସାତ ଦିନରେ ମତେ ଘଇତା କରିଦେଲା।

ମତେ ପଇସାପତ୍ର ଦଉଚି ... ମୋର ଭଲ ମନ୍ଦରେ ଖରଚ ବି କରୁଚି ... ହେଲେ ବେଧେଇ ଡେଲି ମୋ ସାଙ୍ଗରେ ନାଗିଚି ଭଲ ପ୍ୟାଂଟ୍ ସାର୍ଟ ପିନ୍ଧିବା ପାଇଁ...। ସେ

ମାଇକିନା ବୁଝୁନାଇ ଯେ ମୁଁ ମଳିମୁଣ୍ଡିଆ ରହୁଛି ବୋଲି ସେ ଆରାମରେ ମୋ ସହ ଲୀଳା କରୁଚି ... ହେଲେ ମୁଁ ସଫାସୁତୁରା ହେଇ ଜାମାଯୋଡ ହେଲେ ମୋ ଉପରେ ହଜାର ନଜର ରଇବ ... ସେତେବେଳେ ସେ ଆଉ ସହଜିଆ ଲୀଳା କରିପାରିବ ତ" !

ମୋ ଦେହ ଅସମ୍ଭବ ଭାବରେ ଥରିବା ଆରମ୍ଭ କଲା। ଗାଁ ଭିତରେ ଟୁବୁଲା ମାଧ୍ୟମରେ ଘଟୁଥିବା ଏ ଅପରିଚ୍ଛିନିଆ କାହାଣୀ ମତେ ପାଗଳ ପ୍ରାୟ କରିଦେଉଥିଲା। ମୁଁ ସମ୍ଭାଳିନପାରି ସମସ୍ତ ଶକ୍ତି ଖଟେଇ ଟୁବୁଲା ଗାଲରେ ଶକ୍ତ ଚଟ୍‌କଣାଟିଏ ମାରିଲି : "ୟୁ ବାଷ୍ଟାର୍ଡ ; ଗାଁରେ କେହି ରହୁନାହାଁନ୍ତି ବୋଲି ତାମ୍‌ସା ଲଗେଇଛୁ" !

ମୋ ଚଟ୍‌କଣିର ଶକ୍ତି ଏତେ ଥିଲା ଯେ, ଟୁବୁଲା ଦୁଇପାଦ ପଛକୁ ହଟିଯାଇ ଦୁଲ୍‌କରି ତଳେ ପଡିଗଲା। ଦୁର୍ବଳ ଆଉ ନିଶାଚୁର୍ ଟୁବୁଲାର ମାଟିରୁ ଉଠିବାକୁ ବି ଶକ୍ତି ନଥିଲା। ସେ ବାଲି ଉପରେ ପଡିଥିବାବେଳେ ମୁଁ ତାକୁ ଗୋଇଠା ପରେ ଗୋଇଠା ମାରି ଚାଲିଲି, ମୋ ଦେହ ମନ ସ୍ଥିର ହେବାଯାଏ।

ଟୁବୁଲା ଡରିଗଲା। ବୋଧହୁଏ ସେ ଭାବିଲା, ମୁଁ ତାକୁ ମାରିମାରି ମାରିଦେବି। ବିଚରା ପ୍ରତିରୋଧ କରି ନପାରି କୁଙ୍କୁରି ହୋଇ ତଳେପଡି, ହାତଯୋଡି ବିକଳ ହେଇ କାନ୍ଦିଲା।

ମୁଁ ଦ୍ରୁତ ପଦରେ ସେଠି ଏଣେତେଣେ ବୁଲିଲି। କେତେ ବେଳକେ ଟୁବୁଲା ପାଖକୁ ଆସି ତା ଅଂଟା ଉପରେ ଗୋଟେ ପାଦ ପକାଇ ଠିଆ ହେଲି।

ଟୁବୁଲା ଆହୁରି ବିକଳ ହେଲା।

ମୋର ବି ମନସ୍ଥିର ହୋଇଆସିଲା। ମୁଁ ତାକୁ ମାଟିରୁ ଉଠାଇ ଠିଆ କରାଇଲି। ତା ଦେହ, ମୁଣ୍ଡ, ପୋଷାକରୁ ବାଲି ଝାଡି ସଫା କଲି।

ଟୁବୁଲା ତଥାପି କାନ୍ଦୁଥିଲା। ମତେ ବି କାନ୍ଦ ଲାଗିଲା। ଟୁବୁଲାକୁ ଜାବୋଡି ଧରି ମୁଁ ବି କାନ୍ଦିଲି।

ଏହା ଭିତରେ ମୁଁ ଦୋକାନୀ ସହ ଥରେ କଥା ହେଇ ସାରିଥିଲି। ଦୋକାନୀ କହିଥିଲା: "ଯେଉଁଦିନ ଆସିବାକଥା ମତେ ଅପରାହ୍ନ ଚାରିଟା ସୁଦ୍ଧା ଜଣେଇଦବ ଏବଂ ସଂଧ୍ୟା ଛ'ଟା ସୁଦ୍ଧା ଆସି ମୋ ଦୋକାନରେ ପହଁଚିଯିବ।

କାରଣ ସେ ପିଲା ଟ୍ୟୁଉସନ ପଢେଇ ଫେରିବା ବାଟରେ ଏଇଠି ମୋ ଦୋକାନୀରେ ଚା' ପିଏ ଆଉ ପେପର ପଢେ। ପାଖାପାଖି ଅଧଘଂଟା ବସେ"।

ମୁଁ ପଚାରିଥିଲି : "କଥାବାର୍ତ୍ତା କ'ଣ ସେଇଠି କରିବା" ?

ଦୋକାନୀ କହିଥିଲା : "ତମେ ଖାଲି ତାକୁ ଦେଖିବ, ଯାହା ପଚାରିବା କଥା ମୁଁ ପଚାରିବି। ତା'ପରେ ତମର ମନୋନୀତ ହେଲେ ବାକି କଥା ଆଗକୁ ବଢିବ"।

ସେଇକଥାକୁ ମନେ ପକାଇ ମୁଁ ଦୋକାନୀକୁ ଫୋନ୍ କଲି। ଦୋକାନୀ କହିଲା : "ଠିକ୍ ଅଛି, ଆସ"।

ଏଥର ମୁଁ ଏକା ଯିବାକଥା ନୁହେଁ। ଟୁବୁଲା ବି ମୋ ସାଙ୍ଗରେ ଯିବ। କିନ୍ତୁ କାଲି ସଂଧ୍ୟାରେ ଯେପରି ଘଟଣା ଘଟିଛି, ସେଥିରେ ତା'ର ନିଷ୍ପତ୍ତି କ'ଣ ହବ କିଏ କହିବ !

ଟୁବୁଲାକୁ ଭେଟିବା ପାଇଁ ମୁଁ ତା'ଘର ଅଭିମୁଖେ ଚାଲିଲି। ସେ କିନ୍ତୁ ରାସ୍ତାରେ ଦେଖାହେଇଗଲା। ଗତ ସଂଧ୍ୟାରେ କିଛି ବି ଘଟିନଥିବା ପରି ସେ ସାଧାରଣ ଭାବରେ ଏବଂ ତା'ର ସ୍ୱଭାବ ସୁଲଭ ଢଙ୍ଗରେ କଥା ହେଲା। କହିଲା: "ସେ ନୂଆ ପ୍ରସ୍ତାବଟା ଆଜି ଦେଖିବାକୁ ଯିବାକି" ?

ମୁଁ କହିଲି : "ମୁଁ ତ ସେଇଥି ପାଇଁ ତୋ ପାଖକୁ ଯାଉଥିଲି"।

ସେ ପଚାରିଲା : "କେତେବେଳେ ଯିବା" ?

ମୁଁ ତାକୁ ବାହାରିବାର ସମୟ ଜଣେଇଲି।

ତେବେ ନିର୍ଦ୍ଦିଷ୍ଟ ସମୟର ପାଖାପାଖି ଘଣ୍ଟାଏ ପୂର୍ବରୁ ସେ ଆମ ଘରେ ପହଁଚିଗଲା। କହିଲା : "ଚାଲ ଟିକେ ଆଗୁଆ ପଳାଇବା। ବାଟରେ ସନାତନ ଭାଇର ଇଲେକ୍ଟ୍ରିବିଲ୍‌ଟା ଦେଇଦେଇ ଯିବା"।

ମତେ ଯେତେ ମାଠିବୁ ମାଠ, ମୁଁ ସେଇ ଦରପୋଡା କାଠ ! ନା ଟୁବୁଲା ବଦଳୁଥିଲା ନା ମୁଁ!

ତା' ପ୍ରସ୍ତାବରେ ରାଜିହେଇ ମୁଁ ବାହାରି ପଡିଲି।

ରାସ୍ତାରେ ଇଲେକ୍‌ଟ୍ରିକ୍ ବିଲ୍ ଭରିସାରି, ସେଇ ଦୋକାନରେ ପହଁଚିଲା ବେଳକୁ ସଂଧ୍ୟା ପାଂଚଟା ପଇଁଚାଳିଶ ମିନିଟ୍।

ଆମକୁ ଦେଖି ଦୋକାନୀ କହିଲା : "ତମେ ଦି' ଜଣ ଚା' ପିଉଥାଅ, ତା'ର ଆସିବା ଟାଇମ୍ ହେଇଗଲାଣି"।

ସତକୁ ସତ ଦୋକାନୀ ଆମ ହାତକୁ ଚା'ଗ୍ଲାସ ବଢେଇଛି କି ନାହିଁ, ତିରିଶ ବର୍ଷ ପାଖାପାଖି, ଗୋରା ନହକା ଯୁବକ ଜଣେ ଆସି ବାହାରେ ସାଇକେଲ୍ ରଖିଲେ। ଭିତରକୁ ପଶିଆସି, ଖବରକାଗଜ ଟାଣିନେଇ ପଢିବାକୁ ଲାଗିଲେ।

ଦୋକାନୀ ତାଙ୍କୁ ବି ଚା' ଦେଲା। ଆଉ ପଚାରିଲା: "ମାଷ୍ଟ୍ରେ ଆଜି କ'ଣ ସଅଳ ପଳେଇ ଆସିଲ କି" ?

ଆଗନ୍ତୁକ ଯୁବକ କହିଲେ : "ସଅଳ କାଇଁକି, ମୁଁ ତ ମୋର ଟାଇମ୍‌ରେ ଆସିଛି"।

ଦୋକାନୀ କଥା ଯୋଡିଲା: "କେତୋଟି ପିଲା ଟ୍ୟୁଉସନ୍ ପଢଉଚକି ମାଷ୍ଟ୍ରେ" !

ଯୁବକ ଖବର କାଗଜ ଉପରୁ ଆଖି ନ ଉଠାଇ କହିଲେ: "ଏଇ ଛ'ଟି"।

ଦୋକାନୀ ପଚାରିଲା : "କେତେ ପଇସା ଦଉଚନ୍ତି" ?

ଯୁବକ ଏଥର ମୁହଁଟେକି ଚାହିଁଲେ। କିଛି ଭାବିଲାପରି କହିଲେ : "ଏତେ କଥା ପଚାରୁଛ ଯେ" !

ଦୋକାନୀ କହିଲା : "ନା ସେମିତି କିଛି ନୁହଁ, ସବୁଦିନ ଯିବାଆସିବା କରୁଛ ତ" !

ଯୁବକ ପୁଣି ଖବର କାଗଜ ଉପରେ ଆଖି ବୁଲେଇଲେ ଆଉ ଖୁବ୍ ସରଳଭାବରେ ଜବାବ୍ ଦେଲେ : "ଗାଁ ଗହଳି କଥା, ସେଥିରେ ପୁଣି ସମସ୍ତେ ଛୋଟପିଲା, ଜଣକା ଦୁଇଶ କରି ସମୁଦାୟ ବାରଶ ଆସୁଚି।
ସଂଧ୍ୟାବେଳଟା ବି ଭଲରେ କଟି ଯାଉଚି"।

ଦୋକାନୀ ପକୁଡି ଆଣି ଆମ ତିନିଜଣଙ୍କୁ ତିନିପ୍ଲେଟ୍ ଦେଲା ଏବଂ ଆମ ତିନିଜଣଙ୍କୁ ଲକ୍ଷ୍ୟକରି କହିଲା: "ଗରମ ପକୁଡି, ଭଲ ଲାଗିବ, ଖାଇଦିଅ"।

ଦୋକାନୀ ଏମିତି କହୁଥିଲା, ସେତେ ଯେମିତି ସେ ଆମର ମା'। ଯୁବକ କିଛି ନ କହି ଖବରକାଗଜ ପଢିବା ସହ ଆରାମରେ ପକୁଡି ଖାଇବାକୁ ଲାଗିଲେ।

ଟୁବୁଲା ଖାଲି ଖୁଜୁବୁଜ୍ ହେଉଥାଏ କ'ଣ ଟିକେ କଥା ହେଇଯିବ ବୋଲି, କିନ୍ତୁ ମୋ ଡରରେ ନିଜକୁ ସମ୍ଭାଳି ରଖିଥାଏ।

ଦୋକାନୀ ପୁଣି ସେ ଯୁବକଙ୍କୁ ପଚାରିଲା : "ମାଷ୍ଟ୍ରେ ! ତମେ ଆମ ଗାଁର ଶତ୍ରୁଘନ ସହ ମାଟ୍ରିକ ପରୀକ୍ଷା ଦେଇଥିଲନା" !

ଯୁବକ ମୁଣ୍ଡ ଉଠାଇ ଦୋକାନୀକୁ ଚାହିଁଲେ। ସେ ଚାହାଣୀରେ ଟିକେ

ବିରକ୍ତିଭାବ ଥିଲା । ତେବେ ସେସବୁକୁ ଅଣଦେଖାକରି ଦୋକାନୀ ପୁଣି ଯୋଡିଲେ: "ତମ ମା' ବୁଢୀଟାକୁ ଆଉ କେତେଦିନ ଖଟେଇବ! ହାତକୁ ଦି' ହାତ ହେଇପଡୁନ" !

ଯୁବକ ହସିଲେ । କହିଲେ : "ହଁ ହେବା । ପ୍ରସ୍ତାବ ତ ଆସିଲାଣି" ।

ଦୋକାନୀ ଏଇ ସୁଯୋଗରେ ପଚାରି ଦେଲା : "କେତେ ବର୍ଷ ହେଲାଣି ଚାକିରୀ କଲଣି କି ମାଷ୍ଟ୍ରେ" ?

ଯୁବକ କ'ଣ ଟିକେ ଭାବିଲେ । ତା'ପରେ କହିଲେ : "ଏଇ ନଭେମ୍ବରକୁ ସାତବର୍ଷ ପୁରିଯିବ" ।

ଦୋକାନୀ ମହାଚତୁର ! ସେ କଥାଛଳରେ ଆଉ ଗୋଟିଏ ପ୍ରଶ୍ନ ଯୋଡିଲା: "ସରକାରୀ ଚାକିରୀ, ସାତବର୍ଷ ହେଲାଣି ମାନେ ଏବେ ତ ତିରିଶି ପଇଁତରିଶ ହଜାର ପାଉଥିବ" ।

ଯୁବକ ହସିଲେ : "ହଁ ସେଇୟା" ।

ଯୁବକ ଜଣଙ୍କ ଏଥର ଉଠି ଠିଆହେଲେ । ଖବରକାଗଜକୁ ଯଥା ସ୍ଥାନରେ ରଖିଦେଇ, ପକେଟରୁ ପଇସା ବାହାର କରି ଦୋକାନୀକୁ ଦେଇ ସାଇକେଲ ଧରି ଚାଲିଗଲେ ।

ତାଙ୍କର ଆଗମନ, ଉପସ୍ଥାନ, ପ୍ରସ୍ଥାନ ଭାରି ସରଳ, ଅମାୟିକ ଏବଂ ଭଦ୍ର ମନେ ହେଲେ ।

ଦୋକାନୀ ବାହାରକୁ ଯାଇ ତାଙ୍କର ସଂମ୍ପୂର୍ଣ୍ଣ ପ୍ରସ୍ଥାନ ବିଷୟରେ ଅବଗତ ହେଲା । ତା'ପରେ ଭିତରକୁ ଆସି ପଚାରିଲା : "କ'ଣ ପିଲା ମନକୁ ପାଇଲା ତ" !

ଟୁବୁଲା ଆଉ ଧର୍ଯ୍ୟେଧରି ପାରିଲାନି । ମତେ ଅପେକ୍ଷା ନରଖି ନିଜେ ନିଜେ କହି ପକାଇଲା : "ମନକୁ ପାଇଲା ମାନେ! ସୁନାମୁଣ୍ଡାଟେ ; ଏମିତି ପିଲାକୁ ବାଛିବାରେ ଅଛି" !

ଟୁବୁଲା କଥାକୁ ଗୁରୁତ୍ୱ ନ ଦେଇ ଦୋକାନୀ ମତେ ସିଧାସଳଖ ପଚାରିଲା: "ତମେ କ'ଣ କହୁଛ" ?

"ଠିକ୍ ଅଛି" । ମୁଁ ସଂକ୍ଷିପ୍ତ ଉତ୍ତର ଦେଲି ।

ତା'ହେଲେ ଆଜି ଯାଆନ୍ତୁ । ମୁଁ ଖବରଦେଲେ, ତାଙ୍କ ଘର ଦେଖିବାକୁ

ଯିବା। ତେବେ ଯଉ ଦିନ ଆସିବ ଗୁରୁଜନ ଜଣେ ଦି' ଜଣଙ୍କୁ ଧରି ଆସିବ, ଆମେ ସଅଳ କଥାଟାକୁ ପକ୍କା କରିଦେବା"। ଦୋକାନୀ ଆଜି ପାଇଁ ଉପସଂହାର କରିବାର ଉପକ୍ରମ କଲା।

"ତେବେ ସେ ନୃସିଂହ"! ମୁଁ ପଚାରିଲି।

ଦୋକାନୀ ବିରକ୍ତ ହେଇଗଲା : "ହେ ସେ ଟାଉଟରଟା, କଥା କାଇଁକି ପଚାରୁଛ! ସେ କଣ ଦି'ଦିନ ହେଲାଣି ଏଠି ଅଛି"?

"ଏଠି ନାହିଁ ମାନେ! କୁଆଡେ ଗଲା"? ମୁଁ ଆଶ୍ଚର୍ଯ୍ୟ ପ୍ରକଟକରି ପଚାରିଲି।

ଦୋକାନୀ କହିଲା : "ଭିଲ୍ଲାଇରେ ଯେଉ କଂଟ୍ରାକ୍ଟର ପାଖରେ କାମ କରୁଥିଲା, ସେଇଠୁ କାହାର ମଟର ସାଇକେଲ ଚୋରାଇ ଆଣିଥିଲା। ସେଠିକା ପୁଲିସ ଏଠି ଆସି ପଚାରାଉଚୁରା କରିବାରୁ ଦି'ଦିନ ହେଲା ସେ କୁଆଡେ ପଳେଇଚି"।

ଟୁବୁଲା, ମୁଁ ପରସ୍ପର ମୁହଁକୁ ଚାହିଁଲୁ। ଆମ ଚାହାଣିରେ ରକ୍ଷା ପାଇଯିବାର ଗୋଟେ ଆସ୍ୱସ୍ତିଭାବ ଥିଲା।

ଦୋକାନୀ ଆମକୁ ତଡିଲା : "ଯା ବାବୁ ଯା', ଦଶ ବାର ମାଇଲି ଯିବ, ସଂଧ୍ୟାଗଡି ରାତି ହେଲାଣି, ଶୀଘ୍ର ବାହାରି ଯା"।

ଟୁବୁଲା ଗାଡି ଷ୍ଟାର୍ଟ ମାରିଲା। ମୁଁ ପଛରେ ବସି ତା' ଅଣ୍ଟାକୁ କୁଣ୍ଡାଇଧରି ତା' ପିଠିରେ ମୋ ମୁହଁ ମାଡିଦେଲି। ଯଦିଓ ତା'ର ସାର୍ଟ ଗନ୍ଧଯୁକ୍ତ ଥିଲା, ତଥାପି ମୋର ଗୋଟିଏ ଆଶ୍ରୟ ଦରକାର ହେଉଥିଲା।

ମୋର ଏପରି ଆଚରଣ ଟୁବୁଲାକୁ ଭଲ ଲାଗିଲା କି କ'ଣ, ସେ ଟିକେ ପ୍ରଶସ୍ଥ ହେବାପରି ସରଳିଆ ସ୍ୱରରେ କହିଲା : "ଦୋକାନିଟି ଭାରି ଚାଲାକ୍! ବଡ କାଇଦାରେ ଆମେ ଯା'ସବୁ ଜାଣିବା କଥା, ସେ ତା' ମୁହଁରୁ ବାହାର କରିଦେଲା"।

ମୁଁ କହିଲି : "ଖାଲି ଚାଲାକ ନୁହଁ, ହୁସିଆର ଭଦ୍ରଲୋକ ବି"।

ତା'ପରେ ଆମ ଭିତରେ ବେଶ୍ କିଛି ସମୟ ନିରବତା ବିରାଜମାନ କଲା।

ଗାଁ ପାଖରୁ ଆଉ ମାତ୍ର ଅଳ୍ପବାଟରେ ଥାଇ ମୁଁ ନିରବତା ଭାଙ୍ଗିଲି : "ଆରେ ସେ ନୃସିଂହ ଭଉଣୀର ଖବର କ'ଣ? ଆଉ ତା' ସହିତ ତୋର ଦେଖାହେଲାଣି"?

ହସିଲା ଟୁବୁଲା : "ସେମିତି ଝିଅ ମାନଙ୍କ ସହ ଥରେ ରୁ ଦି'ଥର ଭେଟ

ହେଇପାରେନି। ସେମାନେ ଗୋଟେ ଗୋଟେ ଉଡା ଚଢେଇ, ଡାଳରୁ ଡାଳ ଉଡିବା ତାଙ୍କର କାମ। ଯେଉଁ ଡାଳକୁ ଥରେ ଛାଡିଲେ, ସେମିତି ନିହାତି ଦରକାର ନଥେଲେ ସବୁଦିନ ପାଇଁ ସେ ଡାଳକୁ ଭୁଲି ଯାଆନ୍ତି"।

ଟୁବୁଲା କମ୍ ପାଠ ପଢିଥିଲା। ଅନ୍ୟ କଥାରେ କହିଲେ, ପାଠ ପଢିବା ନାଁରେ ଯାହା ଖାଲି ସ୍କୁଲ୍ ଯାଇଥିଲା କିନ୍ତୁ ପାଠପଢା ସହ ତା'ର କେବେ କଉଠି ଭେଟ ବି ହେଇନଥିଲା। ତଥାପି ଅନ୍ୟକୁ ବୁଝି, ପରିସ୍ଥିତିକୁ ବୁଝି, କଥା କହିବାରେ, କାମ କରିବାରେ ସେ ଏହା ଭିତରେ ବେଶ୍ ଦକ୍ଷ ହୋଇ ସାରିଥିଲା।

ମୁଁ ଟୁବୁଲାର ପିଠିକୁ ଥାପୁଡେଇଦେଲି : "ଆରେ ତୁ ତ ସାହିତ୍ୟକଟେ ପାଲଟି ଗଲୁଣୁ"!

ସେତେବେଳକୁ ଆମେ ଆମ ଦାଣ୍ଡରେ ପହଁଚି ସାରିଥିଲୁ। ଦୁଆର ମୁହଁ ପାଖରେ ଗାଡିକୁ ଠିଆ କରିଦେଇ ଟୁବୁଲା କହିଲା : "ସାହିତ୍ୟିକ ହେବାକୁ ତ ଅନେକ ଲୋକ ବା'ରିବେ, କିନ୍ତୁ ତୁ କଉଠୁ ଆଉ ଗୋଟେ ଟୁବୁଲା ବାଆର କରି ମତେ ଦେଖାତ"!

ସେଇ ରାତିକୁ ମତେ ନିଦ ହେଲାନି। ଏ ନିଦ ନ ହେବାର କାରଣ, ମୋର ବ୍ୟକ୍ତିଗତ ଅସୁବିଧା ବା ମିଲିଦେଇର ବାହାଘର ନୁହଁ ବରଂ ସେ କାରଣ ହେଉଛି ସ୍ୱୟଂ ଟୁବୁଲା।

ପ୍ରକୃତରେ ସେ ଠିକ୍ କହିଥିଲା, ମୁଁ ଆଉ କେଉଁଠି ହେଲେ ଆଉ ଗୋଟିଏ ଟୁବୁଲା ଦେଖିନଥିଲି କି ସେପରି ଆଉ କେହି ଥିବାର ଶୁଣି ବି ନ ଥିଲି।

ତା'ଘରେ ବାପା, ମା' ଭାଇ, ଭଉଣୀ ସମସ୍ତେ ଅଛନ୍ତି। ବାପା ତା'ର ଜଣେ ନାମକରା ଅମିନ। ବଡଭାଇ କେଉଁ ଗୋଟେ ବ୍ଲକର ଗ୍ରାମସେବକ ଚାକିରୀ କରିଛି। ଭଉଣୀଟି ତା'ର ଘରେ ଥାଏ, ମିଲିଦେଇ ପରି ଘରର କାମଧନ୍ଦା ବୁଝୁଥାଏ। ଏଇ

ଟୁବୁଲା କିନ୍ତୁ ଚାରିଦଉଡା କଟା ; ତା'ର ନଗା ନାହିଁ କି ପଘା ବି ନାହିଁ। ବୁଲା ଷଣ୍ଢଟି ପରି ଯୁଆଡେ ଇଚ୍ଛା ସିଆଡେ ବୁଲେ, ଯେଉଁଠି ମିଳିଲା ସେଇଠି ଖାଏ। ଯିଏ ବରାଦ ଦେଲା ତା'ର କାମ କରେ। ଅନ୍ୟର ସମୟକୁ ତା'ର ନିଜ ସମୟ ଭାବେ। ତା'ର ନିଜ ସମୟ ପୁଣି ସମସ୍ତଙ୍କର ସମୟ ବୋଲି ବିଚାର କରେ। ସେ ସବୁଆଡେ ଥାଏ, କଉଠି ନଥାଏ। ସେ ଅଦ୍ଭୁତ, ଅକଳ୍ପନୀୟ, ଅବିଶ୍ୱନୀୟ, ଆଦରଣୀୟ ସବୁକିଛି !

ମୁଁ ଆଶ୍ଚର୍ଯ୍ୟ ହେଉଥିଲି, ସେ କେମିତି ଏତେ ସବୁ ଦାୟିତ୍ୱ ନେଇ ପାରୁଛି ? ଏତେ ଯାତନା, ଉଲ୍ଲାସକୁ ଭୋଗୁଛି ! ଘର ଘରର ଗୁମର କଥାକୁ ଗୁପ୍ତ ରଖୁଛି ! ତା'ର ହାଡମାଳିଆ ନହକା ଶରୀରରେ, ତା'ର ହାଡୁଆ, ଦାଢିଆ ମୁହଁରେ ; କେଉଁଠି ଅଛି ଏତେ ଶକ୍ତି ! ଏତେ ସାହାସ ! ତା'ର ନୁଖୁରିଆ ଚୁଟି ତଳେ ଲୁଚି ରହିଚି ସତେ ଅବା ଗୋଟେ ଉର୍ବର ମସ୍ତିଷ୍କ !

ଟୁବୁଲା କେବେ କେବେ ଗାଧାଏ, ବର୍ଷକରେ ଥରେ ତା' ଦେହରେ ସାବୁନ ବାଜେ କି ନାହିଁ ସନ୍ଦେହ। ପୋଷାକପତ୍ର ମଇଳା ଦୁର୍ଗନ୍ଧଯୁକ୍ତ। ହାଡୁଆ ମୁହଁରେ ଖୁଂଟିଆ ଦାଢି। ପାଟିରେ ଖଇନି। ସ୍ଥାନ-କାଳ- ପାତ୍ର ନେଇ ଅଭାଷାର ପରିମାଣ କମ୍ ଅଥବା ବେଶୀ। ତଥାପି ଟୁବୁଲା ସମସ୍ତଙ୍କର ଦରକାର। ସେ ଯେମିତି ସମସ୍ତଙ୍କର ଗୋଟିଏ ଗୁରୁତ୍ୱପୂର୍ଣ୍ଣ ଅଙ୍ଗ। ଗାଁରେ କେହି ବି ନିଜର ପୁଅ, ପୁତୁରାକୁ ଯେତିକି ନ ଖୋଜେ, ତା'ଠୁ ଅଧିକ ଖୋଜେ ଟୁବୁଲାକୁ। ଗାଁ ସାରା ସମସ୍ତଙ୍କ ଜିଭ ଆଗରେ ଗୋଟିଏ ନାଁ – ଟୁବୁଲା !

ମୋର ସୌଭାଗ୍ୟ ଯେ ସେ ମୋର ପଢାସାଥି ଥିଲା। ତା' ନ ହେଲେ ଏତେ ସହଜରେ ତା'ପୁଣି ବାରମ୍ବାର ହଜେଇବା ସତ୍ତ୍ୱେ, ତାକୁ ଆଉ ଥରେ ଆଉ ଥରେ ଖୋଜି ପାଇବା କଦାପି ଏତେ ସହଜ ହୁଅନ୍ତାନି।

ମୁଁ ଯେମିତି ପ୍ରଥମଥର ପାଇଁ ଟୁବୁଲାକୁ ଆବିଷ୍କାର କରୁଥିଲି, ଆଉ ସେଇ ଖୋଜ୍‌ରେ ମୋ ପାଖରୁ ନିଦ ନିଖୋଜ ହେଇଯାଇଥିଲା।

ମୁଁ ବାରମ୍ବାର କଡ ଲେଉଟାଇଲି। ଉଠିପଡି ଥରେ ଦି'ଥର ପାଣି ବି ପିଇଲି। ତଥାପି ମତେ ନିଦ ହେଲାନି।

କିନ୍ତୁ ସକାଳୁ ସକାଳୁ ଯେତେବେଳେ ମତେ ଗାଢ ନିଦ ହେଇଯାଇଛି, ସେଇ ସମୟରେ ସ୍ୱୟଂ ଟୁବୁଲା ହିଁ ଆସି ମତେ ଉଠେଇଲା। କହିଲା : "କାଲି ରାତିସାରା ମୁଁ ଅନିଦ୍ରା ଆଉ ତୁ ଏଠି ଆରମରେ ଶୋଇଛୁ" !

ବଡ଼ କଷ୍ଟରେ ଉଠି ମୁଁ ତାକୁ ପଚାରିଲି : "ତୁ ପୁଣି କାହିଁକି ଅନିଦ୍ରା ହେଲୁ" ?

ସେ ଉତ୍ତର ଦେଲା : "ଦେଖିଲୁନି କି କାଲି ସେ ଦୋକାନୀକୁ! କଉଠି କିଛି ବ୍ୟସ୍ତତା ନାହିଁ, ଅଥଚ ଗପରେ ଗପରେ, ଆମେ ଯାହା ଜାଣିବା ଦରକାର ସବୁକିଛି କାଢିଦେଲା ସେ ଟୋକା ମୁହଁରୁ" ।

ମତେ ଭାରି ହସ ଲାଗିଲା; ଯାହାର ପାରିବାରପଣିଆ କଥା ଭାବି ମୁଁ ସାରାରାତି ଉଜାଗର, ସିଏ ପୁଣି ଆଉ କାହାର ପାରିବାରପଣିଆରେ ମୁଗ୍ଧ ହେଇ ଉନ୍ମାଦ !

ଦୋକାନୀ ସହ ମୋବାଇଲରେ କଥା ହେଇ, ସେ ଯୁବକ ଜଣଙ୍କ ଘରକୁ ଯିବାକୁ ପାଇଁ ଦିନ, ବାର, ସମୟ ଠିକ୍ ହେଇସାରିଥିଲା । ଦୋକାନୀର ପରାମର୍ଶକ୍ରମେ, ତାଙ୍କ ଘରକୁ ଯିବାପାଇଁ ବାପା ଏବଂ ଧନୀକାକା ବି ପ୍ରସ୍ତୁତ ହେଲେ । ତେବେ କଥା ରହିଲା ମଟରସାଇକେଲ୍‌ରେ ତାଙ୍କୁ ନେବ କିଏ ? ଟୁବୁଲା ନା ମୁଁ ।

ଧନୀକାକା ମୁହଁ ଛିଞ୍ଚାଡି କହିଲେ : "ସେ ଯାଇ କ'ଣ କରିବ ? ମଣ୍ଟୁ ଚାଲୁ" ।

ବାପା ବି ମତେ ସପକ୍ଷ ଦେଇ କହିଲେ : "ହଁ ହଁ ମଣ୍ଟୁ ଚାଲୁ" ।

ଏପରିକି ମିଳିଦେଇ ଯିଏ ଟୁବୁଲାକୁ ମୋ ଠୁ ଅଧିକ ପାରିବାର ବୋଲି ଭାବେ; ସେ ବି ବଖରା ଭିତରେ ମତେ ଏକୁଟିଆ ଯାଇ କହିଲା : "ତୁ ଯାଉନୁ, ଟୁବୁଲା ସେ'ଠି କି କ'ଣ ପାଇଁ ଯିବ" !

ପ୍ରଥମଥର ପାଇଁ, ଟୁବୁଲା ତୁଳନାରେ ମୁଁ ଅଧିକ ଗ୍ରହଣୀୟ ହେଲି । ମନଟା ଟିକେ ଖୁସି ହେଲା । ମୁଁ ବାହାରକୁ ଆସି ଦୋକାନୀକୁ ଫୋନ୍ କଲି : "ଆଉ ଅଧଘଣ୍ଟା ପରେ ଆମେ ବାହାରିବୁ । ତମେ ପ୍ରସ୍ତୁତ ଥିବ, ଏଗାରଟା ସୁଦ୍ଧା ଆମେ ସେ ଯୁବକଙ୍କ ଘରେ ପହଁଚିବା" ।

ବାପା ସେଇଠି କଉଠି ଥିଲେ। ମୋ କଥା ଶୁଣି ବଡପାଟିରେ କହିଲେ : "ତାଙ୍କର ନା' ନାହିଁ, ତୁ ଯୁବକ ଯୁବକ କ'ଣ ହଉଚୁ" !

ମୁଁ ତରବରରେ ଦୋକାନୀକୁ ପଚାରିଲି : "ଆଚ୍ଛା ସେ ଯୁବକଙ୍କ ନା' କ'ଣ କି" ?

"ତ୍ରିଲୋଚନ ଭୂୟାଁ"। ଦୋକାନୀ ଉତ୍ତର ଦେଲେ।

କିଛି ସମୟ ପରେ ଆମେ ତ୍ରିଲୋଚନର ଘର ଅଭିମୁଖେ ବାହାରିଗଲୁ। ମୁଁ ଗାଡି ଚଳଉଥିଲି। ମୋ ପଛକୁ ବାପା। ବାପାଙ୍କ ପଛକୁ ଧନୀକାକା ବସିଲେ। ବାଟସାରା ଆମେ କେହି କାହାରିକୁ ଉଁ କି ଚୁଁ ବି କହିନାହୁଁ।

ତେବେ ଦୋକାନୀ ପ୍ରସ୍ତୁତ ଥିଲା। ଆମକୁ ନେଇ ଠିକ୍ ଏଗାରଟା ପାଂଚ ମିନିଟ୍‌ରେ ତ୍ରିଲୋଚନର ଘରେ ପହଁଚାଇଦେଲା।

ତ୍ରିଲୋଚନ ବେଶ୍ ମାର୍ଜ୍ଜିତ । ତାଙ୍କ ମା' ବି ବେଶ୍ ସାଧାରଣ। ମା'ପୁଅର ସଂସାର ପୁରା ମଖନ ଭଳି ମନେ ହେଲା। ଆମମାନଙ୍କ କଥା ବୁଝିବା ପାଇଁ ସତର/ଅଠର ବର୍ଷର ଝିଅ ଦୁଇଟି ଏପଟ ସେପଟ ହେଉଥାଆନ୍ତି। ବୟସ ଜଣା ପଡୁନଥିବା ଶାଢ଼ିପିନ୍ଧା ଝିଅଟିଏ ବି ଥାଏ। ତା'ର ହାବଭାବ ଖବ୍ ଗମ୍ଭୀର ଲାଗୁଥାଏ। ଯାହା ଜଣା ପଡୁଥାଏ ସେମାନେ ସମସ୍ତେ ପଡିଶା ଘରର। ଆମ ପାଖରେ ବସି କଥା ହେଉଥିବା ଭଦ୍ରଲୋକ ବି ତ୍ରିଲୋଚନଙ୍କର ପଡୋଶୀ, ସଂପର୍କରେ ବଡବାପା।

ଗତାନୁଗତିକ ଭାବରେ ଚା' ଜଳଖିଆ ସରିଲା।

ତ୍ରିଲୋଚନଙ୍କୁ ଡକାଗଲା। ବୋଧହୁଏ ବାହାଘର ପାଇଁ ଏ ତାଙ୍କର ପ୍ରଥମ ସାକ୍ଷାତକାର କି କ'ଣ! ତାଙ୍କୁ ଭାରି ଅଡୁଆ ଲାଗିବା ପରି ସେ ନଡବଡ ହେଉଥାଆନ୍ତି।

ବାପା ପଚାରିଲେ : "ପୁଅ! ପାଠ କ'ଣ ପଢ଼ିଚ" ?

ତ୍ରିଲୋଚନଙ୍କର ଉତ୍ତର : "ବି.ଏ, ସି.ଟି"।

"କଉଠୁ ବି.ଏ ପାଶ୍ କଲ" ? ବାପାଙ୍କର ଦ୍ୱିତୀୟ ପ୍ରଶ୍ନ।

ତ୍ରିଲୋଚନ କ'ଣ ଗୋଟାଏ ଅଜଣା କଲେଜର ନାମ କହିଲେ।

ବାପା କହିଲେ : "ହଉ ବାପ, ଯାଅ"।

ତ୍ରିଲୋଚନ ଉଠିଗଲେ।

ସେ ଯିବା ପରେ ପରେ, ଧନୀକାକା ଏବଂ ଆମ ପାଖରେ ବସିଥିବା ଭଦ୍ରଲୋକ ଜଣକ କହିଲେ : "ଆଉ କ'ଣ ଟିକେ ପଚରାପଚରି କଲେନି" !

ବାପା ଧିରେ ଉତ୍ତର ଦେଲେ : "ନାଁ, ଗାଁ ଚାକିରୀ ବିଷୟରେ ତ ମଣ୍ଟୁ, ଟୁବୁଲା ବୁଝିକି ଯାଇଥିଲେ। ଆମେ ଘର-ବାରି ବି ଦେଖିଲେ ; ଆଉ କାହିଁକି ପିଲାଟିକୁ ଅଧିକ ହଇରାଣ କରିଥାଆନ୍ତି" !

ତା'ପରେ ବାପା ଆଉ କାହାର ମତାମତକୁ ଅପେକ୍ଷା ନ ରଖି, ସେ ଭଦ୍ରଲୋକଙ୍କୁ କହିଲେ : "ଆମ କଥା ସରିଲା, ଏବେ ଆପଣ କେବେ ଆମ ଘରକୁ ଆସିବେ ସେ କଥା କୁହନ୍ତୁ" ।

ମତେ ଲାଗିଲା, ବାପା ଟିକେ ତରତର ହେଉଛନ୍ତି । କେମିତି ହେଲେ କାମଟା ତୁଟିଯାଉ -ଏତିକି ତାଙ୍କର ଲକ୍ଷ୍ୟ ରହୁଛି। ତେଣୁ ମୁଁ ହସ୍ତକ୍ଷେପ କଲି। ଭଦ୍ରଲୋକଙ୍କୁ ପଚାରିଲି : "ତ୍ରିଲୋଚନ ବାବୁଙ୍କ ପରିବାର ତ ଦେଖିଲୁ। ତାଙ୍କର ବନ୍ଧୁବାନ୍ଧବଙ୍କ ବିଷୟରେ ଟିକେ ଜଣେଇଲେ ଭଲ ହେବ"।

ପ୍ରତିକ୍ରିୟାରେ ବାପା ପ୍ରଥମେ ମୋ ମୁହଁକୁ ଚାହିଁଲେ। ଜୀବନରେ ପ୍ରଥମଥର ପାଇଁ ତାଙ୍କ କଥା ଉପରେ କଥା କହିଥିବାରୁ, ତା' ପୁଣି ଗାଁଠାରୁ ଦଶମାଇଲ ଦୂର ଆଉ ଜଣେ ଭଦ୍ରଲୋକଙ୍କ ଘରେ! ତେଣୁ ତାଙ୍କର ପ୍ରତିକ୍ରିୟା ସ୍ୱାଭାବିକ ଥିଲା। ତେବେ ସେ ପ୍ରତିକ୍ରିୟା ଜନିତ ତାଙ୍କ ମୁଖମଣ୍ଡଳରେ ଯେଉଁ କୁଂଚିତରେଖା ସୃଷ୍ଟି ହେଇଥିଲା, ତାହା ମୁଁ ତାଙ୍କୁ ଅବମାନନା କରିଥିବାର ବିସ୍ମୟ କି ପୁଅ ବଡ ହେଇଗଲାଣିର ଭାବ, ତା' ମୁଁ ନିର୍ଣ୍ଣୟ କରିପାରିଲି ନାହିଁ।

ତେବେ ବାପା କଥାଟିକୁ ଚଳେଇନେଇ କହିଲେ : "ଆରେ ହଁ ହଁ, ମଣ୍ଟୁ ତ ଠିକ କଥା କହିଛି"।

ବାପା ଯେ ଏତେ ସାବଲୀଳ ଆଉ ସୁନ୍ଦର ସମାଧାନର କଥା କହିପାରନ୍ତି, ତା' ମୁଁ ଏଇଠି ପ୍ରଥମ ଜାଣିଲି।

ଭଦ୍ରଲୋକ କ'ଣ ଚିନ୍ତାକଲେ। ତା'ପରେ କହିଲେ : "ଆପଣ ଟିକେ ଅପେକ୍ଷା କରନ୍ତୁ"।

ଏହାକହି ସେ ଉଠିପଡି ଚାଲିଗଲେ।

ଆମେ ବାପ, ପୁଅ ଏବଂ ଧନୀକାକା ନୀରବରେ ବସି ରହିଲୁ।

କିଛି ସମୟ ପରେ ଭଦ୍ରଲୋକ ପୁଣି ଫେରିଲେ। କହିଲେ : "ତ୍ରିଲୋଚନର

ମା' ଆସୁଛନ୍ତି ଆପଣ ମାନଙ୍କ ସହ କଥା ହେବେ। ସେ ମୋର ଭାଇ-ବୋହୂ, ମୁଁ ତେଣୁ ବାହାରେ ଅପେକ୍ଷା କରୁଛି"।

ସେ ଅପସରି ଯିବାର ମିନିଟିକି ମଧ୍ୟରେ, ଧିର ଅଥଚ ଗମ୍ଭୀର ପଦପାତରେ ତ୍ରିଲୋଚନର ମା' ଆସିଲେ। ହସହସ ସହଜିଆ ମୁହଁଟେ। ତଥାପି ସେ ମୁହଁ ଯେ ଗୋଟିଏ କଠୋର ଅତୀତକୁ ସାମ୍ନା କରିଛି, ତାହା ସେଥିରେ ସ୍ପଷ୍ଟ ପ୍ରତିଫଳିତ ହେଉଥିଲା। ଦେହରେ ଧଳାଶାଢୀ। ବିଧବା ହେଇଥିବାରୁ ହାତ ଏବଂ ମଥା ଉଭୟ ଅନାଭରଣ ଥିଲା। ସେ ବାପା ଏବଂ ଧନୀକାକାଙ୍କୁ ଲକ୍ଷ କରି ନମସ୍କାର କଲେ।

ବସିଥିବା ଯାଗାରୁ ଉଠିପଡି ବାପା ପ୍ରତି-ନମସ୍କାର ଜଣାଇ କହିଲେ : "ବସନ୍ତୁ"।

ପୂର୍ବରୁ ତ୍ରିଲୋଚନ ବସିଥିବା ଚେୟାର ଉପରେ ସେ ବସିଗଲେ। କହିଲେ: "କ'ଣ ଜାଣିବାକୁ ଚାହୁଁଛନ୍ତି ପଚାରନ୍ତୁ" ।

ତାଙ୍କର ସରଳ ଅଥଚ ମିଠା ବ୍ୟବହାର ପରିବେଶକୁ ତରଳାଇ ଦେଲା।

ତାଙ୍କର ଭାବ ଏବଂ ସ୍ୱର ସହିତ ତାଳ ମିଶାଇ ବାପା କହିଲେ : "ଏଇ ମୁଁ ଆପଣଙ୍କର ବନ୍ଧୁବାନ୍ଧବଙ୍କ ବିଷୟରେ ଜାଣିବାକୁ ଚାହୁଁଥିଲି"।

ମୋର କାହିଁକି ଅନୁଭବ ହେଲା ଯେ ବାପା ବିଶେଷ ଭାବରେ ଭାବପ୍ରବଣ ହେଇ ପଡିଛନ୍ତି।

ତ୍ରିଲୋଚନର ମା' ଉତ୍ତର କଲେ : "ବନ୍ଧୁବାନ୍ଧବ ତ ଅନେକ ଥିଲେ। ସବୁବେଳେ ଲୋକଙ୍କର ଯିବା ଆସିବା ଲାଗି ରହିଥିଲା। ତେବେ ଇଏ ଯିବାପରେ ଆଉ ବନ୍ଧୁ କାହାନ୍ତି। କେବଳ ମୋ ବାପଘର ଏବଂ ମୋ ଝିଅର ଶାଶୁଘର ଲୋକମାନେ ଆସନ୍ତି ଯାଆନ୍ତି"।

ବାପା ଜାଣିବାକୁ ଚାହିଁଲେ : "ତା'ହେଲେ ଆପଣଙ୍କର ଝିଅଟେ ବି ଅଛି" ?

"ଆଜ୍ଞା। ତ୍ରିଲୋଚନଠାରୁ ସେ ତିନିବର୍ଷ ବଡ। ତା'ର ପିଲାମାନେ ସ୍କୁଲରେ ପାଠ ପଢିଲେଣି"। ତ୍ରିଲୋଚନର ମା' ଉତ୍ତର ରଖିଲେ।

ଧନୀକାକା ପଚାରିଲେ : "ଝିଅକୁ କଉଠି ବାହା ଦେଇଛନ୍ତି" ?

ମା' କହିଲେ: "ଏଇ ଗାଁଠୁ ଚାରିମାଇଲ ଦୂର ବାହାଲପୁର ଗାଁରେ। ତେବେ ଝିଅ-ଜ୍ୱାଇଁ ଭୁବନେଶ୍ୱରରେ ରହନ୍ତି। ଜ୍ୱାଇଁ ରାଜକିଶୋର ଭୂୟାଁ, ସେଠି ସରକାରୀ ଘରେ ଅଫିସର ଅଛନ୍ତି"।

ବାପା ଏବଂ ଧନୀକାକା ପରସ୍ପର ମୁହଁକୁ ଚାହିଁଲେ। ସେ ଚାହାଣୀରୁ ବୁଝାପଡୁଥିଲା ଯେ, ସେ ପରିବାରଟିକୁ ଯେମିତି ଏଣୁତେଣୁ ଭାବିଥିଲେ ପ୍ରକୃତରେ ତାହା ସେମିତି ନୁହେଁ ; ଅନ୍ତଃତ ପକ୍ଷେ ମୂଳଟା କଉଠି ନା କଉଠି ମଜବୁତ୍ ଅଛି !

ବାପା ଏବଂ ଧନୀକାକା କୌଣସି ଅଜଣା କାରଣରୁ ନୀରବରେ ବସିଗଲେ।

ମା' କିନ୍ତୁ ଟିକେ ଦମ୍‌ନେଇ ପୁଣି ଆରମ୍ଭ କଲେ : "ମୋ ବାପଘର ବି ବେଶୀଦୂର ନୁହଁ, ଏଇ ପାଖ ଗାଁ ରାହାସପୁରରେ। ମୋର ବାପା ଆଉ ଦୁଇଭାଇ ଅଛନ୍ତି। ମୋ ମା' ଚାଲିଯିବାର ତିନିବର୍ଷ ହେଇଗଲାଣି। ବାପା ଚାଷ କରୁଥିଲେ, କେବେଠୁ ଛାଡିଦେଲେଣି। ବଡଭାଇ ଗାଁ ହାଇସ୍କୁଲର ମାଷ୍ଟର। ସାନଭାଇ ଭୁବନେଶ୍ୱରରେ ଅଫିସର ଚାକିରୀ। ଘରେ କଳିଝଗଡା, ଅଶାନ୍ତି ନାହିଁ। ନିଜ ନିଜ ଯାଗାରେ ସମସ୍ତେ ସମ୍ମାନର ସହ ଚଳୁଛନ୍ତି। ସମସ୍ତେ ବି ମୋ ପାଖକୁ ଯିବା ଆସିବା କରନ୍ତି"।

ବାପା ପଚାରିଲେ : "ଆଜି କେହି ଦେଖାନାହାନ୍ତି" !

ମା' କହିଲେ : "ସବୁ କଥାରେ ଆମ ସାଙ୍ଗରେ ମିଶିବା ପାଇଁ ତାଙ୍କର ସମୟ କାହିଁ ! ମୋ ବାପା ତ ଯଥେଷ୍ଟ ବୁଢା ହେଇଗଲାଣି। ଆମେ ବା'ଘର ଠିକ୍‌କରି ଜଣାଇଲେ ସେମାନେ ଆସି ଠିଆ ହେବେ"।

ମୁଁ, ବାପାଙ୍କ ମୁହଁକୁ ଚାହିଁଲି। ସେ ଭାରି ଖୁସି ଜଣାପଡୁଥିଲେ।

ଏଥର ବାପା ଶେଷ ପ୍ରଶ୍ନକଲେ : "ଆପଣ ତେବେ ଆମ ଘରକୁ କେବେ ଆସିବା କଥା ଚିନ୍ତା କରୁଛନ୍ତି" ?

ମା' କହିଲେ : "ସେ ନିଷ୍ପତ୍ତି ମୋର ନୁହଁ। ମୋର ପଡା-ପଡୋଶୀ ଅଛନ୍ତି, ସେମାନେ ତ୍ରିଲୋଚନର କଥା ବୁଝିବେ। ମତେ ଆପଣ ଅନୁମତି ଦେଲେ ମୁଁ ଏବେ ଏଠୁ ଉଠିବି"।

ବାପା ଛିଡା ହେଇପଡି ହାତ ଯୋଡିଲେ। ତାଙ୍କୁ ଦେଖି ଧନୀକାକା ବି ସେମିତି ମୁଦ୍ରାରେ ଛିଡା ହେଲେ।

ପ୍ରତି-ନମସ୍କାର ପକାଇ ତ୍ରିଲୋଚନର ମା' ସେମିତି ଧିର ଏବଂ ଗମ୍ଭୀର ଛନ୍ଦରେ ଅପସରିଗଲେ।

ତାଙ୍କର ଅନୁପସ୍ଥିତି ମଧ୍ୟ ସେ ବଖରା ମଧ୍ୟରେ ଏକ ଭାବପ୍ରବଣତା ସୃଷ୍ଟି କଲାପରି ଅନୁଭୂତ ହେଲା। ବାପା, ଧନୀକାକାଙ୍କ କଥା ଛାଡ, ମୁଁ ନିଜେ ମଧ୍ୟ ତ୍ରିଲୋଚନର ମା'ଙ୍କ ବ୍ୟବହାରରେ ବେଶ୍ ପ୍ରଭାବିତ ହେଇଗଲି।

ବାପାଙ୍କୁ କହିଲି : "ବାପା ! ଏ ନାଣ୍ଟିଆଘର କାହିଁକି ହବ ; ବରଂ ସରଳ- ସଂମ୍ଭ୍ରାନ୍ତ ପରିବାର" !

ବାପା କିଛି କହିଲେ ନାହିଁ, ଖାଲି ଧିର ଚାହାଣୀଟିଏ ମୋ ମୁହଁ ଉପରେ ବୁଲାଇନେଲେ।

ଏଇ ସମୟରେ ଦୋକାନୀକୁ ସାଙ୍ଗରେ ନେଇ ସେ ଭଦ୍ରଲୋକ ପୁଣି ଘର ଭିତରକୁ ଆସିଲେ। ବାପାଙ୍କ ପାଖରେ ବସିପଡି କହିଲେ : "କୁହନ୍ତୁ ଆଜ୍ଞା"।

ବାପା କହିଲେ : "କ'ଣ ଆଉ କହିବି ! ସବୁ ତ ମତେ ଭଲ ଲାଗିଲା। ଆପଣ କୁହନ୍ତୁ କେବେ ମୋ ଝିଅକୁ ଦେଖିବାକୁ ଆସିବେ" ?

ଭଦ୍ରଲୋକ କହିଲେ : "ସେ ବିଷୟରେ ମୁଁ ସାହୁବାବୁଙ୍କ ହାତରେ ଖବର ପଠେଇବି" ।

ବାପା ଆଶ୍ଚର୍ଯ୍ୟ ପ୍ରକଟ କଲେ : "ସାହୁବାବୁ" !

ଭଦ୍ରଲୋକ ଦୋକାନୀକୁ ଚିହ୍ନାଇଦେଲେ : "ଏଇବାବୁ ଯିଏ ଯୋଗାଯୋଗ କରି ଆପଣଙ୍କୁ ଏଠିକୁ ଆଣିଛନ୍ତି"।

ବାପା ପ୍ରସନ୍ନମୁଦ୍ରାରେ 'ସାହୁବାବୁ'ଙ୍କୁ ଚାହିଁଲେ।

ସାହୁବାବୁ ବାପାଙ୍କୁ ନମ୍ରତାର ସହ ନମସ୍କାର ଜଣେଇଲେ।

ଆମେ ତ୍ରିଲୋଚନଙ୍କ ଘରୁ ଫେରିଆସିବାକୁ ବାହାରିଲୁ। ବାହାରିବା ସମୟରେ ଦୋକାନୀ ସାହୁବାବୁ ଆମକୁ ତା' ଦୋକାନରେ ଚା' ପିଇବାକୁ ନିମନ୍ତ୍ରଣ ଜଣାଇଲା।

ବାପା ସେଥିରେ ସମ୍ମତି ଜଣାଇବାରୁ ଆମେ ସମସ୍ତେ ପୁଣି ତାଙ୍କ ଦୋକାନକୁ ଗଲୁ।

ଦୋକାନୀ ଆମକୁ ମିଠା ଖାଇବାକୁ ଦେଲା। ପୁଣି ବାପାଙ୍କୁ ଲକ୍ଷ୍ୟକରି କହିଲା: "ମଉସା ଆପଣ ଟିକେ ତରବରିଆ ଲୋକ" ।

ବାପା ହସିଲେ । କହିଲେ : "ସେମିତି କାହିଁକି କହୁଛ ସାହୁବାବୁ" !

ଦୋକାନୀ କହିଲା : "ଯେଉଁ ପିଲାକୁ ଆପଣ ଜ୍ୱାଇଁ କରିବେ, ତା' ବାପ କଥା ଜାଣିଛନ୍ତି ! କାଇଁ ତାଙ୍କ କଥା କଉଠି ପଚାରିଲେନି ତ" !

ବାପା ଏବଂ ଧନୀକାକା ଏକାବେଳକେ କହିଲେ : "ଆରେ ସତେତ" !

ଦୋକାନୀ ବୁଝେଇଲା : "ବା'ଘର ପରି ଗୁରୁତ୍ୱପୂର୍ଣ୍ଣ କାମରେ ତରତର

ହେଲେ କି ଉପରଠାଉରିଆ କାମକଲେ ଚଳେନି । ତା' ଦ୍ୱାରା ପୁଅ-ଝିଅଙ୍କ ଜୀବନ ବରବାଦ୍ ହୁଏ, ପରିବାରକୁ ଭୋଗିବାକୁ ପଡେ" ।

ବାପା ଯୋଗକଲେ : "ଠିକ୍ ଠିକ୍" ।

ଦୋକାନୀ ପ୍ରତିଶ୍ରୁତି ଦେଲା : "ବୁଝିଲେ ମଉସା, ମୁଁ ଅଛି ଯେତେବେଳେ ଉଭୟ ପକ୍ଷରୁ କାହାକୁ ବି ହଇରାଣ ହେବାକୁ ଦେବିନି । ପ୍ରଥମେ ମୁଁ ଏକା ଆପଣଙ୍କ ଝିଅକୁ ଦେଖିବାକୁ ଯିବି । ମୋ ମନକୁ ପାଇଲେ, ସେମାନଙ୍କୁ ସାଙ୍ଗରେ ନେଇଯିବି ।"

ବାପା ପୁଣି ଯୋଗକଲେ : "ହଁ ଠିକ୍ ଠିକ୍" ।

ପ୍ରକୃତରେ ବାପା ପ୍ରତ୍ୟକଥର ଭୁଲ୍ ସୁଧାରୁଛନ୍ତି ବୋଲି ଭାବୁଥିଲେ ସିନା, କିନ୍ତୁ ଠିକ୍‌ଟା କେମିତି ହେବ, ସେ ସଂପର୍କରେ ଆଦୌ ଚିନ୍ତା କରୁନଥିଲେ । ଅଳ୍ପ ସମୟରେ ଦୋକାନୀ ବାପାଙ୍କୁ ଠିକ୍ ଚିହ୍ନି ନେଇଥିଲା । ମତେ ଲାଗୁଥିଲା, ସଂସାରିକ ଜ୍ଞାନରେ ବାପା ଶହେରୁ ଏକ ମାର୍କ ପାଇବାକୁ ବି ଯୋଗ୍ୟ ନୁହନ୍ତି । ତେଣୁ ବାପା 'ଠିକ୍ ଠିକ୍' ଦୁଇଥର କହିସାରିବା ପରେ ବି ମୁଁ ଦୋକାନୀକୁ ପଚାରିଲି : "ତ୍ରିଲୋଚନର ବାପାଙ୍କ ବିଷୟରେ କିଛି କହିଲନି ଯେ" !

ଦୋକାନୀ ହସିଲା । କହିଲା : "ମତେ କିଏ କେତେବେଳେ ପଚାରିଲା ଯେ" !

ଧନୀକାକା କହିଲେ : "ପୁଅ ପଚାରୁଚି ପରା" !

ଦୋକାନୀ କହିଲା : "ବୁଢା ନାଁ ଜଗନ୍ନାଥ ଭୂୟାଁ । ଆମ ଅଞ୍ଚଳରେ ଜଣାଶୁଣା ଲୋକ । ପଲ୍ଲୀପାଟଣା ହାଇସ୍କୁଲରେ ହେଡ୍ ମାଷ୍ଟର ଥିଲେ । ଭାରି କଡାଲୋକ । ସେଥିପାଇଁ ପିଲା, ବଡ, ବୁଢା ସମସ୍ତେ ତାଙ୍କୁ ମାନନ୍ତି, ଡରନ୍ତି । ହେଲେ କ'ଣ ଗୋଟେ ହାର୍ଟ ବେମାରୀରେ ସେ ଚାଲିଗଲେ । ଇସୁକୁଲରେ ତାଙ୍କ ଚଉକିରେ ବସିଥିଲେ, ସେଇଠି ଟଳି ପଡିଲେ" ।

ଦୋକାନୀର କଥା ଏତେ ମର୍ମସ୍ପର୍ଶୀ ଥିଲା ଯେ ଆମେ ସମସ୍ତେ ଶୋକାଭିଭୂତ ହେଇଯିବାପରି ଅନୁଭବ କଲୁ ।

ବାପା କହିଲେ : "ଆହା ! ଇଶ୍ୱର କେଡ଼େ ନିଷ୍ଠୁର" ।

ଦୋକାନୀ କହିଲା : "ସେ ଚାଲିଯିବା ପରେ ବେଶି ହଇରାଣ ହେଲା ଏଇ ତ୍ରିଲୋଚନ । ଭଲ ପାଠ ପଢୁଥିଲା କିନ୍ତୁ ତା' ପରଠୁ ଆଉ ପାଠରେ ଧ୍ୟାନ ଦେଲାନି । ଯଥାତଥା ବି.ଏ ଖଣ୍ଡେ ପାଶ୍ କରି ଚାକିରୀ କଲା" ।

ବାପାଙ୍କର ଆଉ ଧୈର୍ଯ୍ୟ ନଥିଲା । ଏକାଦିନକେ ଗୋଟିଏ ପରିବାରର ଏତେ ଉତ୍‌ଥାନ ପତନର କଥାଶୁଣି ସେ ହଠାତ୍ ନିଜକୁ ଅସହଜ ମନେ କଲେ । ଧଡ଼୍‌କରି ଉଠିପଡି କହିଲେ : "ଆମେ ଆଜି ଆସୁଚୁ ସାହୁବାବୁ । ଦିନେ ଦି' ଦିନରେ ସମୟ କରି ତମେ, ଆମ ଘରଆଡେ ଆସ" ।

ଦୋକାନୀ ପ୍ରତିଶ୍ରୁତି ଦେଲା : "ହଉ ମଉସା । ହେଲେ ତମଆଡେ ଭଲ ମାଛ ମିଳନ୍ତି, ମତେ ଚୂନାମାଛ ଚଡଚଡି ଟିକେ ଖୁଆଇବ ମଉସା" ।

ବାପା ଶ୍ରଦ୍ଧାରେ ଦୋକାନୀର ହାତକୁ ଧରି ପକାଇଲେ : "ହଉ ପୁଅ ହଉ" ।

ଦୋକାନୀ ନଇଁପଡି ବାପାଙ୍କ ପାଦ ଛୁଇଁଲା ।

ଗୋଟେ ସୁନ୍ଦର ଅନୁଭବ ନେଇ ଆମେ ଗାଁକୁ ଫେରିଲୁ ।

କଥାରେ ଅଛି; ଘୁଷୁରି ପ୍ରକୃତି ପଙ୍କେଲୋଟେ, ମଣିଷ ପ୍ରକୃତି ମଲେ ତୁଟେ ! ମୂଳରୁ ଯିଏ ଯାହା, ଶେଷ ବିଦାୟ ପର୍ଯ୍ୟନ୍ତ ସିଏ ସେୟା ହିଁ ରହେ ; କ୍ୱଚିତ୍ ଲୋକ ପରିବେଶ ପରିସ୍ଥିତିରେ ପଡି ଅଥବା ଇଚ୍ଛାକରି ବଦଳିଥିବେ ଅବା !

ଘରକୁ ପଶୁପଶୁ ବାପା ତାଙ୍କର ପୁରୁଣା ପ୍ରକୃତି ଆରମ୍ଭ କଲେ ।

ଆମେ ଯେଉଁଠିକି ଯାଇଥିଲୁ, ବୋଉ ସେ ସମ୍ପର୍କରେ ତାଙ୍କଠାରୁ ଭଲମନ୍ଦ କ'ଣ ଜାଣିବାକୁ ଚାହିଁବାରୁ, ବାପା ଶୂନ୍ୟ-ଭୁରୁଡି ଆରମ୍ଭ କଲେ : "ତା'ର କ'ଣ କିଛି ଚିନ୍ତା ଅଛି ! ଡିମକୁ ତ ପଠେଇ ଦେଇଚି ... ମାସକୁ ମାସ ପଇସା ଦଉଚି... ଆଉ ତା'ର କ'ଣ କାମ... ମୁଁ ଏଠି ମରେ କି ବଞ୍ଚେ ... ତା'ର କ'ଣ ଯାଉଚି" !

ଦେଇ ବାହାଘର ଟିକେ ଆଗେଇବା ଭଳି ଲାଗୁଥିବାରୁ, ବାପା ଏଇପରି ଭାଇଙ୍କୁ ମନେ ପକାଉଥିଲେ । ତାଙ୍କର ଘରୋଇ ଦାୟିତ୍ୱ ନିର୍ବାହନର, ଆଉ ବଡପୁଅକୁ ଭଲ ପାଇବାର ଏଇଟା ଗୋଟେ ନିଦ୍ଦର୍ଶନ ।

ଘର ଭିତରେ ବାପାଙ୍କର ଏମିତି ଡ୍ରାମା ଚାଲିଥିବା ବେଳେ, ମୁଁ ମୋବାଇଲି ନେଇ ଭାଉଜଙ୍କ ସହ କଥା ହେବାକୁ ବାରିର ଆମ୍ବଗଛ ମୂଳକୁ ପଳେଇ ଆସିଲି।

ତେବେ ମୁଁ ଘରୁ ବାହାରିଚି କି ନାହିଁ, ଦୋକାନୀ ସାହୁବାବୁ ପାଖରୁ ଫୋନ୍ ଆସିଲା। ସେ ପଚାରିଲା : "ଘରେ ଠିକ୍‌ଠାକ୍ ପହଁଚିଲେତ" !

ତା' କଣ୍ଠରେ ଘନିଷ୍ଠତାର ଆଭାସ ମିଳୁଥିଲା।

ମୁଁ ଉତ୍ତର ଦେଲି : "ହଁ" ।

ଦୋକାନୀ କହିଲା : "ମୁଁ କାଲି ଦିନ ଏଗାରଟା ସୁଦ୍ଧା ତମ ଘରେ ପହଁଚିବି। ମୋ ପାଇଁ ଚୁନାମାଛ ରଖିଥିବ"।

ମୁଁ ସମ୍ମତି ଜଣାଇଲି।

କେଜାଣି କାହିଁକି ତା' ସହ କଥା ହେବାକୁ ଆଉ ଆଗ୍ରହ ହେଲାନି। ମନେହେଲା, ଦୋକାନୀ ଯେମିତି ଅଧିକ ଅଧିକାର ସାବ୍ୟସ୍ତ କରିବାକୁ ଚେଷ୍ଟା କରୁଛି। ମୁଁ ଯଥାତଥା କଥା ହେଇ, ଅନ୍ୟକାମର ବାହାନାକରି ଦୋକାନୀ ସହ କଥାବାର୍ତ୍ତା ଶେଷ କଲି।

ମତେ ଟିକେ ହାଲୁକା ଲାଗୁଥିଲା। ତ୍ରିଲୋଚନ ଘରେ କୌଣସି ପ୍ରକାର ଆମ୍ବଡିମା କିମ୍ବା ଅନ୍ୟକିଛି ଅସ୍ୱାଭାବିକ ଘଟଣା ଘଟିନଥିଲା। ସବୁକଥା ଖୁବ୍ ସୁରୁଖୁରୁରେ ଏବଂ ଉପଯୁକ୍ତ ଭଦ୍ରତା ଖାତିରରେ ସମାପନ ହେଉଥିଲା। ପରିବାରଟିକୁ ନାଣ୍ଡିଆ କୁହାଗଲେ ବି ପ୍ରକୃତରେ ତା' ସେମିତି ନଥିଲା। ଡାଳ, ପତ୍ର, ଫୁଲ, ଫଳ ସର୍ବତ୍ର ବିଦ୍ୟମାନ ଥିଲା। ଭବିଷ୍ୟତ ବି ଉଜ୍ଜଳମୟ ଲାଗୁଥିଲା।

ବାପାଙ୍କ ବ୍ୟବହାରରୁ ଲାଗୁଥିଲା ସେ ଯେମିତି, ତ୍ରିଲୋଚନକୁ ହିଁ ଜ୍ୱାଇଁ କରିବେ।

କଥାବାର୍ତ୍ତାରେ ମୁଁ ଏଇସବୁ କଥା ଭାଉଜଙ୍କୁ କହିଲି।

ଭାଉଜ କହିଲେ : "ହଁ ଠିକ୍ ଲାଗୁଚି ତ। ତେବେ ତମେ ତ୍ରିଲୋଚନର ଫଟୋଟେ ମତେ ହ୍ୱାଟର୍ସଆପରେ ପଠାଅ"।

ମୁଁ ପ୍ରତିଶ୍ରୁତି ଦେଲି : "ଦିନେ ଦୁଇଦିନରେ ମୁଁ ନିଶ୍ଚୟ ପଠାଇବି ଭାଉଜ"।

ଭାଉଜ ପୁଣି କହିଲେ : "ସେମାନେ ମିଲିକୁ ଦେଖି ପସନ୍ଦ ବା ନା'ପସନ୍ଦ କରିସାରିବା ପରେ ମତେ ତମେ ସାଙ୍ଗେ ସାଙ୍ଗେ ଜଣାଇବ"।

ମୁଁ କହିଲି : "ହଁ ନିଶ୍ଚୟ" ।

ଭାଉଜ ଫୋନ୍ କାଟିଲେ ।

ଏଥର ଟୁବୁଲାର ପାଳି। ତାକୁ ଏସବୁ ନଜଣାଇଲେ ସେ ଆଉ କାହାଠୁ ଜାଣିନେବ ଏବଂ ମୋ ଉପରେ ଅଭିମାନ କରି ମତେ ନାନା କଥା ବି ଶୁଣାଇବ। ଏହାଛଡା ଦୋକାନୀ– ସାହୁବାବୁର ବରାଦ ମୁତାବକ ଚୁନାମାଛ ସଂଗ୍ରହ ପାଇଁ ତ ଟୁବୁଲା ଉପରେ ନିଶ୍ଚୟ ନିର୍ଭର କରିବାକୁ ପଡିବ।

ମୁଁ ଘରକୁ ନ ଫେରି ସେଇ ବାରିରୁ ସିଧା ଟୁବୁଲାକୁ ଭେଟିବାକୁ ଚାଲିଲି।

ତେବେ ସେଥିଲାଗି ଟୁବୁଲାର ଘରଯାଏ ଯିବାକୁ ପଡିଲାନି। ଗାଁ ଭିତରକୁ ଥିବା ପ୍ରବେଶପଥର କଡକୁ ରହିଥିବା ନଳକୂପ ପାଖରେ ସେ ନିଜର କପଡାପତ୍ର ସଫା କରୁଥିଲା। ମତେ ଦେଖି କୁହାଟ ମାରିଲା: "କ'ଣ ଚୂନାମାଛ ଯୋଗାଡ ହୋଇଗଲା" !

ଅଚାନକ ଟୁବୁଲାର ଏ ପ୍ରଶ୍ନ ମତେ ଟିକେ ହଡବଡ କରିଦେଲା। ତଥାପି ପରିସ୍ଥିତିକୁ ସମ୍ଭାଳି ନେଇ କହିଲି : "ଚୁନାମାଛ; ତା' ପୁଣି ତୋ ବିନା ଯୋଗାଡ ହେଇଯିବ" ! ଏମିତି କହି ମୁଁ ତା'ର ମନ କିଣିବାକୁ ଚେଷ୍ଟା କଲି।

ଏମିତି କଥୋପକଥନ ଭିତରେ ମୁଁ ଟୁବୁଲା ପାଖରେ ପହଁଚି ସାରିଥିଲି। ତାକୁ କହିଲି : "ଯାହା କହିବାର ଥିଲା, ପାଖରେ ପହଁଚି କହିଥିଲେ ହେଇନଥାଆନ୍ତା ; ଖଣ୍ଡେ ଦୂରକୁ କୁହାଟ ମାରୁଚୁ" !

ବେପରଓ୍ୱା ଭାବରେ ସେ କହିଲା : "ହଁ ମ ଏଥିରେ ଅସୁବିଧା କଉଠି ! ତେମେ ସବୁ ପଢୁଆ ପିଲା ନାନା କଥାକୁ ଡରିବ। ଆମର କ'ଣ ଅଛି ! ଆମେ ଯା' କଇଲେ ବି ଚଳିବ" ।

ମୁଁ କହିଲି : "ହଉ ଛାଡ ସେ କଥା। ତୁ ତ ସବୁକଥା ଜାଣିସାରିଲୁଣି। ଏବେ କହ କ'ଣ କରିବା" ?

ସେ ଦୃଢ ଜବାବ୍ ଦେଲା : "ହଁ ସବୁକାମ କରିବା। କିନ୍ତୁ ମନେରଖ, ଚୁନାମାଛର ତରକାରୀ କଥାଟା କିନ୍ତୁ ବନ୍ଦ ରଇବ"।

"ଆରେ! ସେଇଟା ପରା ସେ ସାହୁବାବୁର ଦାବୀ ; ତାକୁ କେମିତି ବନ୍ଦ ରଖିବା" ! ତା'ର ଉଦ୍ଦେଶ୍ୟ କିଛି ବୁଝିନପାରି ମୁଁ ପଚାରିଲି।

ସେ କହିଲା : "ସେଇ ତ କଥା। ତା' ଦାବି ବୋଲି ତ ବନ୍ଦ ରଇବ"।

"ମାନେ" ! ମୁଁ ଆହୁରି ଆଶ୍ଚର୍ଯ୍ୟ ହେଲି।

"ମାନେ ଆଉ କଣ ! ଆରେ ବୋକା ଏମିତି ବିରାଦ କରି ସେ ଆମକୁ ପରୀକ୍ଷା କରୁଛି ଯେ, ଆମେ ତାକୁ ଏବଂ ତା'ର ଦାବୀକୁ କେତେ ଗୁରୁତ୍ୱ ଦେଉଚନ୍ତି ! ତା' ଛଡା ଘରେ ବସି ମାଛ ଭଜା, ଭାତ, ତରକାରୀ ଖାଇଲେ, ସେ ଆତ୍ମୀୟତାର ଆଳରେ, କଥାରେ କଥାରେ ଆମକୁ ଆଉରି ତଉଲିନବ ଏବଂ ସେଇ ଅନୁଯାଇ ସେ ତା'ର ଭାଉ କଷିବ"। ଟୁବୁଲା ମତେ ବୁଝେଇ ଦେଲା।

ମୁଁ ତଥାପି ବୁଝିପାରିଲିନି। ପଚାରିଲି : "ଆରେ ତୁ କ'ଣ କହୁଛୁ ମୁଁ କିଛି ବି ବୁଝିପାରୁନି" ।

ହସିଲା ଟୁବୁଲା। କହିଲା : "ତା'ହେଲେ ଶୁଣ। ସାହୁବାବୁ ଜଣେ ଚାଲାକଲୋକ। ଭଦ୍ରଲୋକ ବି। କାଆର କିଛି କ୍ଷତି କରିବା ତାଙ୍କର ମତଲବ ନୁଆଁ। କିନ୍ତୁ ବେପାର ବୁଦ୍ଧି ପ୍ରଖର। ବିନା ବେପାରରେ ସେ କିଛି ବି କରିବେନି। ଆମେ ଯଦି ଆରମ୍ଭରୁ ତାଙ୍କର ଦାବୀ ମାନିନେବା, ତା'ପରେ ସେ ଗୋଟିକ ପରେ ଗୋଟିଏ ବରାଦ କରି ଚାଲିବେ। ଆଉ ଆମ ସରଳତାର ସୁଯୋଗରେ, ମଧ୍ୟସ୍ଥ ଭାବରେ ଭଲ ରକମର ଟଙ୍କା ବି ଝଡେଇ ନେବେ"।

କେଜାଣି କାହିଁକି ଟୁବୁଲାର କଥା ମତେ ଅତିରଞ୍ଜନ ଲାଗିଲା। ଅବିଶ୍ୱାସ କଲା ପରି ମୁଁ ତାକୁ ପଚାରିଲି : "ତୁ କେମିତି ଜାଣିଲୁ ସେ ଏମିତି କରିବେ ବୋଲି" !

ତତ୍‌କ୍ଷଣାତ୍ ଟୁବୁଲା ଜବାବ୍ ଦେଲା : "ସେଇ ପ୍ରଥମ ସାକ୍ଷାତରୁ। ମଧୁର ବଚନ କହି ସେଇ କେତେ ସମୟରେ ଆମକୁ ସେ କେତେ କପ୍ ଚା' ଆଉ ପକୁଡି ବିକିଛି ତୋ'ର ମନେଅଛି" !

ବୁଝିଲି ଟୁବୁଲାକୁ ଆଉ ପାରିହବନି। ଆତ୍ମସମର୍ପଣ କରି ପଚାରିଲି : "ତା'ହେଲେ କ'ଣ କରିବା" ?

ସେ ଯେମିତି ପ୍ରସ୍ତୁତ ହେଇ ରହିଥିଲା କହିଲା : "ତୁ ସାହୁବାବୁଙ୍କୁ କାଲିକି ଡାକ। ତା'ପରେ ଯାହା କରିବା କଥା ମୁଁ କରିବି"।

ଆସନ୍ତା କାଲିକୁ ସାହୁବାବୁଙ୍କୁ ଡାକିଥିବା କଥା ତାକୁ ଜଣେଇଲି।

ଟୁବୁଲା ଟିକେ ଦମ୍ ନେଲା। ସମ୍ଭବତଃ ସେ ଭାବିଲା, ମୁଁ ତାକୁ ନଜଣେଇ ଏକା ଏକା ସବୁ ନିଷ୍ପତ୍ତି ନେଇ ଯାଉଛି। ତଥାପି ଟୁବୁଲା ତ ଟୁବୁଲା ; ଏସବୁ ପରିସ୍ଥିତିକୁ ହଜମ କରିଦେବାରେ ତା'ର ଗୋଟେ ଅଦ୍ଭୁତ ଦକ୍ଷତା ରହିଛି। ସ୍ୱାଭାବିକ ହୋଇଯାଇ ସେ ତା'ର ପ୍ରତିକ୍ରିୟା ଦେଲା : "ଭଲ ହେଲା, ସାହୁବାବୁ କାଲି

ଆସିବ, ମିଳିଦେଇକୁ ଦେଖିବ। ଚା'-ଜଳଖିଆ ତମ ଘରେ ଖାଇବ, ହେଲେ ମାଛ ତରକାରୀ ଅନ୍ୟ ଜାଗାରେ ଖାଇବ। କିନ୍ତୁ ଚୁନାମାଛ ବିଲକୁଲ୍ ନୁହଁ"।

ମତେ ଟୁବୁଲାର ନିଷ୍ପତ୍ତି ଅଜବ ଲାଗିଲା। ମୋ ଭଉଣୀର ବାହାଘର, ଶେଷ ନିଷ୍ପତ୍ତି ନେବାପାଇଁ ଘରେ ମୋର ବାପା ଅଛନ୍ତି। ପୁଣି ଅନେକ କଥାରେ ମୁଁ ତାକୁ ପଚାରୁ ବି ନାହିଁ। ଅଥଚ ଟୁବୁଲା ...।

ମୁଁ କ'ଣ ଭାବୁଥିବାର ଦେଖି, ଟୁବୁଲା ପୁଣି କହିଲା : "ଓଃ! ତୁ ବଡବାପାଙ୍କ କଥା ଭାବୁଛୁ ବୋଧେ! ତୁ ସେ ଚିନ୍ତା କରନା ମୁଁ ତାଙ୍କୁ ସମ୍ଭାଳି ନେବି" ।

"ହେଲେ ତୁ ସାହୁବାବୁଙ୍କୁ ମାଛ ତରକାରୀ କଉଠି ଖାଇବାକୁ ଦବୁ" ? ମୁଁ ଏକ ପ୍ରକାର ଅଧୈର୍ଯ୍ୟ ହେଇ ତାକୁ ପଚାରିଲି।

ଉଲ୍ଲସିତ ହେବାପରି ଟୁବୁଲା କହିଲା : "ଆରେ ମୋ କାକାଙ୍କ ପୁଅ ବିରୋନ୍‌ର କାଲି ବାହାଘର ଭୋଜି। ସାହୁବାବୁ ସେଇଠି ଖାଇବ। କଥାଟା ସବୁ ଆଡକୁ ପାଇବ"।

ପ୍ରତିକ୍ରିୟା ଦେଲି : "କାହିଁ ସେମିତି ତ କିଛି ଶୁଣା ଯାଇନି, ଅଚାନକ କ'ଣ ଭୋଜି" !

ଟୁବୁଲା ମୋ କାନ ପାଖକୁ ତା' ମୁହଁ ଲଗେଇଦେଇ ଫୁସ୍‌ଫାସ୍ କରି କହିଲା: "ବାଙ୍ଗାଲୁର୍‌ରେ ଯଉଠି କାମ କରୁଥେଲା, ସେଉଠୁ ଗୋଟେ ବଙ୍ଗାଳୀ ଝିଅକୁ ଧରି ପଳେଇ ଆଇଚି। ତିନିଦିନ ହେଲା ଘରକୁ ଆଇଲାଣି, ଘରେ ନାନା ଟେନ୍‌ସନ। ପଳେଇବ ବୋଲି ବାହାରିଥେଲା। ଦାଦା କଇଲେ, ସାଇଭାଇଙ୍କି ଭୋଜିଭାତ ଦେଇ ତୁ ଯୁଆଡେ ଯାଉଚୁ ଯା'। ତେଣୁ କାଲି ତା'ରି ଭୋଜି"।

ଟୁବୁଲା ଦାନ୍ତ ନିକୁଟି ହସିଲା।

ମୁଁ ଘରକୁ ଫେରି ଆସିଲି।

ସମୟ ଗୋଟେ ଅମାନିଆ ନଈ, କେତେବେଳେ କଉଠୁ କ'ଣ ଭସାଇ ନିଏ ତ ପୁଣି କଉଠି ପଟ୍ଟୁ ବାନ୍ଧି ନୂଆ ସର୍ଜ୍ଜନା ପାଇଁ ବାଟ ଫିଟାଏ; ତା'ର କିଛି ଠିକଣା ହିଁ ନଥାଏ!

ଆମ ଗାଁ ଆଗରୁ ଏମିତି ନଥିଲା। ପିଲାମାନେ ବାପା, ଭାଇ ଏବଂ ଅନ୍ୟାନ ଗୁରୁଜନ ମାନଙ୍କ ନିଷ୍ପତ୍ତିକୁ ମାନି ବାହା ହେଉଥିଲେ। ବାହାଘରର ବେଶ୍ କିଛିଦିନ ଆଗରୁ ଯିବାଆସିବାର ଗହଳ ଚହଳ ଲାଗୁଥିଲା। ଗାଁର ପୁଅ କିମ୍ୱା ଝିଅଙ୍କୁ ଦେଖିବାକୁ ଅନ୍ୟ ଗାଁର ଲୋକ ଆସୁଥିଲେ। ଅନ୍ୟ ଗାଁର ପୁଅ, ଝିଅଙ୍କୁ ଦେଖିବାକୁ ଆମ ଗାଁ ଲୋକ ଯାଉଥିଲେ। ଏକା ଗାଁର ପୁଅ ଝିଅଙ୍କ ଭିତରେ ବାହାଘର ନ ହେବା ପାଇଁ ଗୋଟେ ଅଲିଖିତ ନିୟମ ଥିଲା। ଅନ୍ୟ ଗାଁର ଝିଅ ଆମ ଗାଁକୁ ବୋହୂ ହେଇ ଆସୁଥିଲେ। ଆମ ଗାଁ ଝିଅ ବୋହୂ ହେଇ ଅନ୍ୟ ଗାଁକୁ ଯାଉଥିଲେ। ସବୁକିଛି ପରମ୍ପରା ଆଉ ସଂସ୍କୃତିର ଶଗଡ ଗୁଳାରେ ଚାଲୁଥିଲା। ଏବେ ଏଥିରେ ବ୍ୟତିକ୍ରମ ଦେଖାଦେଲାଣି। ଟୁବୁଲାର ଦାଦାପୁଅ ଭାଇ ସେଇଥିରୁ ଗୋଟିଏ।

ଚାରିଥର ମାଟ୍ରିକ୍ ଫେଲ୍ ହେବାପରେ ଟୁବୁଲାର ସେଇ ଭାଇଟି କାହା ସାଙ୍ଗରେ ସାଙ୍ଗ ହେଇ କାମ କରିବାକୁ ବେଙ୍ଗାଲୁର ପଳାଇଲା। ସେବେଠୁ ତାହା ସହ ମୋର ଭୋଟ ହେଇନି। ମଝିରେ ଶୁଣିଥିଲି ତା'ରି ରୋଜଗାର ପଇସାରେ ତାଙ୍କର କୋଠାଘର ଖଣ୍ଡିଏ ହେଇଛି। ଏବେ ସେଇ ପିଲା, ବେଙ୍ଗାଲୁରରୁ ବଙ୍ଗାଳୀ ଝିଅ ଧରି ପଳେଇ ଆସିଛି।

ଗାଁ ବାଲାଙ୍କୁ ଭୋଜିର ନିମନ୍ତ୍ରଣ କରିବା ପାଇଁ ଟୁବୁଲା ମତେ ସାଙ୍ଗରେ ଡାକି ନେଇଥିଲା। ଆମେ ଘର ଘର ବୁଲି ଲୋକଙ୍କୁ ମଧ୍ୟାହ୍ନ ଭୋଜନ ପାଇଁ ନିମନ୍ତ୍ରଣ କରୁଥିଲୁ। ତା'ରି ଭିତରେ ଲୋକେ ଟୁବୁଲାକୁ ବଙ୍କାସିଧା ନାନା କଥା ପଚାରୁଥିଲେ। ତା'ର ଭାଇ ଯେ ଗୁରୁଜନ ମାନଙ୍କୁ ଅମାନ୍ୟ କରି ଭଲ କାମ କରିନାହିଁ, କଥାରେ କଥାରେ ତାହା ସେମାନେ ସୂଚାଇ ଦେଉଥିଲେ।

ହେଲେ ଟୁବୁଲାର ସେଥିରେ ଯାଏ ଆସେ କେତେ ! ସେ ତ ସବୁ ଭଲମନ୍ଦ ନିନ୍ଦା ପ୍ରଶଂସାର କାହିଁ କେତେ ଊର୍ଦ୍ଧ୍ୱରେ। ମୁହେଁ ମୁହେଁ ସେ ଜବାବ୍ ଦେଉଥାଏ: "ଖାଇବାକୁ ଗଲେ ଯାହା କଇବା କଥା ସେ ଟୋକାକୁ କଇବ ; ମୋ ପାଖରେ କାଇଁକି ଏତେ କଥା ଗପୁଚ ! ମୁଁ କ'ଣ କାଆକୁ ଉଠେଇ ଆଣିଚି ନା କ'ଣ" ?

ଏସବୁ ଭିତରେ ବି ଟୁବୁଲା କଉଠି ହେଲେ ସାହୁବାବୁର କଥା ଭୁଲି ନଥାଏ। ତା'ର ଯୋଜନା ସେ ମତେ ଶୁଣାଉଥାଏ : "ସାହୁବାବୁଙ୍କୁ ଆୟତପୁର ଛକରୁ ଗାଁ ଭିତର ଦେଇ ଘରକୁ ନେଇଯିବୁ। ଫଟାଫଟ୍ ଚା' ଜଳଖିଆ ଦେଇ ମିଲିଦେଇକୁ ଦେଖେଇଦବୁ। ସେ କେଇପଦ କଥା ହେଇଥବ କି ନାଇଁ ମୁଁ ତାକୁ ମାୟା ନଗେଇ

ଆମଘରକୁ ଭୋଜି ଖାଇବାକୁ ନେଇଆସିମି। ତା'ପରେ କଥା ଶେଷ, ସାପ ମରିବନି କି ବାଡି ଭାଙ୍ଗିବନି"।

ମୁଁ ପଚାରିଲି : "ତୁ ବାପାଙ୍କ ସହ ଏ ବିଷୟରେ କଥା ହେଲୁଣି" ?

ସେ କହିଲା : "ତୁ କ'ଣ ତୋ ବାପାଙ୍କୁ ଜାଣିନାଉଁ! ତାଙ୍କ ସଇତ କଥା ହେଇ ନାଭ କ'ଣ ? କାମ ଆମର ଠିକ୍‌ରେ ହେଲେ କଥା ସଇଲା"।

ମତେ ଭୀଷଣ ରାଗ ଲାଗୁଥିଲା। ମୋ ବାପାଙ୍କୁ ଟୁବୁଲା ଏଡେଇ ଯିବାକଥା ପ୍ରକୃତରେ ମୋର ସହ୍ୟ ହେଉନଥିଲା। କିନ୍ତୁ କିଛି ଉପାୟ ନଥିଲା। ତେଣୁ ଟୁବୁଲାକୁ କିଛି ନ କହି ମୁଁ ଚୁପ୍ ରହିବାକୁ ଶ୍ରେୟ ମଣିଲି।

ପୂର୍ବାହ୍ନ ଠିକ ଏଗାରଟା ବେଳକୁ ସାହୁବାବୁ ମତେ ଫୋନ୍‌କଲା: "ମୁଁ ଏବେ ଆଳିରେ ପହଁଚିଲି। ଆଉ ଅଧଘଂଟାରେ ଆୟତପୁର ଛକରେ ପହଁଚିବି"।

ସାହୁବାଙ୍କୁ ସଙ୍ଖାଳିବା ପାଇଁ ମୁଁ ଛକକୁ ପଳାଇଲି। ଟୁବୁଲା ଉପରେ ଅସନ୍ତୁଷ୍ଟ ହେଲେ ବି ତା'ରି କଥାରେ ପ୍ରେରିତ ହେବାପରି ଆୟତପୁର ଛକ ଉପରେ ସାହୁବାବୁଙ୍କୁ ଜଗିଲି।

ଦଶ ପନ୍ଦର ମିନିଟ୍ ପରେ ଗୋଟେ ଅଟୋରୁ ସାହୁବାବୁ ଓହ୍ଲାଇଲା। ମୁଁ ତାକୁ ରାସ୍ତା ଚଲେଇ, ଟୁବୁଲା କହିବା ମୁତାବକ ଆମ ଘରକୁ ନେଇ ଆସିଲି।

ଧନୀକାକାଙ୍କ ଘରୁ, କାକି ଆଉ ତାଙ୍କ ଝିଅ ମୀନୁ, ଆମ ଘରକୁ କେତେବେଳଠୁ ଆସି ମିଲିଦେଇକୁ ବେଶପଟା କରୁଥିଲେ। ମିଲିଦେଇର ସାଙ୍ଗ ସରଦେଇ ବି ଆମ ଘରେ ଥିଲା। ଘରେ ଟିକେ ଗହଳ ଚହଳ ଥିଲା।

ସାହୁବାବୁକୁ ବାହାର ବଖରାରେ ବସାଇଦେଇ, ଭିତରକୁ ଯାଇ ମିଲିଦେଇର ନୂଆରୂପ ଦେଖିଲାବେଳକୁ ମତେ କାହିଁକି କେଜାଣି ଭାରି ହସ ମାଡିଲା।

ଦେଇ ପଚାରିଲା : "ଏମିତି ହସୁଚୁ କାହିଁକି" ?

ମୁଁ କହିଲି : "ଆରେ ଇଏ ତୋ ମାଙ୍କଡ଼ ନୁହଁରେ ମଧ୍ୟସ୍ଥ। ସିଏ ବି ପୁଣି ମହା ମାଙ୍କଡ ଶ୍ରେଣୀର"!

ଦେଇକୁ ଲାଜ ଲାଗିଲା। ତା' ମନ ମରିଗଲା।

ସରଦେଇ ମୋ ଉପରେ ପାଟିକଲା : "ସବୁ ସମୟରେ ଥଟ୍ଟାମଜା ଭଲ ନୁହଁରେ ମଣ୍ଟୁ"।

ମତେ ବି ଭଲ ଲାଗିଲାନି। ପରିସ୍ଥିତି ପାଣିଚିଆ ହେବା ଆଗରୁ ମୁଁ ସେ'ଠୁ ଖସିଆସି ଟୁବୁଲାକୁ ଫୋନ୍ ଲଗାଇଲି।

ସେ କହିଲା : "ଠିକ୍ ଅଛି। ତୁ ଚା' ଜଳଖିଆ ଦେଇ ଦେ'। ମୁଁ ପହଁଚୁଚି"।

ସେ ଯାଏ ବାପାଙ୍କର ଧାରଣା ଅଛି ଯେ, ଚୁନାମାଛ ମୁଁ ଯୋଗାଡ କରିଦେଇଛି। ଏବେ ସାହୁବାବୁ ପହଁଚିଗଲାଣି ମାନେ ତରକାରୀ ରନ୍ଧା ଆରମ୍ଭ ହେବ। ତେଣୁ ସେ ଗପ କରୁକରୁ ସାହୁବାବୁ ପାଖରୁ ଉଠିଆସି ବୋଉକୁ କହିଲେ : "ଚୁନାମାଛ ଟିକେ ଭଲକରି ରାନ୍ଧିବୁ। ଲୋକଟା ମତେ ବାରବାର ବରାଦ କରିଛି ଖାଇବ ବୋଲି"।

ଏଇ ସମୟରେ ଟୁବୁଲା ପହଁଚିଯାଇ ତା'ର ଭୂମିକା ଆରମ୍ଭ କରିଦେଲା : "ନାଇଁ ଲୋ ବଡବୋଉ, ସେ ମାଛ ରଖିଥା, ଆମେ କାଲି ଖାଇବା। ସାହୁବାବୁଙ୍କୁ ଆମଘରେ ଭୋଜି ଖାଇବାକୁ ମୁଁ ନିମନ୍ତ୍ରଣ କରିଦେଇଚି"।

ବାପା ଆବାକାବା ହେଇ କେତେବେଳେ ବୋଉକୁ କେତେବେଳେ ଟୁବୁଲାକୁ ଚାହିଁଲେ।

ଟୁବୁଲା, ବାପାଙ୍କ ହାତଧରି ବାହାର ବଖରାକୁ ନେବାବେଳେ କହିଲା : "ବଡବୋଉ ! ତୁ ମିଲିଦେଇକୁ ରେଡିକର, ସାହୁବାବୁ କଥା ହେଇସାରି ଆମ ଘରକୁ ଯିବେ"।

ବାପା ଆଉ କିଛି କହିପାରିଲେ ନାହିଁ। ଟୁବୁଲା ତା' ଚିନ୍ତାଧାରାରେ କାମ କରି ଚାଲିଥିଲା। ଆମେ ସବୁ ନିମିତ ମାତ୍ର ହେଇ ତାର ଇଚ୍ଛାକୁ ପାଳନ କରୁଥିଲୁ ଯାହା।

ପୁଣି ତା'ରି ନିର୍ଦ୍ଦେଶରେ ସରଦେଇ, ମିଲିଦେଇର ହାତଧରି ବାହାର ବଖରାକୁ ଆଣିଲା।

ଏସବୁ ଘଟଣା ଗୋଟେ ପରେ ଗୋଟେ ଏତେ ଚଂଚଳ ଘଟୁଥିଲା ଯେ, ସାହୁବାବୁ ପରି ସଂସାରକୁଶଳୀ ମଣିଷ ବି ତା'ର ଟେର୍ ପାଇ ପାରୁନଥିଲା।

ମିଲିଦେଇକୁ ଚାରି ପାଞ୍ଚଟି ପ୍ରଶ୍ନ ପଚାରିବାପରେ, ଟୁବୁଲା ହସ୍ତକ୍ଷେପ କରିଦେଲା: "କ'ଣ ମ ମୋର ସୁନାନାକୀ ଭଉଣୀଟାକୁ ଏତେ କଥା ପଚାରୁଚ ! ସେ ତ ଲକ୍ଷ୍ମୀପ୍ରତିମା; ଯା' ଘରକୁ ଯିବ ତା' ଘରେ ଖାଲି ସୁନା ବର୍ଷିବ ! ଚାଲ ସାହୁବାବୁ, ଖାଇବାବେଳ ହେଇଗଲାଣି, ଆମଘରେ ଖାଇବା"।

ଟୁବୁଲା ବାହୁମେଲାଇ ସାହୁବାବୁଙ୍କୁ ବେଢାଇନେଲା। ଆପଣାର ପୁରୁଣା ବନ୍ଧୁପରି ବ୍ୟବହାର କରି ଆମ ଘରୁ, ଦାଣ୍ଡକୁ ବାହାର କରି ଆଣିଲା। ବାପାଙ୍କୁ ଡାକିଲା: "ଇମିତି ଥ ଥ କ'ଣ ହଉଚ ବଡବାପା ! ସାଙ୍ଗରେ ଚାଲୁନ"।

ନିରୁପାୟ ହୋଇ ବାପା, ଟୁବୁଲା ପଛରେ ଚାଲିଲେ।
ତାଙ୍କଠୁ ଆହୁରି ନିରୁପାୟ ହୋଇ ସେ ସମସ୍ତଙ୍କ ପଛେ ପଛେ ମୁଁ ବି ଚାଲିଲି।

ଟୁବୁଲାର ଘର ସାମ୍ନାରେ ବାହାଘର ଭୋଜି ଚାଲିଥିଲା। ଶହେ ସରିକି ଲୋକ ଦାଣ୍ଡରେ ଦି' ଧାଡ଼ି ହୋଇ ବସିଥିଲେ। ସେମାନଙ୍କ ଆଗରେ ଥିବା ଶାଳପତ୍ରରେ ଭାତ, ଡାଲି, ତରକାରୀ ଆଦି ବଢ଼ା ହୋଇଥିଲା। ଆହୁରି ପଚିଶ ଲୋକ ତାଙ୍କ ପିଣ୍ଡାରେ ବସିଥିଲେ। ସେମାନଙ୍କ ପତ୍ରରେ ବି ଭାତ- ତରକାରୀ ବଢ଼ା ସରିଥିଲା। ଟୁବୁଲା ଲୋକଙ୍କୁ ହଟାହଟି କରି ବାପା ଏବଂ ସାହୁବାବୁ ପାଇଁ ସେଇ ପିଣ୍ଡାରେ ପତ୍ର ପକାଇଲା। ଭାତ ତରକାରୀ ପରଶିଦେଇ ସାହୁବାବୁଙ୍କୁ କହିଲା: "ସାହୁବାବୁ! ଏଥରକ ବଡମାଛ ଖାଇଥା, ଆଉ ଦିନେ କେବେ ଚୂନା ଖାଇବା। ସମ୍ପର୍କ ତ ଆରମ୍ଭ ହେଲା ଜାଣ" !

ଟୁବୁଲାର ଆତ୍ମୀୟତାରେ ଏବଂ ଆତିଥେୟତାରେ ମୁଗ୍ଧ ହେବାପରି ବ୍ୟବହାର ଦେଖାଇ ସାହୁବାବୁ କହିଲା : "ସତକଥା କହିଲେ ଟୁବୁଲାବାବୁ"।

ଏଥି ଭିତରେ ଦାଣ୍ଡରେ ପତ୍ର ପକାଇ ଅନ୍ୟମାନଙ୍କ ସାଥିରେ ମୁଁ ବି ମୋର ମଧ୍ୟାହ୍ନ ଭୋଜନ ସାରିଦେଲି। ଖାଇସାରି ହାତ ପୋଛିବାବେଳେ ଟୁବୁଲା ମତେ ଟିକେ ଦୂରକୁ ଡାକିନେଇ କହିଲା: "ସାହୁବାବୁ ଫିଦା ହୋଇଯାଇଚି। ମୁଁ ତାକୁ ଆଗକୁ ଆଉରି ଫିଦା କରିମି। ତୁ ଏବେ ତାକୁ ଆୟତପୁର ଛକରେ ଅଟୋରେ ଚଢେଇଦବୁ। ତାଙ୍କ ତରଫ ଲୋକ କେବେ ଆସିବା କଥା ପଚାରିଲେ କହିବୁ, ଟୁବୁଲାର କାମ ସରୁ ଆମେ କହିବୁ"।

ମୁଁ ଛାତ୍ରଟିଏ ପରି ସମ୍ମତି ଜଣେଇଲି : "ହଉ ତେବେ" ।

ସାହୁବାବୁର ବିଦାୟ ପୂର୍ବରୁ ଟୁବୁଲା ତାକୁ ଆଲିଙ୍ଗନ କଲା। ଚାରିଖଣ୍ଡ ପାନ ସହ ସିଗାରେଟ୍ ପ୍ୟାକେଟ୍‌ଟିଏ ବି ଦେଲା। ତା'ରି ଆଗରେ ମତେ ନିର୍ଦ୍ଦେଶ ଦେଲା : "ମଣ୍ଟୁ ଗଲୁଟିକେ ସାହୁବାବୁଙ୍କୁ ବାଟେଇଦେଇ ଆସିବୁ"।

ବାଟେଇ ଦେବାକୁ ମୁଁ ସାହୁବାବୁ ସହ ପାଦ ମିଳାଇଲି। ଆମ ଗାଁରୁ ବାହାରି ଆସିବାପରେ ସାହୁବାବୁର ପରିବର୍ତ୍ତନ ଲକ୍ଷ୍ୟ କଲି। ସେ କହିଲା : "ମଣ୍ଟୁବାବୁ! ତମ ପରିବାରଟି ଭଲ। ବାପା, ମା', ଭାଇ,ଭଉଣୀ ତମେ ସମସ୍ତେ ଭଦ୍ରଲୋକ। ହେଲେ ସେ ବାତରା ସାଥିରେ କାହିଁକି ସାଙ୍ଗ ହେଇଚ" !

ମୁଁ ସାହୁବାବୁର ମୁହଁକୁ ଚାହିଁଲି। ତାଙ୍କ ଉଦ୍ଦ୍ୟେଶ ମୁତାବକ ଘଟଣା ଗୁଡିକ ପରିଚାଳିତ ନ ହେଇଥିବାରୁ ସେ ଟିକେ ଅସନ୍ତୁଷ୍ଟ ଥିବାପରି ଲାଗୁଥିଲେ।

ମୁଁ କଥା ବଦଳେଇ କହିଲି : "ଆପଣ ଯାହା ଦେଖିବାକୁ ଆସିଥିଲେ, ସେ ବିଷୟରେ କୁହନ୍ତୁ" ।

ସାହୁବାବୁ କହିଲା : "କହିଲି ପରା ତମର ଭଦ୍ରଲୋକଙ୍କ ଘର। ଆଉ ପୁଣି କଣ" ?

ତା'ପରେ ସାହୁବାବୁ ପୁଣି ଯୋଗ କଲା : "ଏଣିକି ବିଧି ମୁତାବକ ତାଙ୍କ ଘରୁ ଦି'ଜଣ ଦେଖିବାକୁ ଆସିବେ, କିନ୍ତୁ କଥା ପକ୍କା ବୋଲି ଜାଣ"।

ମୁଁ ପଚାରିଲି : "କେବେ ଆସିବେ" ?

ସାହୁବାବୁ କହିଲା : "ମୁଁ ଯାଏ, କଥା ହୁଏ। ତା ପରେ ଫୋନ୍‌ରେ ଜଣେଇବନି କି" ?

ସେଇ ସମୟକୁ ଆମେ ଆୟତପୁର ଛକରେ ପହଁଚି ସାରିଥିଲୁ। ଯୋଗକୁ ଅଟୋଟିଏ ବି ପହଁଚିଗଲା। ସେଇଥିରେ ବସି ସାହୁବାବୁ ନିଜ ଘରକୁ ଫେରିଗଲା।

ନିର୍ଦ୍ଦିଷ୍ଟ ଦିନ ସାହୁବାବୁଙ୍କ ସହ ତ୍ରିଲୋଚନର ପ୍ରତିନିଧିମାନେ ଆମ ଘରକୁ ଆସିଲେ। ବିଧି ମୁତାବକ ମିଲିଦେଇ ସେମାନଙ୍କ ସାମ୍ନାରେ ଉପସ୍ଥିତ ହେଇ ସେମାନଙ୍କ ପ୍ରଶ୍ନର ଉତ୍ତର ରଖିଲା। ସେମାନେ ଫେରିଗଲେ ସେଇ ସନ୍ଧ୍ୟାରେ କିନ୍ତୁ ଜଣେଇ ଦେଲେ ଯେ ଦେଇ ପରୀକ୍ଷାରେ ପାଶ୍ ହୋଇଗଲା। ତ୍ରିଲୋଚନର ପ୍ରତିନିଧିମାନେ ତାକୁ ପସନ୍ଦ କରିଗଲେ।

ଅବଶ୍ୟ ଏଥିରେ ତା'ର କିଛି ବାହାଦୂରୀ ନଥିଲା। ବାହାଦୂରୀ ଥିଲା ସାହୁବାବୁ ପାରିବାପଣର। ସେ ତ ଆମ ଘରକୁ ଆସିଥିବା ଦିନ ହିଁ ଜଣେଇ ଦେଇଥିଲା, ଏଇ ପ୍ରସ୍ତାବଟିକୁ ସେ ନିଶ୍ଚୟ ବାହାଘରରେ ପରିଣତ କରିବ।

ତେବେ ଏଥିରେ ଟୁବୁଲା କ୍ଷତାକ୍ତ ହେଲା। ତା'ରି କଥାରେ ସିଧାସଳଖ ପରିଚାଳିତ ହେବା ମତେ ଭଲ ଲାଗିନଥିଲା। ଆମ ବାପ ପୁଅ ଦି'ଜଣଙ୍କୁ ଅଣଦେଖା କରି ଆମ ଉପରେ ତା ନିଷ୍ପତ୍ତିକୁ ଜବରଦସ୍ତ ଲଦିଦେବା, ମୋ ପାଇଁ ଭାରି

ଆଶ୍ୱସ୍ତିକର ଥିଲା । ସେଥିପାଇଁ ତ୍ରିଲୋଚନର ପ୍ରତିନିଧି ଆମ ଘରକୁ ଆସିବା ସମ୍ପର୍କରେ ମୁଁ ତାକୁ ଅନ୍ଧାରରେ ରଖିଲି ଏବଂ ଚୁପ୍‌ଚାପ୍ ମିଲିଦେଈକୁ ପାଶ୍ କରାଇଦେବାରେ ମୁଁ ପ୍ରତ୍ୟକ୍ଷ ଏବଂ ପ୍ରମୁଖ ଭୂମିକା ନିଭାଇଲି ।

ୟା' ଭିତରେ ଭାଇଙ୍କ ସହ ବେଶ୍ କିଛିଦିନ ହେଲା ମୁଁ କଥା ହେଇନଥିଲି । ସେଇ ଦିନଠାରୁ ଯାହା ପରାମର୍ଶ ଦରକାର ପଡୁଥିଲା ଅଥବା କିଛି ଖବର ଜଣେଇବାର ଥିଲା, ତାହା ମୁଁ ଭାଉଜଙ୍କ ସଙ୍ଗେ ଯୋଗାଯୋଗ କରି ଜଣେଇ ଦେଉଥିଲି । ଏଥର ଇଚ୍ଛା ହେଲା ଭାଇଙ୍କ ସହ ପଦେ କଥା ହେବାକୁ । ଭାଇଙ୍କ ମୋବାଇଲ୍‌ରେ ମୁଁ ସଙ୍ଗେ ସଙ୍ଗେ ଯୋଗାଯୋଗ କଲି ।

ଭାଇ କଉଠି ଗୋଟେ ମିଟିଂରେ ବ୍ୟସ୍ତ ଥିଲେ । ତଥାପି ମୋ' ଠୁ ସବୁକଥା ଶୁଣିଲେ । ପଚାରିଲେ : "ତୋ ଭାଉଜକୁ ଏ ବିଷୟରେ ଜଣେଇଲୁଣି" ?

ମୁଁ ନାହିଁ କରିବାରୁ ଭାଇ ପୁଣି କହିଲେ : "ଏବେ ତୋ ଭାଉଜକୁ ସବୁକଥା ଜଣେଇଦେ' । ସଂଧ୍ୟାକୁ ଘରକୁ ଫେରିଲେ ତାଙ୍କ ସହ କଥାହେଇ, ଆଗକୁ କ'ଣ କେମିତି କରିବା, ମୁଁ ସେ କଥା ତତେ ଜଣେଇବି" ।

ଭାଇ ଫୋନ୍ କାଟିଦେଲେ ।

ମୁଁ ଭାଉଜଙ୍କ ସହ ଯୋଗାଯୋଗ କଲି । ତ୍ରିଲୋଚନର ପକ୍ଷ, ମିଲିଦେଈକୁ ପସନ୍ଦ କରିଥିବା କଥା ଜଣେଇଲି ।

ଭାଉଜ ଖୁସିହେଲେ । କହିଲେ : "ମଣ୍ଟୁ ! ସଂଧ୍ୟାବେଳକୁ ତମ ଭାଇ ଘରକୁ ଫେରନ୍ତୁ, ତାଙ୍କ ସହ କଥା ହେଇ ପରବର୍ତ୍ତୀ ପଦକ୍ଷେପ ବିଷୟରେ ମୁଁ ତମକୁ ଜଣେଇବି" ।

ଏଣିକି ମତେ ଭାରି ଖୁସି ଲାଗୁଥିଲା । ଦେଈର ବାହାଘର ପ୍ରସ୍ତାବକୁ ଉଚିତ୍ ଭାବରେ ଆଗେଇ ନେଇଥିବାରୁ ମନରେ ଟିକେ ଗର୍ବ ବି ଆସୁଥିଲା । ମନରେ ଏପରି ଭାବନାକୁ ବାଣ୍ଟିବା ପାଇଁ ମୁଁ ମିଲିଦେଈ ପାଖକୁ ଗଲି ।

କହିଲି : "ମାଙ୍କଡ ତା'ହେଲେ ଏବେ ଦୋଳମୁକୁଟ ପିନ୍ଧିବ" !

ଖୁସିଖୁସି ଦିଶୁଥିବା ଦେଈ ହଠାତ୍ ଚିଡିଗଲା । ବିରକ୍ତି ପ୍ରକାଶ କରି କହିଲା : "ସବୁବେଳେ ଏମିତି ମାଙ୍କଡ ମାଙ୍କଡ କ'ଣ ହଉଚୁ ! ମାଙ୍କଡ ସାଥିରେ ଯଦି ବାହାଦେବାକୁ ତୋର ନିହାତି ଇଚ୍ଛା ଯାଉନୁ ଜଙ୍ଗଲରୁ ଗୋଟେ ଧରିଆଣିବୁ" !

ମିଲିଦେଈ ତା' ହୃଦୟରେ ତ୍ରିଲୋଚନକୁ ସ୍ଥାନଦେଇ ସାରିଥିଲା । ଆମ

ମାନଙ୍କଠାରୁ ତ୍ରିଲୋଚନ ଏବଂ ତାଙ୍କ ପରିବାର ବିଷୟରେ ଶୁଣିଶୁଣି ତା' ଘରକୁ ବୋହୂ ହେଇ ଯିବାକୁ ସେ ଗୋଡଟେକି ସାରିଥିଲା। ତେଣୁ ତ୍ରିଲୋଚନ ପାଇଁ ମାଙ୍କଡ ବିଶେଷଣଟି ତାକୁ ଭଲ ଲାଗିଲାନି।

ମୋ ଭଉଣୀ ଯେ ଏହା ଭିତରେ କେତେ କ'ଣ ଭାବିବା ଆରମ୍ଭ କରିଦେଲାଣି ବୋଲି ମତେ ଲାଗିଲା। ତେଣୁ ତାକୁ ତା' ଭାବନାରେ ଛାଡିଦେବା ପାଇଁ ମୁଁ କହିଲି : "ମାଙ୍କଡ କ'ଣ ଖାଲି ଜଙ୍ଗଲରେ ମିଳନ୍ତି, ବେଳେବେଳେ ଗାଁ ଭିତରକୁ ବି ପଶି ଆସନ୍ତି। ଦେଖେ ଯଦି ମିଳିଯାଏ କଉଠି"!

ଦେଇ ମତେ ମାରିବାକୁ ଗୋଡାଇଲା।

ମୁଁ ଦଉଡି ଦଉଡି ଦାଣ୍ଡକୁ ବାହାରି ଆସିଲି।

ଦାଣ୍ଡେ ଦାଣ୍ଡେ ଯାଇ ଟୁବୁଲା ଘରେ ପହଁଚିଲି। ସେ ଘରେ ଥିଲା ଆଉ ନିଘୋଡ ନିଦରେ ଶୋଇଥିଲା। ମୁଁ ତାକୁ ଉଠାଇଲି ଆଉ ପଚାରିଲି : 'ଆରେ ତୁ ତ ଏମିତି କେବେ ଦିନରେ ଶୋଉନା'!

ଟୁବୁଲା କହିଲା : "ବାହାଘରର ଖଟଣି ଥିଲା ତ ଆଖି ଲାଗିଗଲା"।

କେଜାଣି କାହିଁକି ତା ସ୍ୱରରେ ଭାରି ହତାଶଭାବ ଥିଲା। ମୁଁ ତା' ମୁହଁକୁ ଚାହିଁଲି। କଉଠି ନା କଉଠି ହତାଶଭାବ ତା' ମୁହଁରେ ବି ପ୍ରତିଫଳିତ ହେଉଥିଲା।

ମୁଁ ପଚାରିଲି : "ସତ କହ ଟୁବୁଲା ତୋର କଣ ହେଇଛି"!

ପ୍ରଥମେ ଟୁବୁଲା ଭାବିଲା କିଛି କହିବନି। କିନ୍ତୁ ନିଜକୁ ରୋକି ପାରିଲାନି। ଖଟରେ ଅଧାଶୁଆ ହେଇ ମତେ ପଚାରିଲା : "ମୁଁ ଯଦି ତତେ ବାରମ୍ବାର ଠକେ ତତେ କେମିତି ଲାଗିବ"?

ଟୁବୁଲାର ସମସ୍ୟା ଏଥର ମୁଁ ବୁଝିଗଲି। ସେ ଯେ ପାନେ ପାଇଛି, ସେ କଥା ଭାବି ମନେମନେ ଖୁସି ବି ହେଲି। ତେବେ ଆଗକୁ ବଡ କାମ ଅଛି; ଟୁବୁଲା ସାଥିରେ ନଥିଲେ ମୁଁ ବା କିଏ! ତେଣୁ ତାକୁ ସନ୍ତୁଷ୍ଟ କରିବାକୁ କହିଲି : "ଓଃ ଏଇ କଥା! ଘର ଭିତରେ କେତେକଥା ଘଟେ, ସବୁ କଥା କଣ ମୁଁ ତତେ ବୁଝେଇ ପାରିବି! ଭାବିଥିଲି ତୁ ଆପେ ବୁଝି ଯାଇଥିବୁ। ତା ନହେଲେ ତୋ ଭଳିଆ ପିଲା ଏଥିପାଇଁ ମନଦୁଃଖ କରିବା ଜମା ଭଲକଥା ନୁହଁ"।

ଟୁବୁଲା ପାଖରେ ମୁଁ କପଟ କଲି। ଆମଘରେ କେହି ଜଣେ ହେଲେ ବି ଟୁବୁଲାକୁ ନଡାକି କିଛି କାମ ଆପେଆପେ କରିଯିବାକୁ କହିନଥିଲେ। ତେବେ

ତା'ର ଅଧିକ ମାମଲତି ମତେ ଭଲ ଲାଗୁନଥିଲା, ତେଣୁ ମୁଁ ତାକୁ ସୁବିଧା ପାଇବା ମାତ୍ରେ ଅଣଦେଖା କରୁଥିଲି।

ଏଥର ତାକୁ ବହଲେଇବାର ପାଳି। କହିଲି : "ଆଜି ଦିନଟା ତୋ ଇଚ୍ଛାରେ ବିତାଇବା। ତୁ ଯାହା ଖାଇବୁ, ପିଇବୁ ସବୁ କିଛି ମଞ୍ଜୁର"।

ଟୁବୁଲା ବିଶେଷ ଉତ୍ସାହିତ ହେଲାନି। ଖାଲି 'ହଉ' କହି ତା'ର ସମ୍ମତି ଯାହା ଜଣାଇଲା।

ସମୟ ସେତେବେଳକୁ ମଧ୍ୟାହ୍ନରେ ପହଁଚିଲାଣି। ମୁଁ ଘରକୁ ଫେରିଆସି ସାର୍ଟ ପ୍ୟାଂଟ୍ ବଦଳାଇ ବାଇକ୍ ନେଇ ପୁଣି ଟୁବୁଲାଘରେ ପହଁଚିଗଲି।

ସେ ରେଡି ହେଇ ସାରିଥିଲା। ଆମେ ଦୁହେଁ ସାଙ୍ଗେ ସାଙ୍ଗେ ଆଳିକୁ ଯିବା ରାସ୍ତାରେ ଗାଡି ଛୁଟେଇଦେଲୁ।

ରାସ୍ତାରେ ଟୁବୁଲା ବିଲ୍‌କୁଲ୍ ଚୁପ୍‌ଥିଲା। ଆଳିରେ ପହଁଚିବା ମାତ୍ରେ ପାଟି ଖୋଲିଲା। କହିଲା : "ତୁ ତୋ ନିଜ ତରଫରୁ ଡାକିଚୁ; ଯାହା ମାଗିମି ଦବୁ, ପୁଣି ଯଦି କିଛି ହରକତ ମୁଁ କରେ ତା' ବି ସଇବୁ"।

ମୁଁ କହିଲି : "ଦେଖ୍, ତୋ ଦାବୀପୂରଣ ପାଇଁ ମୁଁ ରାଜି କିନ୍ତୁ ତୁ ଅଧିକ ହରକତ୍ କଲେ ଆମେ ଦୁହେଁ ହିଁ ବଦନାମ ହବା। ଲୋକ କହିବେ ଦି'ଟା ଯାକ ବାହାରେ ଯାଇ ମାତାଲ ହେଉଛନ୍ତି"।

ଟୁବୁଲା ଗୋଟେ ଦୀର୍ଘଶ୍ୱାସ ନେଲା। କହିଲା : "ଠିକ୍ ଅଛି" ।

ତାର ପସନ୍ଦ ମୁତାବକ ଆମେ ଗୋଟିଏ ହୋଟେଲ୍ ଭିତରକୁ ଗଲୁ। ଆଗରୁ ଟୁବୁଲା ସେଠିକୁ ଅନେକଥର ଯାଇ ସାରିଥିଲା। ହୋଟେଲର ପରିଚାଳକ ସମେତ କର୍ମଚାରୀମାନେ ବି ଟୁବୁଲାର ପରିଚିତ ଥିଲେ। ତାଙ୍କ ଭିତରୁ କେହିଜଣେ ଆମକୁ ଗୋଟେ ଛୋଟିଆ ଏବଂ ଅନ୍ଧାରୁଆ ବଖରା ଭିତରକୁ ପାଛୋଟି ନେଇଗଲା। ପରେ ଟୁବୁଲାର ନିର୍ଦ୍ଦେଶ ମୁତାବକ ସବୁ ଜିନିଷ ଆସି ଟେବୁଲରେ ପହଁଚିଗଲା।

ଟୁବୁଲା ପିଇବା ଆରମ୍ଭ କଲା। ମତେ ବି ନିମନ୍ତ୍ରଣ ଜଣାଇଲା : "ତୁ ବି ଆଜି ଟିକେ ପି" ।

ମୁଁ ମନାକଲି।

ସେ ବାଧକଲା : "ଦିନଟେ ପିଇଦେ' ଅଣ୍ଡିରିପୁଅ ହେବାର ଟିକେ ମଜାନେ"।

ମୁଁ କହିଲି : "ମୁଁ ଯାହା ହେବାକଥା ହେଇସାରିଛି । ତୋର ଯଦି ଆଉ କିଛି ନୂଆ ହେବାକୁ ଇଚ୍ଛା ହଉଛି ହ" ।

ତେବେ ଟୁବୁଲାର କଥାବାର୍ତ୍ତାରେ ତା'ର ନିଜସ୍ୱ ଶୈଳୀ ନଥିଲା । ସେ ଯେମିତି କଉଠି କିଛି ହଜେଇ ସାରିଥିବା ପରି ତା'ର ହାବଭାବ ଥିଲା । ମୁଁ ତାକୁ ଟିକେ ଚିଡେଇଲି । ତାରି କଥା ତାକୁ ହିଁ ଫେରାଇଲି : "ଆରେ ଅଣ୍ଡିରି ପୁଅ, ଆଜି କଣ ହେଇଚି କି ; କାଇଁ ଫର୍ମରେ ଥିବାଭଳି ଲାଗୁନ ତ" !

ସେତେବେଳକୁ ସେ ଗୋଟାଏ ପେଗ୍ କଣ୍ଠସ୍ଥ କରିସାରିଥିଲା । ମୋ ପ୍ରଶ୍ନରେ ହଠାତ୍ ଭାବପ୍ରବଣ ହେଇ ପଡିଲା । କହିଲା : "ସବୁ ଭାଗ୍ୟର ଦୋଷ ସାଙ୍ଗ, ସବୁ ଭାଗ୍ୟର ଦୋଷ ! କହିଲୁ, ସେ ଦାଦାପୁଅ-ଭାଇ ପାଇଁ ମୁଁ କ'ଣ ନ କରିଚି ! ଚାରି ପାଞ୍ଚଥର ତା' ଦୋଷକୁ ମୋ ମୁଣ୍ଡକୁ ନେଇ ତାକୁ ଉଦ୍ଧାର କରିଚି । ତଥାପି ...' ।

ଟୁବୁଲାର ଭାବପ୍ରବଣତା ଟିକେ ଅଧିକ ହେଇଗଲାପରି ମନେହେଲା । ସେ ମୂହୁର୍ତ୍ତିଟିଏ କାନ୍ଦ କାନ୍ଦ ହେବାପରେ ପୁଣି ଆରମ୍ଭ କଲା: "ପ୍ରତ୍ୟେକଥର କହିବ, ଭାଇ ଏଇଥରଟା ବଞ୍ଚା ଆଉ କେବେ ଏମିତି କରିବିନି । ଗାଁ ଛାଡିବା ପୂର୍ବରୁ ବେହେରା ସାହି ମାନୀ ଭାଉଜର ହାର ଚୋରିକରି ଧରା ପଡିଲା । କହିଲା କ'ଣନା, ଟୁବୁଲାଭାଇ ମତେ ଶିଖାଇଥିଲା ସେମିତି କରିବାକୁ । ସେ କଥାକୁ ସମାଧାନ କରି ନଟିଆ ସାଙ୍ଗରେ ତାକୁ ବେଙ୍ଗାଲୁର୍ ପଠାଇଲି ଯେ କେଇଟା ଦିନରେ ଝିଅ ଧରିକି ଘରେ ହାଜର, ତା' ବା'ଘର ଭୋଜି ବି ସରିଲାଣି । ଏବେ ଯିଏ ପାରିଲା ସିଏ କଉଚି, ସାନଭାଇଟା ତ ବା'ହେଇ ସାରିଲାଣି ; ଇଏ ଟୁବୁଲାକୁ ଆଉ କିଏ ଝିଅଦବ ! ଲୋକେ ମତେ ନାନାକଥା କହୁଚନ୍ତି, ମତେ ବାଟ ଚଲେଇ ଦଉନାହାଁନ୍ତି । ସେ ଭାଇ ବି ଯେମିତି ବେଇମାନ, ଏ ଲୋକ ଗୁଡାକ ବି ତା'ଠୁ ବଳି ବେଇମାନ୍" ।

ଟୁବୁଲା ଟିକେ ଦମ୍ ନେଲା ।

ମୁଁ ବୁଝିଲି ତା'ର ବେଦନାର ପ୍ରକୃତ କାରଣ । ଅଥଚ ସକାଳ ପ୍ରହରୁ ମୁଁ ଭାବୁଥିଲି ଯେ, ମୁଁ ତାକୁ ବାରବାର ଅଣଦେଖା କରୁଚି ବୋଲି ସେ ମନଦୁଃଖ କରୁଚି ।

ତାକୁ ଆଶ୍ୱାସନା ଦେଲି : "ଆରେ ବାହାଘର ପରା ଜନ୍ମ ପୂର୍ବରୁ ସ୍ଥିର ହେଇଥାଏ । ପ୍ରଜାପତି ନିଷ୍ପତ୍ତି ନେଇଥାଆନ୍ତି କିଏ କାହାର ସ୍ୱାମୀ କି ସ୍ତ୍ରୀ ହବ ; ଆଉ ଏ ଗାଁବାଲା ତତେ କହିଦେଲେ କେହି ଝିଅ ଦେବେନି ବୋଲି, ତୁ କ'ଣ

ସତରେ ଅଭିଆଡା ରହିଯିବୁ ? ଭୁଲ୍ ଯଦି କରିଛି, ତୋ ସାନଭାଇ କିରିଛି, ସେଥିପାଇଁ ତୁ କାହିଁକି ଦଣ୍ଡିତ ହେବୁ" ?

ଟୁବୁଲା କାନ୍ଦିଲା । ଶ୍ରାବଣର ଧାରାପରି ତା ଆଖିରୁ ଲୁହରଧାର ଛୁଟିଲା । ଇସ୍ପାତପରି ଶକ୍ତ ମାନସିକତା ରଖିଥିବା ଟୁବୁଲା ଭିତରେ ଯେ ଏତିକି ଦୁର୍ବଳତା ରହିଛି ; ତା' ମୁଁ ନିଜ ଆଖିରେ ଦେଖି ନଥିଲେ ଆଉ କିଏ ହଜାରଥର କହିଥିଲେ ବି ମୁଁ ବିଶ୍ୱାସ କରିନଥାନ୍ତି !

ଟୁବୁଲାର ମୁଣ୍ଡକୁ ଆଉଁସି ଦେଲି । କହିଲି : "ତତେ ବେଦୀରେ ବସାଇ ବାହା କରାଇବାର ଦାୟିତ୍ୱ ଏବେଠୁ ମୋର ବୋଲି ଜାଣ" ।

ଟୁବୁଲା ଟିକେ ସହଜ ହେଲା ! ମାଂସ ଭାତ ପେଟେ ଖାଇଲା । ଆମେ ଆଉ ଟିକେ ଇଆଡେ ସିଆଡେ ବୁଲାବୁଲି କରି ଘରେ ପହଁଚିଲା ବେଳକୁ ରାତି ଆଠ ।

ଘରେ ପାଦ ଦେଉଛି କି ନାହିଁ ଭାଉଜଙ୍କର ଫୋନ୍ ଆସିଲା । ସେ ଖାଲି ପଦଟିଏ କହିଲେ : "ମୁଁ କାଲି ଦିନ ଏଗାର ସୁଦ୍ଧା ଘରେ ପହଁଚୁଛି । ମୁଁ ପହଁଚିଲେ ଅନ୍ୟାନ କଥା ହେବା" ।

ସକାଳ ପ୍ରହରୁ ବାପା କାମରେ ଲାଗିଥିଲେ । ଆଠଟାରେ ଗାଧେଇପଡି ସାଢେ ଆଠଟା ସୁଦ୍ଧା ଜଳଖିଆ ଖାଉଥିବା ବାପା, ସେସବୁକୁ ଭୁଲି, ଦାଣ୍ଡ ବାରିରେ ନିଜେ ଝାଡୁ ଲଗାଉଥିଲେ । ସ୍ୱଚ୍ଛ ଭାରତ ଯୋଜନା ଅନ୍ତର୍ଗତ, ପଂଚାୟତ ଅନୁଦାନରେ ଆମ ବାରିରେ ତିଆରି ହେଇଥିବା ପାଇଖାନାକୁ ଫିନାଇଲ ପକାଇ ସଫା କରୁଥିଲେ । ଭାଉଜ ଗାଁକୁ ଆସୁଥିବାରୁ ବାପା ଖୁସିରେ ଖୁସିରେ ଏଇସବୁ କାମରେ ଲାଗିଥିଲେ ।

ପାଖପାଖି ସାଢେନ'ଟା ବେଳକୁ ବାପା ମତେ ପାଇଖାନା ପାଖକୁ ଡାକିନେଇ କହିଲେ : "ଚାରିଟା ଖୁଂଟପୋତି ଏଇଠି ପଲିଥିନ୍ ବୁଲାଇଦେବା; ତା ନହେଲେ ବୋହୂଟା ଗାଧେଇବ କେମିତି" ?

ମୋ ବାପା ଯେ ଏତେ ଉଦାର, ଏତେ ଯତ୍ନଶୀଳ, ତାହା ତାଙ୍କର ସଦାସର୍ବଦା କ୍ରୋଧମିଶା ଖଣ୍ଡବାକ୍ୟ ଅଭିବ୍ୟକ୍ତିରୁ ମୁଁ ବା ଜାଣି ଥାଆନ୍ତି କେମିତି ! ଏବେ ଇଚ୍ଛା ହେଉଥିଲା ବାପାଙ୍କୁ ଟିକେ କୁଣ୍ଢେଇ ପକାଇବାକୁ। ଆଜନ୍ମ ଦୃଢ ଶାସନ ଭିତରେ ରହି ପିତୃ ସ୍ନେହରୁ ବଞ୍ଚିତ ପ୍ରାଣକୁ ଟିକେ ଶୀତଳ କରିଦେବାକୁ। ବାପାଙ୍କୁ 'ବାପା ବାପା' ଡାକି ନୟାନ୍ତ କରିଦେବାକୁ। କିନ୍ତୁ ଯାହା ବାଲ୍ୟକାଳରେ କରିହେଇନି ତା' ବା ଏ ଯୁବ ବୟସରେ କେମିତି ସମ୍ଭବ ହୁଅନ୍ତା ! ତଥାପି ବି ମୁଁ କଥାରେ କଥାରେ କେତେଥର ବାପା, ବାପା ବୋଲି ଡାକି ପକାଇଲି।

ବାପା ବି ଖୁସି ହୋଇଗଲେ କି କ'ଣ, ମୋ ମୁଣ୍ଡକୁ ଆଉଁସି ପକାଇ କହିଲେ: "ଯା' ରେ ବାପ, ସକାଳୁ ଖାଇନଥିବୁ ଭୋକ ହବଣି, କ'ଣ ଦି'ଟା ଖାଇଦବୁ"।

ସେତେବେଳକୁ ଅବଶ୍ୟ ଆମେ ବାପ ପୁଅ ମିଶି ଭାଉଜଙ୍କ ପାଇଁ ଗାଧୁଆ ଘରଟିଏ ପ୍ରସ୍ତୁତ କରିସାରିଥିଲୁ।

ମୁଁ ଘରକୁ ଆସି ଖାଇସାରି ଦୁଆର ମୁହଁରେ ହାତ ଧୋଇବା ବେଳକୁ ଆମ ଦାଣ୍ଡରେ ଟ୍ୟାକ୍ସିଟିଏ ଆସି ଲାଗିଲା। ପର୍ଯ୍ୟାୟ କ୍ରମେ ସେଥିରୁ ଶାଶ୍ୱତ ଏବଂ ଭାଉଜ ଓହ୍ଲାଇଲେ। ଶାଶ୍ୱତ ଭାରି ଚଳଚଂଚଳ ଲାଗୁଥିଲା। ଗାଁକୁ ଆସିବାରେ ତା'ର ଗୋଟେ ଖୁସିଥିଲା। ତାକୁ ମୁଁ ପାଖାପାଖି ଦୁଇମାସରୁ ଊର୍ଦ୍ଧ୍ୱ ସମୟ ଧରି ଦେଖି ନଥିଲି। ଦେଖିଦେବା ମାତ୍ରେ ମୋ ପ୍ରାଣ ପୁରିଗଲା ପରି ଲାଗିଲା। ତାକୁ ଉଠାଇଆଣି ମୁଁ ମୋ ଛାତିରେ ଜାକି ଧରିଲି।

ଭାଉଜ ଓଢଣା ସଜାଡି ଧିର ପଦପାତରେ ଗାଡି ଭିତରୁ ବାହାରି ଆସିଲେ। ସେତେବେଳକୁ ବୋଉ ଆଉ ମିଲିଦେଇ ଆସି ଦୁଆରେ। ଗାଡି ଆସିବା ଶବ୍ଦ ଶୁଣି ବାପା ବି ବାରିରୁ ଆସି ପହଁଚିଗଲେ।

ଦେଇ ଏବଂ ବାପା ମିଳିମିଶି ଭାଉଜଙ୍କର ବ୍ୟାଗଭର୍ତ୍ତି ଜିନିଷପତ୍ରକୁ ଗାଡିରୁ ବାହାରକରି ଘରକୁ ବୋହିନେଲେ। ବୋଉ ତା' ନାତିକୁ କୋଳ କରିବ ବୋଲି ମୋ ପାଖରୁ ଶାଶ୍ୱତକୁ ଏକ ପ୍ରକାର ଛଡେଇ ନେଇଗଲା କହିଲେ ଚଳେ।

ଭାଉଜ ଭୂମିଲଗ୍ନା ହେଇ ବାପା, ବୋଉଙ୍କୁ ପ୍ରଣାମ କଲେ। ମିଲିଦେଇ ଭାଉଜଙ୍କର ପାଦ ଛୁଇଁଲା, ତା' ପରେ ତାଙ୍କୁ ଜୋର୍‌ରେ କୁଣ୍ଢେଇ ଧରିଲା।

ଶାଶ୍ୱତ ବୋଉ କୋଳରୁ ମିଲିଦେଇର କାଖ ପୁଣି ବାପାଙ୍କ ଛାତିକୁ ଫେରିଲା। ତାକୁ ଖେଳିବା ପାଇଁ ପ୍ରଶସ୍ତ ଯାଗା ଏବଂ ଯଥେଷ୍ଟ ସାଙ୍ଗ ମିଳିଗଲେ।

ଘରେ ଗହଳଚହଳ ଲାଗିଗଲା। ଗୋଟାଏ ନୂଆ ଖୁସି ଘର ଭିତରେ ଏ ବଖରାରୁ ସେ ବଖରା ଖୋଳି ବୁଲିଲା।

ଭାଉଜ କେତେକଣ ଖାଇବା ଜିନିଷ ଆଣିଥିଲେ। ସେ ସବୁର ଖିଆପିଆ ଚାଲିଲା।

ଖରା ଗଡୁଗଡୁ ଭାଉଜ ଚା' ପରଷିଲେ।

ଚା' ପିଉପିଉ ବାପା କହିଲେ : "ବାକି କାମ ସବୁ ଏଣିକି ତମେମାନେ ବୁଝ, ମତେ ଯାହା କହିବ ମୁଁ ସେଇଆ କରିବି କିନ୍ତୁ କୌଣସି କାମରେ ମୁଣ୍ଡ ଖେଳାଇବନି"।

ବାପାଙ୍କ କଥା ଶୁଣି ଆମେ ସବୁ ହସିଲୁ ।

ବାପା ବି ହସିଲେ ।

ଭାଉଜ କହିଲେ : "ବାପା ! ନିର୍ବନ୍ଧ ପୂର୍ବରୁ ମିଳି ଆଉ ତ୍ରିଲୋଚନ ପରସ୍ପରକୁ ଥରେ ଭେଟାଭେଟି ହୁଅନ୍ତୁ, ସେମାନେ କଥାବାର୍ତ୍ତା ହେଇ ତାଙ୍କର ପସନ୍ଦ ନା ପସନ୍ଦ ଜାଣନ୍ତୁ"।

ଏ ପ୍ରସ୍ତାବ ବୋଧେ ବାପାଙ୍କୁ ଭଲ ଲାଗିଲା ନାହିଁ। ତେଣୁ ସେ ଥତମତ ହେଇ କହଲେ : "ହଁ ... ହଁ ... ସେଇୟା କର"।

ଭାଉଜଙ୍କୁ ଖାଲି ଏତିକି ହିଁ ଅନୁମତି ଦରକାର ଥିଲା। ସେ ମତେ କହିଲେ: "ମଣ୍ଟୁ ! ତମେ ଏଇ ଦିନେ ଦି'ଦିନ ଭିତରେ ମିଳି, ତ୍ରିଲୋଚନର ଦେଖାସାକ୍ଷାତର ବନ୍ଦୋବସ୍ତ କର"।

ଭାଉଜଙ୍କ ଆଦେଶ ପାଇ ମୁଁ ସାହୁବାବୁ ସହ ଯୋଗାଯୋଗ କଲି।

ସାହୁବାବୁ ଟିକେ ବିରକ୍ତ ହେଲାପରି ଲାଗିଲା। ସେ କହିଲା : "ଏ କି ଅଭିଲା କଥା ! ସେମିତି କଥା ସହର ବଜାରରେ ଚାଲୁଥିବ, ଗାଁ ଲୋକ ଏସବୁକୁ ନାପସନ୍ଦ କରିବେ"।

ସାହୁବାବୁଙ୍କୁ କିପରି ବୁଝେଇବି ଜାଣିପାରିଲିନି। ମତେ ଥତମତ ହେବା ଦେଖି ସେ ତାଙ୍କ ପଟରୁ ଫୋନ୍ କାଟିଦେଲେ।

ପୁଣି ସେଇ ଟୁବୁଲା ଭରସା। ତା' ପାଖରେ ନିଶ୍ଚୟ ସମାଧାନର ସୂତ୍ର ଥିବ ଭାବି ତାକୁ ଭେଟିବା ପାଇଁ ବାହାରିଲି।

ତେବେ ଟୁବୁଲା ତା' ଘରେ କିମ୍ବା ଆଖପାଖରେ କଉଠି ଥିବାର କିଛି ଖବର ପାଇଲିନି। ସେ ଏବେ କୌଣସି ଗୁପ୍ତ ଅଭିଯାନରେ ଥିବ ନିଶ୍ଚୟ !

ଏମିତି ଭାବରେ ନିରାଶ ହେଇ ଫେରୁଛି, ସାହୁବାବୁର ଫୋନ୍ ଆସିଲା । ସେ ପଚାରିଲା: "ତମେ ଏଇ ଯେଉ ଦେଖାଦେଖିର କଥା କଉଚ, ସେଇଟା କଉଠି କରିବ" ?

ମୋର ଏ ବିଷୟରେ କିଛି ଧାରଣା ନଥିଲା । ଘରେ କଥା ହେଇ ଜଣେଇବାକୁ ଚିନ୍ତାକରି ଉତ୍ତର ଦେଲି : "ମୁଁ ଏବେ ବାହାରେ ଅଛି, ଘରକୁ ଫେରି କହୁଛି" ।

ସାହୁବାବୁ କହିଲା : "ଶୁଣ ! କଉ ମଠ କି ମନ୍ଦିରରେ ସେ ବ୍ୟବସ୍ଥା କର । ଉଭୟପକ୍ଷ ପାଇଁ ଖାଇବା ପିଇବାର ବ୍ୟବସ୍ଥା ବି କର, ହେଲେ ମତେ ସେଥିରେ ଖୋଜିବନି, ତମ ଦି' ପରିବାର ଭିତରେ ମିଳାମିଶା ହୁଅ । ମୁଁ ଖାଲି ଯୋଗାଯୋଗ କରାଇଦେବି" ।

ମୁଁ ଘରେ ପହଁଚି ଭାଉଜଙ୍କୁ ସବୁକଥା କହିଲି । ମିଲିଦେଇ, ମୁଁ ଆଉ ଭାଉଜ ମିଶି ଦିନ, ସ୍ଥାନ ଠିକ୍ କରିବାରେ ଲାଗିଲୁ ।

ଭାଉଜ କହିଲେ : "ଆମେ ସ୍ଥାନ ଠିକ୍ କରିବା, ଦିନ ସେମାନଙ୍କ ସହ ଆଲୋଚନା ପରେ ଠିକ୍ ହବ" ।

ଆମ ବିଚାରରେ, ଆଳିର ବରହାନାଥ ଜୀଉ ମନ୍ଦିର ଅଥବା କେନ୍ଦ୍ରାପଡାର ବଳଦେବଜୀଉ ମନ୍ଦିର- ଏ କାମ ପାଇଁ ଠିକ୍ ଥିଲା । ମିଲିଦେଇ କିନ୍ତୁ ଆଉ ଗୋଟିଏ ସ୍ଥାନର ନାମ ଯୋଡିଲା । ସେ କହିଲା : "ସବୁଠୁ ଭଲ ହେବ ଆମର ଏଇ ଦି'ଗୋଛିଆ ମଠ । ଆମକୁ ପାଖ, ନିରୋଳା, ରୋଷେଇବାସର ବି ସୁବିଧା ହେଇପାରିବ । ବାପା ବୋଉ ମଧ ଯାଇପାରିବେ" ।

ମିଲିଦେଇ ଠିକ୍ କହିଥିଲା । ଭେଡା ମଝିରେ ଥିବା ମଠ, ନିରୋଳା ଆଉ ସୁବିଧାଜନକ ଥିଲା ସବୁ ଦୃଷ୍ଟିରୁ । ତେଣୁ ଭାଉଜ ବି ମିଲିଦେଇ ପ୍ରସ୍ତାବରେ ରାଜି ହେଇଗଲେ । କହିଲେ : "ମିଲି ଠିକ୍ କହିଛନ୍ତି । ତମେ ସେ ସାହୁବାବୁ ସହ କଥା ହୁଅ ତ ମଣ୍ଟୁ" !

ପୁଣି ସାହୁବାବୁକୁ ଫୋନ୍ ଲଗାଇଲି ।

ସାହୁବାବୁ କହିଲା : "ଏଇଟା ଦି' ପରିବାରର ବ୍ୟକ୍ତିଗତ ମାମଲା, ଏଥିରେ ଦାଣ୍ଡଦେଖା ଦାୟିତ୍ୱ ନାହିଁ, ତେଣୁ ମତେ ଏଥିରେ ପୁରାଅନି । ମୁଁ ତ୍ରିଲୋଚନର ମା'ଙ୍କ ସହିତ କଥା ହେଇଥିଲି, ତାଙ୍କର ସମ୍ମତି ବି ଅଛି । ତାଙ୍କର ମୋବାଇଲ ନମ୍ବର ଦଉଚି, ଯାହା କଥା ହେବା କଥା, ତାଙ୍କ ସହ ହୁଅ" ।

ସାହୁବାବୁ, ତ୍ରିଲୋଚନ-ମା'ଙ୍କ ମୋବାଇଲ ନମ୍ବର ଦେଲା। ଫଳରେ କଥାଟା ଆମ ପାଇଁ ସହଜ ହୋଇଗଲା। ଭାଉଜ ସିଧାସଳଖ ମା'ଙ୍କ ସହ କଥା ହେଲେ। ସେମାନେ ବି ଆମ ପ୍ରସ୍ତାବରେ ରାଜି ହୋଇଗଲେ।

ବୁଧବାରକୁ ଦିନ ସ୍ଥିର ହେଲା।

ସେମାନଙ୍କ ତରଫରୁ ତ୍ରିଲୋଚନ ସମେତ ତାର ମା' ବଡ ଭଉଣୀ ଏବଂ ଭାଣିଜୀ ଆସିବା କଥା ଆମକୁ ଜଣେଇଲେ। ଆମେ ସପରିବାରେ ଯିବାକଥା ସ୍ଥିର କଲୁ। ସେଇଠି ଦେଖାସାକ୍ଷାତପରେ ଏକତ୍ର ମଧ୍ୟାହ୍ନ ଭୋଜନର ବି ବ୍ୟବସ୍ଥା ରହିଲା।

ବୁଧବାର ଦିନକୁ ଆମ ପରିବାର ଆଗତୁରା ଦି'ଗୋଛିଆ ମଠରେ ପହଁଚିଗଲା। ରାଣ ଦେବାପରି ଠିକ୍ ପୂର୍ବାହ୍ନ ଏଗାରଟାର ପହଁଚିଲେ ତ୍ରିଲୋଚନର ପରିବାର।

ପ୍ରଥମଥର ପାରିବାରିକ ମିଳିନ ହେଉଥିଲେ ବି ଲାଗିଲା, ଏ ସମ୍ପର୍କ ଯେମିତି ବହୁତ ପୁରୁଣା। ଏକା ଯାଗାରେ ବସି କଥାବାର୍ତ୍ତା ହେଉ ହେଉ ରୋଷେଇ ଆରମ୍ଭ ହୋଇଗଲା। ଆମ ମାନଙ୍କ ଭିତରେ ଏତେ ଆତ୍ମୀୟତା ପ୍ରକାଶ ପାଇଲା ଯେ, ତ୍ରିଲୋଚନ ଆଉ ମିଲିଦେଇକୁ ଅଲଗା ଯାଇ କଥାବାର୍ତ୍ତା କରିବାକୁ ପଡିଲାନି। ଏପରିକି ବିନା କଥାବାର୍ତ୍ତାରେ ବି ସେମାନେ ପରସ୍ପରକୁ ବୁଝିଗଲେ।

ଖାଇସାରି ଆଉ ପାରିବାରିକ ମିଳନପର୍ବ ଶେଷକରି ଆମେ ଘରକୁ ଫେରୁଲୁ। ମିଲିଦେଇ ଖୁବ୍ ଖୁସିଥାଏ, ସତେ ଯେମିତି ଗଡ ଜିଣିଛି। ତା' ଖୁସିକୁ ସେ ଲୁଚାଇବାକୁ ଚେଷ୍ଟାକଲେ ବି ଲୁଚୁନଥାଏ। ମୋର ଇଚ୍ଛା ହଉଥାଏ ତାକୁ ଇୟାଡୁ ସିୟାଡୁ କହି ଚିଡେଇବାକୁ। କିନ୍ତୁ ବାପା ଆଉ ଭାଉଜଙ୍କ ଉପସ୍ଥିତିରେ ତାହା ସମ୍ଭବ ହେଉନଥାଏ।

ଘରେ ପହଁଚିଲା ବେଳକୁ ସଂଧ୍ୟା-ଛ'। ଖରାର ତେଜ ଆଉ ବିଲ୍‌କୁଲ୍ ନଥାଏ। ଘରେ ଗୋଡ ଦେଉଦେଉ ବାପା, ଚା' ପାଇଁ ବରାଦ କଲେ।

ମିଲିଦେଇ ଆଗେଇ ଆସି ଚା' ପ୍ରସ୍ତୁତିରେ ଲାଗିଲା।

ମୁଁ ତା' ପାଖକୁ ଯାଇ କହିଲି : "ବୁଝିଲୁ! ଏ ଚା' ମଣିଷମାନେ ପିଇବେ, ମାଙ୍କଡ ପାଇଁ କରିବୁନି"!

ମିଲିଦେଇ ରାଗିଗଲା କିନ୍ତୁ କିଛି କହି ପାରିଲାନି।

ଏତେ ବଡ କାମଟେ ଆମେ ସାରିଦେଲୁ ଅଥଚ ଟୁବୁଲାକୁ ଡାକିଲୁନି। ଟୁବୁଲା କି ଆଉ କେହି ଏସବୁ ଘଟଣାର ଟେର୍ ବି ପାଇଲେନି।

ସେଇ ଭେଟ ପରଠାରୁ ପୁଣି ଆମ ଦୁଇ ପରିବାର ଭିତରେ ମୋବାଇଲ ଦ୍ୱାରା ସିଧାସଳଖ ଯୋଗାଯୋଗ ବି ଆରମ୍ଭ ହେଇସାରିଥିଲା। ବାହାଘର ପୂର୍ବରୁ ଆମେ ବନ୍ଧୁବାନ୍ଧବ ହେଇଗଲୁ।

ସାହୁବାବୁଙ୍କୁ ଦେଖାକରି ନିଷ୍କପଟ ଭାବରେ ସବୁକଥା କହିଲି।

ସାହୁବାବୁ କହିଲା : "ଭଲକଥା। ତେବେ ଦାଣ୍ଡ କାମ ତ ଅଛି ନା! ଉଭୟ ପକ୍ଷର ଫାଇଲାନ ଦେଖାଦେଖି ଆଉ ନିର୍ବନ୍ଧ କାମ ବି ଅଛି"।

ମୁଁ କହିଲି : 'କାଲି ଭାଇ ଆସୁଛନ୍ତି। ସେ ଆସନ୍ତୁ ତା'ପରେ ଯାଇ ଦାଣ୍ଡ କାମର ଦିନବାର ଠିକ୍ ହବ'।

ମୋ କଥାରେ ସାହୁବାବୁ ସମ୍ମତି ଜଣାଇଲା। ତେବେ ପ୍ରଥମ ଥର ପାଇଁ ମନଖୋଲି ତା' ଦାବୀ ସଂପର୍କରେ ବି ସୂଚନା ଦେଲା। ସେ କହିଲା : "ଏଣିକି ତମେ ଯାହା କରୁଚ କର, ମଧ୍ୟସ୍ଥ ଭାବରେ ଉଭୟ ପକ୍ଷରୁ ବାହାଘର ଦିନ ମୁଁ ଦଶ ଦଶ ହଜାର, କୋଡିଏ ହଜାର ନେବି"।

ଏ ଦାବୀ ସମ୍ପର୍କରେ ମତେ କିଛି ଜଣାନଥିଲା କି କିଛି କହିବାର ବି ନଥିଲା। ଖାଲି ଏତିକି କହିଲି : "ହଉ ତମ ଦାବୀକଥା ମୁଁ ଘରେ ଜଣେଇଦେବି"।

ଭାଇ ଆସି ପହଁଚିବା ମାତ୍ରେ, ଅନ୍ୟାନ କଥା ସହ ସାହୁବାବୁର ଦାବୀ କଥା ମଧ୍ୟ ତାଙ୍କୁ ଜଣେଇଲି।

ଭାଇ କହିଲେ : "ଏଇଟା ତ ଆଜିକାଲି ସାଧାରଣ କଥା, ସମସ୍ତେ ଦଉଛନ୍ତି ଆମେ ବି ଦବା"।

ଯା'ପରେ ଗୋଟିଏ ପରେ ଗୋଟିଏ କାର୍ଯ୍ୟ ଦ୍ରୁତ ଘଟିଚାଲିଲା, ପ୍ରଥମେ ଆମ ତରଫରୁ ଦୁଇଟା ଗାଡିରେ ଭର୍ତି ହେଇ କୋଡିଏ-ବାଇଶି ଲୋକ, ସାହୁବାବୁ ଭାଷାରେ 'ଫାଇଲାନ' ଦେଖିବାକୁ ତ୍ରିଲୋଚନ ଘରେ ପହଁଚିଲୁ। ସେଥିରେ ଆମ ଗାଁର ଷୋହଳଜଣ ବାକି ଆମଘର ଲୋକ ଆଉ ବନ୍ଧୁ ବାନ୍ଧବ ଥିଲେ। ତ୍ରିଲୋଚନ ଘରେ ଖିଆପିଆକରି ଆମେ ସମସ୍ତେ ଫେରିଆସୁଲୁ।

ତା'ର ଦି'ଦିନ ପରେ ସେମିତି ଆଉ ଦୁଇଟା ଗାଡିରେ ଭର୍ତି ହେଇ ପାଖାପାଖି ସେତିକି ଲୋକ, ତ୍ରିଲୋଚନ ତରଫରୁ ଆସି ଆମଘରେ ପହଁଚିଲେ।

ଆମଘରେ ବି ଖିଆପିଆ ହେଲା।

ମିଳିଦେଇର ବାହାଘର ଫାଇଲାନ ହେଇଗଲା।

ଏଇ 'ଫାଇଲାନ' ଶବ୍ଦଟି ଇଂରାଜୀ ଶବ୍ଦ 'ଫାଇନାଲ୍'ର ଗ୍ରାମ୍ୟ ଉଚ୍ଚାରଣ। ଏଥିରେ କନ୍ୟା ଦେଖାହୁଏ, କନ୍ୟାକୁ ମୁଦି ବି ପିନ୍ଧାଯାଏ। ବାହାଘରରେ ହେବାକୁ ଥିବା ବିଭିନ୍ନ ଦେବା ନେବାର ବି ଆଲୋଚନା ହୁଏ।

କଥାବାର୍ତ୍ତାର ଆରମ୍ଭରେ, ତ୍ରିଲୋଚନ ପକ୍ଷର ମୁରବୀ ପଚାରିଲେ : "ଜ୍ୱାଇଁକୁ କ'ଣ ଦେବେ କହୁନାହାଁନ୍ତି ଟିକେ ଶୁଣିବା"!

ଆମ ପକ୍ଷର ମୁରବୀ ବାପାଙ୍କୁ ନିର୍ଦ୍ଦେଶ ଦେଲେ: "କହୁନ ଘନଶ୍ୟାମ, ଜ୍ୱାଇଁଙ୍କୁ କଣ ଦେବ"!

ବାପା ତଥମତ ହେଲେ। ସମ୍ଭବତଃ ସେ ନିଜେ ବି ଜାଣି ନଥିଲେ ଜ୍ୱାଇଁଙ୍କୁ କ'ଣ ଦିଆଯିବା କଥା ଆଉ ଆମେ ଆଉ କ'ଣ ଦେଇ ପାରିବୁ! ତେଣୁ ସେ, ଦୁଆରବନ୍ଧ ପାଖରେ ଥାଇ ଗୁରୁଜନ ମାନଙ୍କଠାରୁ ସାମାନ୍ୟ ଦୂରରେ ରହି ସାମାଜିକ କାର୍ଯ୍ୟ ପରିଚାଳନାକୁ ନିଘା କରୁଥିବା ଭାଇଙ୍କୁ କହିଲେ : "ଆରେ ଅକ୍ଷୟ! ତୁ କହୁନରେ କ'ଣ ଦବା"!

ସତ କହିବାକୁ ଗଲେ ଭାଇ ବି ଜାଣିନଥିଲେ କ'ଣ ଦିଆ ହବ କି ନ ହେବ। ଆମେ ସବୁ ବାହାଘର ପ୍ରସ୍ତୁତିରେ ଲାଗୁଥିଲୁ କିନ୍ତୁ ତା' ଭିତରେ ବି ଅନେକ କଥା ପାଶୋରି ଯାଇଥିଲୁ। ଅନେକ କଥାରେ ଯିଏ ପୁଣି ଆମକୁ ପର୍ଯ୍ୟାୟକ୍ରମେ ସାହାଯ୍ୟ କରିଥାଆନ୍ତେ, ଜ୍ଞାନ ଦେଇଥାଆନ୍ତେ, ବାଟ ଦେଖାଇଥାଆନ୍ତେ, ସେଇ ଦୁଇଜଣଙ୍କୁ ଯଥା ଟୁବୁଲା ଏବଂ ସାହୁବାବୁଙ୍କୁ ବି ଆମେ ଚତୁରତାର ସହ ଏଡାଇ ଚାଲିଥିଲୁ।

ଏବେ ପୁଣି କ'ଣ କରାଯିବ! ଭଦ୍ରଲୋକମାନେ ଯେ ସଭା ମଧ୍ୟରେ ଉତ୍ତର ଚାହୁଁଛନ୍ତି!

ଭାଇ କହିଲେ : "ସାଧାରଣଭାବେ ଜ୍ୱାଇଁକୁ ଯାହା ଦିଆଯାଏ ସେସବୁ ଦିଆଯିବ"।

ମୁରବୀ ଭାରି ଟାଣୁଆଥିଲେ। ସେ କହିଲେ : "କ'ଣ ଦିଆଯାଏ ଆଉ ତମେ କଣ ଦେବ, ସେ ବିଷୟ ଟିକେ ସମାଜକୁ ଶୁଣାଅ"।

ଭାଇ ସାଧାରଣ ଭାବରେ, ମଟର ସାଇକେଲ, ଟିଭି, ହାତଘଣ୍ଟାର କଥା କହିଲେ।

ମୁରବୀ କହିଲେ : "ଠିକ୍ ଯେ ଆହୁରି ବହୁତ କଥା ଛାଡିଗଲ। ବାଟଖର୍ଚ୍ଚ, ଫ୍ରିଜ୍ ଖଣ୍ଡେ, ଝିଅ ଜ୍ୱାଇଁଙ୍କ ଶୋଇବା ଖଟ - ଏସବୁ କଥା ପୁଣି କ'ଣ" !

ଭାଇ ଅତ୍ୟନ୍ତ ନମ୍ରତାର ସହ କହିଲେ : "ହଁ ଦିଆଯିବ" !

ମୁରବୀ ତଥାପି ନ ଛୋଡବନ୍ଧା : "ବାଟ ଖର୍ଚ୍ଚର ପରିମାଣଟା କୁହ"।

ବାପା ବଡ ବିକଳ ଦିଶିଲେ। ତାଙ୍କୁ ଦେଖିଲେ ଲାଗୁଥିଲା, ସେ ଯେମିତି କୌଣସି ଘଂଚ ଜଙ୍ଗଲ ଭିତରକୁ ଏକାକୀ ପଶି ଆସିଛନ୍ତି ଆଉ ସୂର୍ଯ୍ୟାସ୍ତ ପୂର୍ବରୁ ସେଠାରୁ ଉଦ୍ଧାର ପାଇବା ପାଇଁ ବଡ ଆକୁଳ ହେଉଛନ୍ତି।

ଭାଇ ବି ବୁଝି ପାରୁନଥିଲେ ପରିମାଣଟା କେତେ ହେବା କଥା, ସେ ବି କିଛି ମାତ୍ରାରେ ବୋକା ଲୋକଟେ ପରି ଆଚରଣ କଲେ।

ମୁରବୀ କହିଲେ : "ଦେଖ ବାବୁ! ତ୍ରିଲୋଚନ ବି.ଏ ପାଶ୍ କରିଛି। ସେଥିରେ ପୁଣି ତା'ର ସରକାରୀ ଚାକିରୀ। ତା ସମ୍ମାନକୁ ଚାହିଁ ରାସ୍ତାଖର୍ଚ୍ଚ ପଚାଶ ହଜାର ଟଙ୍କା ଆଉ ତାର ପ୍ୟାଂଟ୍ ସାର୍ଟ ବାବଦରେ ଆଉ ଦଶ ହଜାର ଦବ"।

କେହି ନଶୁଣି ପାରିବା ଭଳି ଭାଇ ଉଚ୍ଚାରଣ କଲେ : "ହଉ"।

ଟୁବୁଲା କିନ୍ତୁ ପ୍ରତିବାଦ କଲା : "ଖାଲି ପୁଅ ବି.ଏ ପାଶ୍ କରିଚି ! ଆମ ଝିଅ ବି ବି.ଏ ପଢିଛି। ତେଣୁ ବାଟଖର୍ଚ୍ଚ ଆଉ ସାର୍ଟ ପ୍ୟାଂଟ୍ ବାବଦରେ ସମୁଦାୟ ପଚିଶ ହଜାର ଦବୁ"।

ବୟସ୍କ ଏବଂ ଅଭିଜ୍ଞ ଅଭିଭାବକ ମାନଙ୍କ ଗହଳିରେ ଟୁବୁଲାର ସ୍ୱର ଭାରି ଅଖାଡୁଆ ଶୁଭିଲା। ତଥାପି ଟୁବୁଲାର ପ୍ରସ୍ତାବ ଉପରେ ଉଭୟ ପଟର ମୁରବୀଙ୍କ ଭିତରେ ଘମାଘୋଟ ଆଲୋଚନା ଚାଲିଲା।

ତ୍ରିଲୋଚନ ପକ୍ଷର ମୁରବୀ କହିଲେ : "ଦେଖ୍ ବାବୁ, ଯାହା ଦବ ତମ ଝିଅକୁ ଦବ। ଆମେ ବାହାର ଲୋକ ସେଥିରୁ ଅବା କ'ଣ ପାଇବୁ! ତଥାପି ବି ଆମ ସମାଜ କହିବ, ପିଲାଟିର ବାପ ନାହିଁ ବୋଲି ସମାଜରେ ତା' ତରଫ ହେଇ ଟାଣପଦେ କେହି କହିଲା ନାହିଁ" !

ମୁରବୀଙ୍କର ଏପରି ସ୍ପଷ୍ଟ ସ୍ୱୀକାରୋକ୍ତି ପରେ ବି ଉଭୟପକ୍ଷ ମଧ୍ୟରେ ବାଦାନୁବାଦ ଚାଲିଲା। ଉଭୟପକ୍ଷର ଦେଖୋଣାହାରୀ ଏବଂ ମୁରବୀଙ୍କ ମଧ୍ୟରେ ଯୁକ୍ତିତର୍କ ହେଲା। ତେବେ ଶେଷରେ ନଗଦ ତିରିଶି ହଜାର ଟଙ୍କା ଏବଂ ଅନ୍ୟାନ୍ୟ ଜିନିଷ, ଯାହା ଭାଇ ଦେବାକୁ କହିଥିଲେ, ସେଇଥିରେ ଦେବା ନେବାର କଥା ଛିଡିଲା।

ଭଦ୍ରଲୋକମାନେ ଆଗରୁ ମଧ୍ୟାହ୍ନ ଖାଇ ସାରିଥିଲେ। ଏଥର ଚା' କପ୍‌ଟେ ଲେଖା ପିଇ ମିଲିଦେଇକୁ ମୁଦି ପିନ୍ଧାଇ ସେମାନଙ୍କର ସମ୍ମତି ଜଣାଇଦେଲେ।

ତା' ସହିତ କେବେ ସ୍ୱୀକାର ଯିବ, କେବେ ବାହାଘର ହେବ- ସେ ସବୁର ତିଥିବାର ବି ସ୍ଥିର କରିଦେଇ ଗଲେ।

ମିଲି, ତ୍ରିଲୋଚନର ବାହାଘର ହେବ। ସେଥିରେ କିଏ କେତେ ଦବ ଅଥବା କିଏ କେତେ ନେବ - ସେ ସଂପର୍କରେ ସେମାନଙ୍କର ମତାମତ କେହି ପଚାରିଲେ ନାହିଁ। ଏପରିକି ତ୍ରିଲୋଚନର ଘରଲୋକ ବି କଉଠି କହିନାହାନ୍ତି ଯେ, ଆମକୁ ଏଇ ବାବଦର ଏତିକି ଦିଅ, ନ ହେଲେ ଆମର ସମ୍ମାନହାନୀ ହେଇଯିବ। ଅଥଚ, ସାହି, ଭାଇ, ବନ୍ଧୁବାନ୍ଧବ, ସମାଜ ମିଶି ନିଷ୍ପତ୍ତି ନେଇଗଲେ କାହାକୁ କେତେ ଦିଆଯିବ!

କଥାଟା ଜଟିଳ ମନେ ହେଉଥିଲେ ବି ପାରିବାରିକ ବନ୍ଧନରେ ସାମାଜିକ ହସ୍ତକ୍ଷେପର ସ୍ୱାଧୀନତାକୁ ମୁଁ ବ୍ୟକ୍ତିଗତ ଭାବରେ ବେଶ୍ ପସନ୍ଦ କଲି।

ଭାଇ ବେଶ୍ ଚିନ୍ତିତ ଦିଶୁଥିଲେ। ଏତେ ଗୁଡାଏ ଅର୍ଥ ଏକକାଳୀନ ଯୋଗାଡ କରିବାର ଭାବନାରେ ସେ ମଗ୍ନ ରହିଥିଲେ।

ବାପା ତ ସେଇ ଆଲୋଚନା ସ୍ଥଳରୁ ହିଁ ସ୍ଥାଣୁ ପାଲଟି ସାରିଥିଲେ।

ଖୁସି ବଦଳରେ ଘରେ ସମସ୍ତେ ଗୋଟିଏ ଓଜନିଆ ପଥର ତଳେ ଚାପି ହେଇଯିବା ପରି ଅନୁଭବ କରୁଥିଲେ।

ଭାଉଜ କଥା ଆରମ୍ଭ କଲେ : "ବାହାଘର ସେମିତି ହିଁ ହୁଏ। ସମସ୍ତେ ସେମିତି କରନ୍ତି ଆମେ ବି କରିବା। ଦୁଃଖ ଏୟା ଯେ, ଝିଅ ବାହାଘର ପାଇଁ ଯେମିତି ପ୍ରସ୍ତୁତ ରହିବା କଥା, ଏ ଘରେ କାହାର ବି ମଗଜରେ ସେ ପ୍ରସ୍ତୁତିର ରୂପରେଖ ନାହିଁ"।

କଥା ଆରମ୍ଭ କରି ଘରେ ବିରାଜୁଥିବା ଅସହଣୀୟ ନୀରବତାକୁ ଭାଉଜ ବିଦାୟ ତ ଦେଇଦେଲେ ତା' ସହିତ ବାପା ଏବଂ ଭାଇଙ୍କୁ ଆକ୍ରମଣ ମଧ୍ୟ କରିଦେଲେ।

ବାପା କିନ୍ତୁ କିଛି ବୁଝିବା ଅବସ୍ଥାରେ ନଥିଲେ। ଭାଇ ବୁଝିଲେ। କହିଲେ : "ସତକଥା ଏୟା ଯେ, ମୁଁ କେବଳ ଚାକିରୀଆର ଜୀବନ ଜୀଉଁଛି। ଅଫିସରୁ ଘର, ଘରୁ ଅଫିସ - ଏତିକି ଭିତରେ ମୋର ସମୟ ଏବଂ ଜୀବନ ବିତୁଛି। ଗାଁରେ ବାହାଘର କ'ଣ କେମିତି ହୁଏ ମୁଁ ଜାଣିଲି କେତେବେଳେ" !

ଭାଉଜ ଆଉ କଥା ବଢେଇଲେନି। ଭାଇଙ୍କୁ ଅଭୟ ଦେଲେ: "ଠିକ୍ ଅଛି, ବାହାଘର ଯେମିତି ହବାକଥା ସେମିତି ହିଁ ହେବ। ସେ ସବୁର ବନ୍ଦୋବସ୍ତ ମୁଁ ଆଗରୁ କରିସାରିଛି"।

ପ୍ରକୃତରେ ଭାଉଜଙ୍କୁ ବାହାଘରର ଝିନ୍‌ଝଟ୍ ବିଷୟରେ ବେଶ୍ ଜଣାଥିଲା। ତା' ସହିତ ସେ ତାଙ୍କର ନିର୍ମାୟା ଶଶୁରଙ୍କର ପାରିବାରିକ ଦାୟିତ୍ୱଜ୍ଞାନ ଏବଂ ଚାକିରୀଆ ସ୍ୱାମୀଙ୍କର ଦାପ୍ତରିକ ବ୍ୟସ୍ତତା ବିଷୟରେ ବେଶ୍ ସଚେତନ ଥିଲେ। ତେଣୁ ଏକାକୀ ସେ ପ୍ରସ୍ତୁତ ହେଇ ସାରିଥିଲେ।

ଭାଉଜଙ୍କର ପ୍ରତ୍ୟକ୍ଷ ତତ୍ତ୍ୱାବଧାନରେ ବାହାଘର କାର୍ଯ୍ୟ ଆଗେଇବାରେ ଲାଗିଥିଲା। ମୁଁ ଏବଂ ଟୁବୁଲା ବାମହାତ, ଡାହାଣହାତ ହେଇ ସେଇ କାମକୁ ଆଗେଇ ନେଉଥିଲୁ।

ଘରେ ଧିରେ ଧିରେ ମହୋତ୍ସବ ଲାଗୁଥିଲା।

ମୁଣ୍ଡରେ ଓଢଣା ଏବଂ ଅଂଟାରେ କାନଭିଡି ଭାଉଜ ଅତ୍ୟନ୍ତ ମର୍ଯ୍ୟାଦାର ସହ ଘରର ସବୁକାମ କରୁଥିଲେ। ତାଙ୍କ ପାଦ ପାଉଁଜିର ରୁଣୁଝୁଣୁ ଶବ୍ଦ ଘରେ ଗୋଟିଏ କାବ୍ୟିକଭାବ ସୃଷ୍ଟି କରୁଥିଲା। ପରିବାର ଭିତରେ ସେ ସର୍ବ ଗ୍ରହଣୀୟ ଦେବୀଟିଏ ଭଳି ଚଳୁଥିଲେ।

ପ୍ରଶସ୍ତ ଅଗଣା ଏବଂ ଆଦରଣୀୟ ଲୋକଙ୍କ ଗହଣରେ ଶାଶ୍ୱତ ଖୁସିରେ ଖେଳି ବୁଲୁଥିଲା। ତା'ର ଖିଲିଖିଲି ହସ, ଠୁକୁଠୁକୁ ଚାଲି ସମସ୍ତଙ୍କ ପ୍ରାଣରେ ଅମୃତ ଭରି ଦେଉଥିଲା।

ମିଳିଦେଇ ଖୁସିର, ଆଖୁ କିଆରିରେ ବିଚରଣ କରୁଥିଲା।

ବୋଉ ତା'ର ଶରୀରର ଅସୁସ୍ଥତା ନେଇ କେବେଠୁ ଆଉ କିଛି ଅଭିଯୋଗ

କରିନଥିଲା । ବରଂ ଅନେକ ସମୟରେ ସେ ତା' ବୋହୂ ପାଖରେ ବସି କ'ଣ ସବୁ ଅଲରମଲରେ ଗପୁଥିଲା ।

ବାପା ସବୁ ଦାୟିତ୍ୱ ପାଶୋରୀଦେଇ ଶାସ୍ୱତ ସହ ସମୟ ବିତାଉଥିଲେ ।

ମୁଁ ଭାଉଜଙ୍କ ବରାଦ ମୁତାବକ କାମ କରୁଥିଲି । ସେଥିପାଇଁ କେତେବେଳେ ଟୁବୁଲା ପିଠିରେ ଲାଉ ହେଉଥିଲି ତ କେତେବେଳେ ତାକୁ ମୋ ପିଠିରେ ଲାଉ କରୁଥିଲି ।

ଅଧିକାଂଶ ସମୟରେ ଟୁବୁଲା ଆମରି ଘରେ ରହୁଥିଲା । ତାରି କଥାରେ ତିରିଶ ହଜାର ଟଙ୍କା ବଂଚି ଯାଇଥିବାରୁ, ସେ ଆମ ଘରେ ହିରୋର ମର୍ଯ୍ୟାଦା ପାଇ ସାରିଥିଲା ।

ମୋଟ ଉପରେ ଆମ ପରିବାର ଭିତରେ ସୁଖ, ଶାନ୍ତି, ଆଦର- ସବୁ କିଛି ବିରାଜମାନ କରୁଥିଲା ।

ଆମଘର ସ୍ୱର୍ଗପରି ଲାଗୁଥିଲା ।

ଚାହୁଁଚାହୁଁ ସ୍ୱୀକାରର ତିଥି ଆସିଗଲା ।

ସ୍ୱୀକାରରେ ଯାଉଥିବା ସତରଞ୍ଜି, ପିଲିସଜ, ଥାଳି, ଲୋଟା, କଳସ - ସବୁକିଛି ଭାଉଜ, ଭୁବନେଶ୍ୱରରୁ ସଂଗ୍ରହକରି ଆଣିଥିଲେ । ଏଇ ସମୟରେ ଜ୍ୱାଇଁ ପାଇଁ ଯାଉଥିବା ଚେନ୍, ମୁଦି ମଧ୍ୟ ଭାଉଜଙ୍କ ଦ୍ୱାରା ଯୋଗାଡ ହେଇ ସାରିଥିଲା । ମୁଁ ଯାହାଖାଲି କଳସ ପାଇଁ ପଇଡ ଏବଂ ଆବଶ୍ୟକ ମୁତାବକ ନଡିଆ ଯୋଗାଡ କରିଥିଲି ।

ଖରାଟିକେ ମହଲଣ ପଡୁପଡୁ ଧନୀକାକା ଆସି ବ୍ୟସ୍ତ କଲେ: "ଆରେ ଡକାଡକି କରୁନ । ଦଶ ବାର ମାଇଲ ବାଟ ଯାଇ ଫେରିବା କଣ ସହଜ ! ଡାକ ସମସ୍ତଙ୍କୁ" ।

ଟୁବୁଲା ବି ପହଁଚିଯାଇ ସେଇ ଏକାକଥା କହିଲା ।

ବ୍ରାହ୍ମଣ, ବାରିକ, ଶଙ୍ଖୁଆ - ଏମାନେ ବି ସମୟ ମୁତାବକ ପହଁଚିଗଲେ ।

ଭାଇ କହିଲେ : "ମୁଁ ଦାଣ୍ଡରେ ଦରି ପକେଇ ଦଉଛି, ତୁ ଟିକେ ଘର ଘର ଡାକିଦେଇ ଆ' । କହିବୁ, ଆମର ସ୍ୱୀକାର ଯିବ" ।

ଟୁବୁଲା ମାଡି ବସିଲା କଥାକୁ । କହିଲା : "ମୁଁ ପରା ସାଙ୍ଗରେ ଯାଉଚି; ଯା' କଇବା କଥା ମୁଁ କଇବିନି କି" !

ମୁଁ ଟୁବୁଲାକୁ ନେଇ ନୁହଁ ବରଂ ଟୁବୁଲା ମତେ ନେଇ ଗାଁ ସାରା ଘରେ ଘରେ ବୁଲି ସ୍ୱୀକାର ଯିବାର ନିମନ୍ତ୍ରଣ ଜଣେଇଲା।

ଲୋକମାନେ ବି ସବୁ ଜାଣିଥିବା ପରି ଆମେ ତାଙ୍କର ଡିହକୁ ଚଢୁଚଢୁ ତାଙ୍କ ତରଫରୁ ଉତ୍ତର ଦେଉଥିଲେ : "ହଉ ଚାଲ ଚାଲ, ମୁଁ ଯାଉଚି"।

ଚାହୁଁ ଚାହୁଁ ଘରପିଛା ଜଣେଲେଖା ମୁରବୀ ଆସି, ଆମ ଦାଣ୍ଡରେ ପଡିଥିବା ଦରି ଉପରେ ଆସନ ଗ୍ରହଣ କରିଗଲେ। କିଏ ସଫା ଧୋତିକୁ ଭାଙ୍ଗକରି ପିନ୍ଧି ତା' ସହିତ ଫୁଲ୍‌ହାତର ଗଞ୍ଜି ପିନ୍ଧି, ଗାମୁଛା ପକେଇ ଆସିଛି ତ ଆଉ କିଏ ଲୁଙ୍ଗି ପିନ୍ଧି, ମୁକୁଳା ଦେହରେ କାନ୍ଧ ଉପରେ ଗାମୁଛା ଝୁଲେଇ ଆସିଛି।

ବ୍ୟକ୍ତିର ବ୍ୟକ୍ତିତ୍ୱର ଓଜନକୁ ନେଇ ପୋଷାକ, ଏସବୁକୁ ମିଶାଇ ଖାତିରିଦାରି।

ସେମିତି କେତେଜଣ ଖାତିରଦାରଙ୍କୁ ନେଇ ଧନୀକାକା ଦରିମଝିରେ ବସେଇଦେଲେ। ବାକିଲୋକ ନିଜ ଇଚ୍ଛାରେ ଯଉଠି ଯାଗା ମିଳିଲା ସେ'ଠି ବସିଗଲେ। ଆଉ କିଛି ଦେଖାଣାହାରୀ ଉତ୍ସାହୀ ତରୁଣ ଏମାନଙ୍କୁ ଘେରି ଛିଡା ହେଇଗଲେ।

ଭଦ୍ରଲୋକମାନଙ୍କୁ ଚା' ଏବଂ ପାନ ବଂଟାଗଲା।

ଧନୀକାକା କହିଲେ : "ଏଥର ଟିପ୍ପଣାକାମ ଆରମ୍ଭ ହେଉ"।

ମଧୁ ବିଶ୍ୱାଳ ମାମଲତକାରିଆ ଲୋକ। ଚନ୍ଦା ହେଇ ଯାଇଥିବା ଚକଚକିଆ ଗୋଟାଳିଆ ମୁଣ୍ଡ। ମାଗୁରିଆ ଧଳା ନିଶ। କାନ ପାଖକୁ ଅତି ପତଳାର ଧଳାବାଳ। ଦେହରେ ଧଳା ଧୋତି, ଗଞ୍ଜି। କାନ୍ଧରେ ଗାମୁଛା। ପାଟିଟା ଏତେ ବଡ ଯେ, ଶହେ ଲୋକଙ୍କୁ କିଛି ଶୁଣେଇବାର ଥିଲେ ବି ମାଇକର ଆବଶ୍ୟକତା ପଡିବନି। ଜଣାଶୁଣା ମାନ୍ୟଗଣ୍ୟ ଭଦ୍ରଲୋକ ସେ। ସେଇ ହିଁ ପ୍ରଥମେ ଧନୀକାକାଙ୍କୁ ଜବାବ୍ ଦେଲେ : "ଆରେ କାଗଜ କଲମ ଆଣ। ଲେଖାଳୀ ଜଣେ କାହାକୁ ଡାକ; ତାପରେ ଟିପ୍ପଣୀ କାମ ଆରମ୍ଭ ହେବ ନା ମନକୁ ହେଇଯିବ"!

ଧନୀକାକା, ଭାଇଙ୍କୁ ଲକ୍ଷ୍ୟକରି କହିଲେ : "ଅକ୍ଷୟ! କାଗଜ କଲମ ମଗା। ନାଲି କଲମଟେ ଆଣିବୁରେ"।

ଭାଇ ଘର ଭିତରକୁ ଯାଇ ଗୋଟିଏ ନାଲି କଲମ ଏବଂ ରାଇଟିଂ ପ୍ୟାଡ୍‌ଟିଏ ନେଇ ଆସିଲେ।

ମଧୁ ବିଶ୍ୱାଳ ଡାକିଲେ : "ଆ, ଏଇଠି ମୋରି ପାଖରେ ବସ୍"।

ବାଧ୍ୟ ଛାତ୍ରଟିଏ ପରି ଭାଇ ତାଙ୍କ ପାଖରେ ବସିଗଲେ।

ମଧୁ ବିଶ୍ୱାଳ ସେଠାରେ ଉପସ୍ଥିତ ସଭିଙ୍କ ଉଦ୍ଦେଶ୍ୟରେ ପଚାରିଲେ : "ଗଜପତିଙ୍କର କେତେ ଅଙ୍କ ଚାଲିଲା କି" ?

ଉପସ୍ଥିତ ଭଦ୍ରଲୋକମାନେ ପରସ୍ପର ଭିତରେ କଥାବାର୍ତ୍ତା ହେଇ ଗଜପତିଙ୍କ ଅଙ୍କ ଦରାଣ୍ଡିଲେ। ଆଉ କେହି ଭୁଲି ଯାଇଥିବା କଥାକୁ ମନେ ପକାଇବା ପରି ଗୁଣଗୁଣେଇ ହେଲେ। ମାତ୍ର କେହି ଜଣେ ହେଲେ ବି ଉତ୍ତର କରିପାରିଲେନି।

ମଧୁ ବିଶ୍ୱାଳ ଭିଡକୁ ଭୁରୁଡି ମାରିଲେ : "ଶଃ ଖାଇଭାଲୁ ଦଳ ! ଆରେ ଗତ ସୁନିଆ ବେଳକୁ ପରା ଖବର କାଗଜ, ଟିଭିରେ ଦି'ଦିନ ଧରି ଗଜପତିଙ୍କ ଅଙ୍କର ଆଲୋଚନା ହେଲା ... ମୂର୍ଖ ସବୁ କଉଠିକାର" !

ବିଶ୍ୱାଳଙ୍କ ଭୁରୁଡିରେ ଭିଡ ପୂରା ଚୁପ୍ ହେଇଗଲା। ବିଶ୍ୱାଳେ, ଭାଇଙ୍କୁ ଆଦେଶ ଦେବାପରି କହିଲେ : "ମୁଁ ଯାହା ଡାକୁଚି ତୁ ଲେଖରେ ବାପା" !

ଭିଡ ବିଶ୍ୱାଳଙ୍କ ମୁହଁକୁ ଚାହିଁ ରହିଲା।

ଭାଇ କଲମଧରି ତାଙ୍କଠୁ ନିସୃତ ହେବାକୁ ଥିବା ଶବ୍ଦକୁ ଅପେକ୍ଷା କଲେ।

ବିଶ୍ୱାଳ ଡାକିଲେ : "ଓଁ ବିଷ୍ଣୁର୍ନମ ଅଦ୍ୟେହ ପୁଣ୍ୟେହେନି, ଉତ୍କଳ ପ୍ରଦେଶେ, ବୀରାଧି ବୀରବର ପ୍ରବଳ ପ୍ରତାପୀ ନବକୋଟି କର୍ଣ୍ଣାଟ ଉତ୍କଳ ବର୍ଗେଶ୍ୱର ଶ୍ରୀ ଶ୍ରୀ ଦିବ୍ୟସିଂହ ଦେବ... ଅଙ୍କେ, ବୈଶାଖ ମାସ ଶୁକ୍ଳପକ୍ଷେ, ପଂଚମୀତିଥୌ, ବୃହସ୍ପତି ବାସରେ, ରୋହିଣୀ ନକ୍ଷତ୍ରେ, ମେଷ ରାଶିସ୍ଥିତେ ଶ୍ରୀଭାସ୍କେରେ, ବୃଷ ରାଶି ସ୍ଥିତେ ଶ୍ରୀଚଳମସି ଏବଂ ଯଥା ସ୍ଥାନାବସ୍ଥିତେଷ୍ଟୁ ଭୌମାଦିଗ୍ରହ ଯୋଗଲଗ୍ନ କାରଣ ମୂହର୍ତ୍ତାଂଶକେଷୁ ଏବଂ ବିଧି ବିଶେଷଣ ବିଶିଷ୍ଟାୟାଂ ପୂର୍ଣ୍ୟତିଥୌ, ଭରଦ୍ୱାଜ ଗୋତ୍ର ବାହୁବଳେନ୍ଦ୍ର ଶ୍ରୀମାନ୍ ଘନଶ୍ୟାମ ମହାପାତ୍ରେ ଦେବବର୍ମା, ନାଗସ୍ୟ ଗୋତ୍ରାଂ ମମଦୁହିତରଂ ମିଲିନାମ୍ନୀ କନ୍ୟା ଯୁଷ୍ମତ୍ ପୁତ୍ରାୟ ତ୍ରିଲୋଚନ ଦେବବର୍ମେଣେ ବୈବାହିକେନ ବିଧିନା ଦାସ୍ୟାମୀ ତେ୍ୟତନ୍ତେ ସତ୍ୟ, ଏତେନ୍ତେ ସତ୍ୟଂ, ଏତେନ୍ତେ ସତ୍ୟ ଇତିପଠିତ୍ୱା ନାରୀକେଳ ଫଳ ବରପିତୃହସ୍ତେ ଦଦ୍ୟାତ୍" ।

ମଧୁ ବିଶ୍ୱାଳଳ ରହି ରହି ବଡ ସତର୍କତାର ସହ ଗୋତ୍ର ରାଶି, ନକ୍ଷତ୍ର, ଅଙ୍କ ଆଦି ମନେ ପକାଇ, ଅତ୍ୟନ୍ତ ସ୍ପଷ୍ଟ ଭାବରେ ଭାଇଙ୍କୁ ଶ୍ରୁତିଲିଖନ ଦେଲେ।

ଭୟାତୁର ଛାତ୍ରପରି ଭାଇ ସେସବୁକୁ ନିର୍ଭୁଲ୍ ଲେଖିବା ପାଇଁ ଚେଷ୍ଟା କରୁଥିବା ତାଙ୍କ ଶାରୀରିକ ଲକ୍ଷଣରୁ ବୁଝା ପଡୁଥିଲା।

ଶ୍ରୁତଲିଖନ ଡାକିସାରି, ମଧୁ ବିଶ୍ୱାଳ ପୁଣି ଭିଡକୁ ଭୁରୁଡି ଛାଡିଲେ: "ମୁଁ ଠିକ୍ ଠିକ୍ ସବୁ ଡାକିଲି ତ" !

ଭିଡ ଚୁପ୍ ରହିଲା ।

ମଧୁ ବିଶ୍ୱାଳ ଛିଗୁଲେଇଲେ : "ତମର ଚା' ଟୋପେ, ପାନଖଣ୍ଡେ ମିଳିଲେ ଗଲା, ତମକୁ ଏ ରାଶି, ଗୋତ୍ର, ନକ୍ଷତ୍ରରୁ କଣ ମିଳିବ" !

ତା'ପରେ ସେ ଭାଇଙ୍କ ହାତରୁ କାଗଜ କଲମ ନେଇ ଭାଇ ଲେଖିଥିବା ଶ୍ରୁତଲିଖନକୁ ପରଖିଲେ । କେତୋଟି ଯାଗାରେ ଆବଶ୍ୟକୀୟ ସଂଶୋଧନ କରି ଭଲ ଭାବରେ ଉତାରି ଆଣିବାକୁ ଭାଇଙ୍କୁ ପରାମର୍ଶ ଦେଲେ ।

ପରେ ପୁଣି, ବିଶ୍ୱାଳଙ୍କ ଆଗରେ, ସ୍ୱୀକାରର ସାଜ ସରଞ୍ଜାମ ଆଣି ବାରିକ ରଖିଲା । ଗାଁର କେଇଜଣ ସେସବୁ ପରଖିଲେ । କିଏ ପୁଣି, ସେଥିରୁ ଖୁଣ ବାହାର କରି ଆଉ ଟିକେ ହେଇଥିଲେ ଭଲ ହେଇଥାନ୍ତା' ବୋଲି ମନ୍ତବ୍ୟ ବି ଦେଲେ ।

ବିଶ୍ୱାଳ ପୁଣି ଭୁରୁଡି ମାରିଲେ : "ଆଉ କେତେ ଭଲ ହବ ! ଯାହା ଅଛି ଠିକ୍ ଅଛି । ଯା' ଏବେ ପୂଜାସାରି ଜିନିଷପତ୍ର ବାନ୍ଧ" ।

ବ୍ରାହ୍ମଣ ମନ୍ତ୍ର ପଢିଲେ ।

ଘର ଭିତରୁ ହୁଳହୁଳି ଶୁଭିଲା ।

ଶଙ୍ଖୁଆ ଶଙ୍ଖ ବଜାଇଲା ।

ଗୋଟିଏ ଗହଗହ ଧ୍ୱନୀ ଭିତରେ ଶଙ୍ଖୁଆ, ବାରିକ, ବ୍ରାହ୍ମଣ ସ୍ୱୀକାର ନେଇ ତ୍ରିଲୋଚନର ଘର ଅଭିମୁଖେ ବାହାରିଗଲେ ।

ବାହାଘରର ଶୁଭ ଶଙ୍ଖ ବାଜି ସାରିଥିଲା ।

ଘରେ ସମସ୍ତେ ଆନନ୍ଦିତ ଥିଲେ ।

ମିଳିଦେଇର ଆନନ୍ଦରେ କୋହ ମିଶିଥିଲା । ସେ କୋହ, ନୂତନ ପ୍ରାପ୍ତି, ଦ୍ୱନ୍ଦ, ଭୟ, ପ୍ରିୟଜନଙ୍କଠୁ ଦୂରେଇ ଯିବା ଅଶ୍ୱସ୍ତି ଆଦିର ଏକତ୍ର ସଙ୍ଗୀତ ଗାଉଥିଲା ।

ଭାଉଜ ନୂତନ ଦାୟିତ୍ୱ ନିର୍ବାହନ ପାଇଁ ନିଜକୁ ପ୍ରସ୍ତୁତ କରିସାରିଥିଲେ। ଭୁବନେଶ୍ୱର ଯାଇ ଅନ୍ୟାନ୍ୟ ଆନୁସଙ୍ଗିକ ଜିନିଷ କିଣାକିଣି କରିବେ ବୋଲି ଭାଇ, ରାତ୍ରିଭୋଜନ ପରେ ଭାଉଜଙ୍କ ସହ ଆଲୋଚନା କରୁଥିଲେ। ବୋଉର କ'ଣ ଦାୟିତ୍ୱ ଥିଲା କିଛି ବୁଝି ହେଉନଥିଲା। ସେ ଅହରହ ଖାଲି ଭଗବାନଙ୍କୁ ଡାକୁଥିଲା। ବାପା ଆଉ ଶାଶ୍ୱତ ଭିତରେ ବିଶେଷ କିଛି ପାର୍ଥକ୍ୟ ନଥିଲା। ଉଭୟ ଖାଇସାରି ସାଙ୍ଗ ହୋଇ ଶୋଇ ପଡିଥିଲେ।

ଭାଇ ମତେ କହିଲେ : "ତୁ କାଲି ଯାଇ ମାମୁ, ମଉସା, ଆଉ ପିଇସିଘରେ ନିମନ୍ତ୍ରଣ କରି ଆସିବୁ। କଳସପୁର, କଳମଡାରେ ଆମର ସୂର୍ଯ୍ୟଘର ବି ଅଛନ୍ତି, ତାଙ୍କୁ ବି ନିମନ୍ତ୍ରଣ କରିଦେବୁ। ଦିନ ଆଉ କେଇଟା କି! ସାତଦିନ ଭିତରେ ମଗନ, ବାହା ସବୁ ଶେଷ"।

ମୁଁ ସମ୍ମତି ଜଣେଇ ମୁଣ୍ଡ ଟୁଙ୍ଗାରିଲି।

ତା' ପରେ ଆମେ ଯିଏ ଯାହାର ଶୋଇବା ଯାଗାକୁ ଚାଲିଗଲୁ।

ମୁଁ ଲାଇଟ୍ ଲିଭେଇ ବିଛଣାରେ ପଡିଛି କି ନାହିଁ, ଭାଉଜଙ୍କ ସ୍ୱର ଶୁଭିଲା: "ମଣ୍ଟୁ! ଶୋଇଲଣି କି ତମେ"!

ମୁଁ ପୁଣିଥରେ ଲାଇଟ୍ ଜଳେଇଦେଲି। କହିଲି : "ନା ଭାଉଜ, ଶୋଇନି। କ'ଣ କହୁନ" ।

ଭାଉଜ ବଡ ସନ୍ତର୍ପଣରେ ଆସି ମୁଁ ଶୋଇଥିବା ଖଟରେ ବସିଗଲେ। କହିଲେ: "ତମେ ଗୋଟେ କଥା ଲକ୍ଷ୍ୟ କରିଚ ମଣ୍ଟୁ"!

ମୁଁ ପଚାରିଲି : "କୋଉ କଥା" ?

ଭାଉଜ କହିଲେ : "ଏଇ ତ୍ରିଲୋଚନ ଆଉ ତା' ପରିବାର ! ସେମାନଙ୍କର ନିଜର କିଛି ବିଚାର ନାହିଁ, ଦାବୀ ବି ନାହିଁ ; ଯିଏ ଯାହା କହିଦେଲେ ସେଇଥିରେ ହଁ" !

ହଠାତ୍ ସଚେତନ ହେବାପରି ମୁଁ କହିଲି : "ହଁ ସତ କଥାତ! କିନ୍ତୁ ସେଥିରେ ଆମର କ'ଣ ଅସୁବିଧା ଅଛି ବରଂ ଭଲ ତ" ।

ଭାଉଜ କହିଲେ : "ନା ମଣ୍ଟୁ । ତମେ ପିଲାଲୋକ ବୋଲି କିଛି ବୁଝିପାରୁନ। ପ୍ରତ୍ୟେକ ମଣିଷର ନିଜସ୍ୱ ବିଚାର, ଇଚ୍ଛା ଏବଂ ଦାବୀ ରହିବା କଥା। ସେ ଦାବୀ, ଇଚ୍ଛାକୁ ପୂରଣ କରିବା ପାଇଁ ମଣିଷ ସର୍ବନିମ୍ନ ପ୍ରୟାସ ମଧ୍ୟ କରିବା କଥା। ଯେଉଁ

ମଣିଷ ପାଖରେ ଏସବୁ ନାହିଁ ସେ ଅମେରୁଦଣ୍ଡୀ, କେତେବେଳେ ବି ନିଜେ ଅସୁବିଧାରେ ପଡିପାରେ ଆଉ ତା'ର ପାଖଲୋକଙ୍କୁ ବି ଅସୁବିଧାରେ ପକାଇପାରେ"।

ଭାଉଜ ଚୁପ୍ ରହିଲେ।

ମୁଁ ବି କିଛି କହିଲିନି।

କ୍ଷଣେ ନୀରବ ରହିବାପରେ ଭାଉଜ ପୁଣି କହିଲେ : "ମୋ ମନକୁ କାହିଁକି ପାପ ଛୁଉଁଛି ମଣ୍ଟୁ। କାଇଁ କିଛି ଅଘଟଣ ଘଟିବନିତ"!

କେଜାଣି କାହିଁକି ମତେ ବି ଭୟ ଲାଗିଲା। କିଛି ଗୋଟାଏ ଅଘଟଣାର ଭାବ ମୋ ଭିତରେ ମଧ୍ୟ ସଂଚରିଗଲା।

ଭାଉଜ କେତେ ସମୟ ଯାଏ ଚୁପ୍ ବସିଲେ। ତା'ପରେ ଉଠିଯିବା ପୂର୍ବରୁ ମତେ କହିଲେ : "ତମେ ଶୋଇପଡ। କାଲି ସକାଳୁ ଭାଇଙ୍କୁ ନେଇ ବସ୍ ପାଖରେ ଛାଡିଦେବ"।

ଭାଉଜ ଉଠିଯିବାପରେ ମତେ ଆଉ ନିଦ ହେଲାନି। ଗୋଟାଏ ଆଶଙ୍କା ମୋ ମନକୁ ଭାରାକ୍ରାନ୍ତ କରିଦେଲା।

ରାତି ବଢି ଚାଲିଲା।

ମୁଁ କଡ ଲେଉଟାଇ ଚାଲିଲି।

ଠିକ୍ ଭୋର୍ ବେଳକୁ ଆମ ଦୁଆରେ ଗୋଟେ ଗାଡି ଅଟକିବାର ଶବ୍ଦ ଶୁଭିଲା। ସେଥିରୁ ଓହ୍ଲାଉଥିବା ନୀରବ ମଣିଷ ମାନଙ୍କର ଭାରି ପାଦ ଶବ୍ଦ ମତେ ସ୍ପଷ୍ଟ ଶୁଭିଲା।

ସେ ପାଦ ସବୁ ଆମର ମୁଖ୍ୟ ଦରଜା ପାଖରେ ଅଟକି ଗଲାପରି ଲାଗିଲା।

ମୁଁ ଖଟରୁ ଓହ୍ଲାଇ ଆସି ମୁଖ୍ୟ ଦରଜା ପାଖକୁ ଯାଇ ପଚାରିଲି : "କିଏ" ?

ବ୍ରାହ୍ମଣ ଉତ୍ତର କଲେ : "ଆମେମାନେ ମଣ୍ଟୁ, ଦରଜା ଖୋଲ"।

ମୁଁ ଦରଜା ଖୋଲିଦେଲି।

ମୋ ଆଗରେ ଆମ ତରଫରୁ ଯାଇଥିବା ବ୍ରାହ୍ମଣ, ବାରିକ, ଶଙ୍ଖୁଆ ଏବଂ ସେମାନଙ୍କ ସଙ୍ଗେ ମଧ୍ୟସ୍ଥ ସାହୁବାବୁ ଏବଂ ତ୍ରିଲୋଚନର ମା' ଛିଡା ହେଇଥିଲେ।

ଏମିତି ତ ହେବା କଥା ନୁହଁ। ସାହୁବାବୁ ଏବଂ ତ୍ରିଲୋଚନର ମା' - ଏ ସମୟରେ ଏମାନଙ୍କ ସହ କାହିଁକି ଆସିଛନ୍ତି!

ମୁଁ ଭୟ ପାଇଗଲି।

ଯା' ଭିତରେ ଭାଇ ଏବଂ ଭାଉଜ ବି ଉଠି ସାରିଥିଲେ। ସେମାନେ ଠିକ୍ ମୋ ପଛକୁ ଛିଡା ହେଇଥିଲେ।

ଭାଇ ବିସ୍ମୟରେ ପଚାରିଲେ : "କ'ଣ ହେଲା" ?

ତ୍ରିଲୋଚନର ମା' କାନ୍ଦିବା ଆରମ୍ଭ କରିଦେଲେ : "ଆମକୁ କ୍ଷମା କରିଦେବରେ ପୁଅ। ... ଏ ସଂମ୍ପର୍କ ଆଉ ଆଗେଇ ପାରିବନି"। ସେ ଆଉ କିଛି ବି କହି ପାରିଲେନି। କୋହ ଉଠେଇ କାନ୍ଦିବାକୁ ଲାଗିଲେ।

କିଛି ସମୟ ପରେ ସେ ଏକା ଏକା ଦାଣ୍ଡରେ ଛିଡା ହେଇଥିବା ଗାଡି ଭିତରକୁ ପଳାଇଲେ।

ସାହୁବାବୁ ଆରମ୍ଭ କଲା : "ମୁଁ ମୂଳରୁ କହିଛି ନାଣ୍ଡିଆ ପରିବାର, ମୋ କଥା ମାନିଲନି। ବାହାଘର ହେଇ ଯାଇଥିଲେ ସବୁ ଚଳି ଯାଇଥାଆନ୍ତା ହେଲେ..."।

ଭାଉଜ ବାଧାଦେଲେ : "କଥା କ'ଣ କୁହ" ।

ସାହୁବାବୁ ସଫେଇ ଦେଲା: "ବାପ ନଥିବା ଘର। ମା' ପୁଅଙ୍କ ସଂସାର। ପଡିଶା ଘରର ଝିଅ, କେତେବେଳେ ଆସି ଓଳେଇ ଦିଏ କି ରୋଷେଇକି ଆଉ କ'ଣ ସେବା ବି କରିଦିଏ। ଏବେ ସେ ଝିଅ କହୁଛି, ମୁଁ କ'ଣ ଏତେ ଦିନ ଧରି ବୃଥା ସେବା କରୁଥିଲି ! ମୋ ବାହାଘର ଯଦି ତ୍ରିଲୋଚନ ଭାଇ ସହିତ ନକର ତାହେଲେ ମୁଁ ବେକରେ ଦଉଡି ଲଗେଇଦେବି। ସ୍ୱୀକାର ପହଁଚିବା ପରଠାରୁ ସେ ଝିଅ ନାନା ପ୍ରକାର ରାମାଭୀମା କଲା। ବାଟ ନପାଇ ବୁଢୀ ସ୍ୱୀକାର ଫେରାଇଦେଲା"।

ଆମେ ସବୁ ପଥର ହେଇଗଲୁ।

ଭାଇ ରାଗରେ, ଅପମାନରେ ଥରିବାକୁ ଲାଗିଲେ।

ଆମେ କେହି କିଛି କହିବା ପୂର୍ବରୁ ସାହୁବାବୁ ଏବଂ ତ୍ରିଲୋଚନର ମା' ଗାଡି ବୁଲେଇ ତାଙ୍କ ବାଟରେ ଫେରିଗଲେ।

ସିନ୍ଦୂରା ଫାଟିବା ଆଗରୁ ସ୍ୱୀକାରର ସାଜ- ସରଞ୍ଜାମ ଥୋଇଦେଇ ବ୍ରାହ୍ମଣ, ବାରିକ ଆଦି ବି ଲେଉଟି ଗଲେ।

ଗୋଟିଏ ଭଙ୍ଗାମାଠିଆର ଟୁକୁଡା ପରି ମିଳିଦେଇ ଚୂନା ହେଇଗଲା।

ନିଦରୁ ଉଠି ବାପା ମୂକ ପାଲଟିଗଲେ।

ଅଣଆୟତଭାବରେ ଅଚାନକ ଗୋଟିଏ ଅଘଟଣର ଅଣଚାଷ ଆମ ଘର ଉପରେ ବହିଗଲା।

ସକାଳ ହେଉ ହେଉ ଗାଁର ମୁରବୀମାନେ ଆମଘରେ ପହଁଚିଗଲେ। ଆମ ଦାଣ୍ଡରେ ମୁରବୀ ମାନଙ୍କ ଉପସ୍ଥିତି ବଢ଼ିଲା। ପରେ ପରେ ୱାର୍ଡମେମ୍ବର, ସରପଂଚ ବି ଆସିଲେ। ସମସ୍ତେ ଉତ୍ୟକ୍ତ ଲାଗୁଥିଲେ। ସମସ୍ତେ ଏହାକୁ ଅପମାନ ବୋଲି ବିଚାରୁଥିଲେ।

ସରପଞ୍ଚ କହିଲେ : "ଚାଲ ସେ ଗାଁକୁ ଯିବା, ତାଙ୍କ ପଂଚାୟତରେ କଥା ପକାଇବା; ଇଏ କି ଅଭଦ୍ରାମି କଥା" !

ଦାୟିତ୍ୱଠାରୁ ଦୂରରେ ରହୁଥିବା ବାପା, ହଠାତ୍ ସମସ୍ତଙ୍କ ସାମ୍ନାରେ ଦୃଢ଼ତା ଦେଖାଇଲେ। କହିଲେ : "ଏସବୁର ଜମା ଦରକାର ନାହିଁ। ମୁଁ ମୋ ଝିଅକୁ କୌଣସି ହାଲତରେ ବି ସେ ଘରକୁ ପଠାଇବି ନାହିଁ"।

ବାପାଙ୍କ କଥା ଶୁଣି ଭିଡ ଭାଙ୍ଗିଗଲା। କିନ୍ତୁ ସ୍ୱୀକାର ଫେରି ଆସିଥିବା କଥାଟା ସକାଳ କାଉର ପରରେ ଲାଗି ଉଡିବା ପରି ଗାଁକୁ ଗାଁ ବ୍ୟାପିଗଲା।

ବ୍ୟକ୍ତିର ପରିଚୟକୁ ନେଇ ତାଙ୍କ ବିଷୟକ ଖବର ପ୍ରଚାରର ଗତି। ଯାହାର ପରିଚିତି ଯେତେ ଅଧିକ ତାଙ୍କ ବିଷୟକ ଖବରର ଗତି ସେତିକି ପ୍ରଖର।

ବାପା ସରକାରୀ ଚାକିରୀ କରିଥିଲେ। ତିନୋଟି ପଂଚାୟତର ମୁଖ୍ୟ ପୋଷ୍ଟ-ଅଫିସ୍‌ରେ ସେ ଥିଲେ ପୋଷ୍ଟମାଷ୍ଟର। ଅଂଚଳବାସୀ ତାଙ୍କ ଆଚାର ବ୍ୟବହାରରେ ସନ୍ତୁଷ୍ଟ ଥିଲେ ତାଙ୍କୁ ଅକୁଣ୍ଠ ଆଦର ସମ୍ମାନ କରୁଥିଲେ। ଲୋକେ ତାଙ୍କୁ ଶ୍ୟାମସୁନ୍ଦରପୁରର ଘନଶ୍ୟାମ ରାଉତ ଭାବରେ ଜାଣିଥିଲେ।

ଶ୍ୟାମସୁନ୍ଦରପୁର ଆମ ଗାଁର ନାମ। ଆମ ଗାଁର ବୟସ ବେଶି ବି ନୁହେଁ। ହେଇ ହେଇକି ପଚାଶ ବର୍ଷ ହବ। ପାଖ ତଥା ମୂଳ ଗାଁ ଆୟତପୁରରେ, 'ଶ୍ୟାମସୁନ୍ଦର

ନାୟକ' ନାମରେ ଜଣେ ଜଣାଶୁଣା ସମ୍ମାନୀତ ବ୍ୟକ୍ତି ଥିଲେ। ତାଙ୍କର ଛ' ପୁଅ। ପୁରୁଣା ଭିହରେ ସମସ୍ତଙ୍କୁ ଜାଗା ହେଲାନି। ଜଣେ ପୁଅ ଗାଁ ବାହାରକୁ ଉଠିଆସି ତେନ୍ତୁଳିଆ-ନାଳ ପାଖରେ ତାଙ୍କ ଜମି ଉପରେ ଘର ତୋଳିଲେ। ବାପାଙ୍କୁ ସମ୍ମାନ ଦେଇ ଘରର ନାମ ରଖିଲେ 'ଶ୍ୟାମସୁନ୍ଦର କୁଟୀର'। ତାଙ୍କୁ ଦେଖି ସମାନ ଅସୁବିଧା କାରଣରୁ ଆୟତପୁରରୁ ଆଉ କିଛି ଲୋକ ଉଠିଆସି ସେଠାରେ ଘର ତୋଳିଲେ। ନାଳର ଆରପଟେ ଯେନାଭଳି, ଉଇବାଡ, କଳସପୁର, ଭୂଇଁପୁରର ଲୋକ ବି ନିଜ ଜମିରେ ଅଥବା ଜମି କିଣି ଘର ବସେଇଲେ। କାହାକୁ କହିବାବେଳେ ନୂଆ ବସତିର ଲୋକମାନେ 'ଶ୍ୟାମସୁନ୍ଦର କୁଟୀର'କୁ ଆଧାର କରି ତାଙ୍କ ଘର ଡାହାଣକୁ କି ବାମକୁ କି ସମ୍ମୁଖକୁ ସେଇ କଥା ବତେଇଲେ। ଏମିତିରେ ଏମିତିରେ ସେଠି ଗୋଟାଏ ନୂଆ ଜନବସତି ଗଢି ହେଇଗଲା। କେବେ ପୁଣି ସେଇ ବସତି 'ଶ୍ୟାମସୁନ୍ଦରପୁର'କୁ ଉନ୍ନୀତ ହୋଇଗଲା ତାହାର ଦିନ ବାର ବି କାହାରି ହେଜ ରହିଲା ନାହିଁ।

ସେହି କାରଣରୁ ଆମର ମୂଳପିଣ୍ଡ କଳସପୁର ଗାଁରେ ଥିଲେ ବି ବାପା ଶ୍ୟାମସୁନ୍ଦରପୁରର ଘନଶ୍ୟାମ ରାଉତ ନାମରେ ପରିଚିତ।

ପ୍ରତ୍ୟେକ ଦିନ ବାପା, ସକାଳୁ ଗାଧୁଆ ପାଧୁଆ ସାରି ଖାଇଦେଇ ଭୂଇଁପୁରରେ ଥିବା ପୋଷ୍ଟ ଅଫିସକୁ ଯାଆନ୍ତି। ଆୟତପୁର ଛକରୁ କାଣୀ ନଈ କୂଳେକୂଳେ ଲମ୍ବିଥିବା ବନ୍ଧରେ ଚାଲିଚାଲି ପାଖାପାଖି ଦୁଇ କି.ମି ଗଲେ ତାଙ୍କର ଅଫିସ୍। ଧଳାଧୋତି ଏବଂ ପଞ୍ଜାବୀପିନ୍ଧା ବାପାଙ୍କୁ ସେଇତକ ରାସ୍ତାରେ କେତେଲୋକ ହାତ ଯୋଡି ନମସ୍କାର କରନ୍ତି। ବାପା ବି ସେମିତି ମୁଦ୍ରାରେ ଅନେକ ଲୋକଙ୍କୁ ନମସ୍କାର ହୁଅନ୍ତି। ନମସ୍କାରର ଆଦାନ ପ୍ରଦାନ ଯୋଗୁ ସେଇତକ ରାସ୍ତାରେ ବାପାଙ୍କ ଓଠରେ ସ୍ଥାୟୀଭାବରେ ହସଟେ ଲାଗିଥାଏ। ଏମିତିରେ ବି ବାପା ଯଥେଷ୍ଟ ନୀରିହ। ନୀରିହ ଲୋକର ସାଧୁତା ଏବଂ ଭଦ୍ରତା ଦୁଇଟି ଅନ୍ତଃଜଡିତ ଗୁଣ। ତେଣୁ ବାପାଙ୍କ ସମସ୍ତେ ଚିହ୍ନନ୍ତି ଏବଂ ଆଦର ସମ୍ମାନ ମଧ୍ୟ କରନ୍ତି।

ବାପାଙ୍କର ପରିଚୟ ଯୋଗୁ ମିଳିଦେଇର ସ୍ୱୀକାର ଫେରି ଆସିବା କଥା, ସକାଳ ନ ହେଉଣୁ ସବୁଆଡେ ଖେଳାଇ ହେଇ ସାରିଥିଲା। ତେବେ ଏଥିରେ ବଡକଥା ଏଇୟା ହେଲା ଯେ, ଲୋକ ମାନଙ୍କର ଯଥେଷ୍ଟ ସମବେଦନା ଆମକୁ ମିଳିଲା। କଳସପୁର ଏବଂ ଭୂଇଁପୁର ଉଭୟ ପଂଚାୟତରୁ ପାଖାପାଖି ପନ୍ଦର

ଲୋକ ଆମ ଘରକୁ ଆସିଲେ। ସେମାନେ ସମସ୍ତେ ଗୋଟିଏ କଥା କହିଲେ ଯେ, ଯାହାହେଲା ଠିକ୍ ହେଲାନି।

ତେବେ ମାନପୁରରୁ ଆସିଥିବା ଭଜଗୋବିନ୍ଦ ନାୟକ ଗୋଟିଏ ନୂଆକଥା କହିଲେ। ଧନୀକାକାଙ୍କ ସମେତ ଆମ ଗାଁର ଆଉ ଚାରିଜଣ ଜଣାଶୁଣା ଲୋକଙ୍କ ଆଗରେ ଭଜଗୋବିନ୍ଦ ବାବୁ କହିଲେ : "ଘନଶ୍ୟାମ ବାବୁଙ୍କୁ ମୁଁ ଭଲଭାବରେ ଜାଣେ। ସେ ଜଣେ ଭଦ୍ରଲୋକ। ସେ ଯଦି ଇଚ୍ଛା କରନ୍ତି, ଫେରି ଆସିଥିବା ସ୍ୱୀକାରକୁ ମୋ ଘରକୁ ପଠାଇ ପାରିବେ। ତାଙ୍କ ଝିଅକୁ ବୋହୂ କରିବାରେ ମୋର କିଛି ହେଲେ ବି ଆପତ୍ତି ନାହିଁ"।

ଶ୍ୟାମସୁନ୍ଦରପୁର ଆଉ ମାନପୁର ଭିତରେ ଦୂରତା ବା କେତେ ! ଉଭୟ ଗାଁର ଲୋକ, ଚଳନି ଦାୟରେ ପରସ୍ପର ସହ ସବୁଦିନ ଭେଟାଭେଟି ହୁଅନ୍ତି। ସେଇ ନ୍ୟାୟରେ ଭଜଗୋବିନ୍ଦବାବୁଙ୍କୁ ବି ଆମ ଗାଁର ଲୋକମାନେ ଜାଣନ୍ତି। ତେଣୁ ପ୍ରସ୍ତାବକୁ ଏକ ପ୍ରକାର ଗ୍ରହଣ କରିନେଇ ଭଜଗୋବିନ୍ଦବାବୁଙ୍କୁ ଧନୀକାକା ପଚାରିଲେ: "ପୁଅ ଏବେ କରୁଚି କ'ଣ" ?

ଭଜଗୋବିନ୍ଦବାବୁ ଉତ୍ତର ଦେଲେ : "ଯାଜପୁରରେ ଲୁଗା ଦୋକାନ କରିଛି"।

ୟା'ପରେ ସମସ୍ତେ ମିଳିମିଶି ଘର ଭିତରେ ବସିଥିବା ବାପାଙ୍କ ପାଖକୁ ଗଲେ। ଭାଇ ବି ସେଇଠି ଥିଲେ। ସବୁ ଶୁଣିସାରି ବାପା, ଭାଇଙ୍କ ମୁହଁକୁ ଚାହିଁଲେ। ପଚାରିଲେ : "ତୁ କ'ଣ କହୁଛୁ" ?

ଭାଇ କହିଲେ : "ମୁଁ ତ ବାହାରେ ରହୁଚି, ପିଲା ବିଷୟରେ କିଛି ବି ଜାଣିନାହିଁ ; ମୁଁ କ'ଣ କହିବି" !

ଧନୀକାକାଙ୍କ ସମେତ ସେଠାରେ ଉପସ୍ଥିତ ବାକି ଲୋକମାନେ ଭାଇଙ୍କୁ କହିଲେ : "ଅକ୍ଷୟ ! ତୁ ସିନା ଜାଣିନାହୁଁ, ହେଲେ ଆମେ ଜାଣିଚୁ, କୌଣସି କଥା ଖୁଣିବାର ନାହିଁ"।

ଭାଇଙ୍କୁ ଆଉ କିଛି ବୁଦ୍ଧିବାଟ ଦିଶିଲାନି। ସ୍ୱୀକାର ଫେରିଆସିବା ପରଠାରୁ ସେ ବେଶ୍ ଅସହାୟ ଥିଲେ। ଏବେ ସମସ୍ତେ ଯେତେବେଳେ ନୂଆ ପ୍ରସ୍ତାବକୁ ଭଲ କହୁଛନ୍ତି, ତାହେଲେ ତାହା ନିଶ୍ଚୟ ଭଲ ହୋଇଥିବ।

ଭାଇଙ୍କ ମୁଣ୍ଡରେ ଏମିତି ଭାବନା ଖେଳୁଥିବାବେଳେ, ଭଜଗୋବିନ୍ଦବାବୁ କହିଲେ : "ମୁଁ କ'ଣ ତମକୁ ଠକି ଦଉଚି କି ବାବୁ ! ଏତେ କ'ଣ ଭାବୁଚ" ?

ତା'ପରେ ସେ ନିଜ ତରଫରୁ କାହାଣୀଟିଏ ଆରମ୍ଭ କଲେ : "ତମେ କେହି ଜାଣନି, ମୁଁ କାହିଁକି ଘନଶ୍ୟାମବାବୁଙ୍କ ଝିଅକୁ ବୋହୂ କରିବାକୁ ଆଗ୍ରାହୀ ! ପ୍ରାୟ ଚାଳିଶି ବର୍ଷ ତଳର କଥା । ଘନଶ୍ୟାମବାବୁ ସେତେବେଳକୁ ନୂଆ ନୂଆ ପୋଷ୍ଟମାଷ୍ଟର ହୋଇଥାନ୍ତି । ମୋର ଦୁଇଶହ ଟଙ୍କା ଦରକାର ପଡିଲା । ସେ ଏମିତି ଦରକାର ଯେ, କହିଲେ କୂଳକୁଟୁମ୍ବକୁ ଲାଜ, ନ କହିଲେ କୂଳ ଭାସି ଯାଉଚି । ମୋ ପାଖରେ କିଛି ଉପାୟ ନଥାଏ । ସିଧାଯାଇ ଘନଶ୍ୟାମବାବୁଙ୍କୁ ଉଧାର ମାଗିଲି । ଆଗପଛ ନ ବିଚାରି, ସେ ଦୁଇଦିନରେ କେଉଠୁ କେମିତି ଦୁଇଶହ ଟଙ୍କା ମତେ ଦେଲେ । ମୋ ଇଜ୍ଜତ ବଂଚିଗଲା । ସେତେବେଳର ଦୁଇଶହ ଟଙ୍କା ଏବେ ଦୁଇଲକ୍ଷ ଟଙ୍କା ବୋଲି ଜାଣ ! ସେଇତକ ଟଙ୍କା ସୁଝିବା ପାଇଁ ମତେ ଦୁଇବର୍ଷ ଲାଗିଗଲା । ଏବେ ସେ ଅସୁବିଧାରେ ପଡିଛନ୍ତି, ମୁଁ ଆଉ ସମାଧାନ ହୁଅନ୍ତିନି କି ! ଋଣ ସୁଝିବା କ'ଣ ଖରାପ କିରେ ପୁଅ" ?

ଶେଷ ବାକ୍ୟଟି ଭଜଗୋବିନ୍ଦବାବୁ, ଭାଇଙ୍କୁ ଲକ୍ଷ୍ୟକରି କହିଲେ । ଏତିକି କଥାରେ ଭାଇ ଆଉ କିଛି ଚିନ୍ତା ନକରି ତାଙ୍କ ପ୍ରସ୍ତାବରେ ରାଜି ହେଇଗଲେ ।

ଚାହୁଁ ଚାହୁଁ ବ୍ରାହ୍ମଣ, ବାରିକ, ଶଙ୍ଖୁଆ ଆସି ପହଁଚିଗଲେ । ସ୍ୱୀକାର ଚିଠାରେ ନାମ, ଗୋତ୍ର, ରାଶି ଆଦି ପରିବର୍ତ୍ତନ କରିଦେଇ ଏବଂ ଫେରିଆସିବା ସେଇ ଗଣ୍ଠିଲିକି ଧରି, ଶଙ୍ଖ ବଜାଇ ସେମାନେ ମାନପୁରର ଭଜଗୋବିନ୍ଦବାବୁଙ୍କ ଘରକୁ ବାହାରିଗଲେ ।

ଶଙ୍ଖ ଶବ୍ଦ ବନ୍ଦ ହୋଇଯିବା ଉତାରୁ ଟୁବୁଲା ଧଇଁସଇଁ ହେଲ ମୋ ପାଖରେ ପହଁଚିଲା । ପଚାରିଲା : "ଏ ସ୍ୱୀକାର ପୁଣି କୁଆଡେ ଗଲା" ?

ମୁଁ ତାକୁ ସବୁକଥା ଜଣେଇଲି ।

ସେ ମୁଣ୍ଡରେ ହାତପିଟି କହିଲା : "କେଡେ କଥାଟେ କରିଦେଲରେ ...ମତେ ପଚାରିଥାଆନ୍ତ ଭଲା" !

ମୁଁ ପଚାରିଲି : "କାଇଁକି ! କ'ଣ ହେଲା କି" ?

ସେ କହିଲା : "ତୁ ସେ ଟୋକାକୁ ଦେଖିଚୁ ? ହିରୋ ମାର୍କା ଟୋକା; ଗୋଟେ ରାଜକୁମାର ପରି ! ମିଲିଦେଇ ତା' ଆଗରେ କିଛି ବି ନୁହେଁ । ସେ ମିଲିଦେଇକୁ ଭଲ ପାଇବ ତ" !

ସ୍ୱୀକାର ସେତେବେଳକୁ ଯାଇ ସାରିଥିଲା । ତା' ବାପା ଯେତେବେଳେ

ନିଜ ତରଫରୁ ବୋହୂ କରିନେବାକୁ ଇଚ୍ଛା କରିଛନ୍ତି ; ସେ ତ ନିଶ୍ଚୟ ତାଙ୍କ ପୁଅ ଲାଖି କାମ କରିଥିବେ ! ତେଣୁ ମୁଁ ଟୁବୁଲାର କଥାକୁ ଗୁରୁତ୍ୱ ଦେଲିନି । ବରଂ ତାକୁ ଛିଗୁଲେଇଲି : "ତୁ ତ ଆମର ଚାଲାଖ ପିଲାଟା, ସେତେବେଳେ ତୁ ଯାଇ ସେ ହିରୋମାର୍କା, ରାଜକୁମାର ଟୋକାଟାକୁ ବୁଝେଇଦେବୁନି" !

ଟୁବୁଲା ମୋ ଉପରେ ରାଗିଗଲା । କିନ୍ତୁ କିଛି କହିଲାନି । ଆମ ଘର ଭିତରକୁ ନଆସି ଦୁଆର ମୁହଁରୁ ଫେରିଗଲା ।

ମୁଁ ଘର ଭିତରକୁ ଫେରିଲି ।

ମୋର କାହିଁକି ଅନୁଭବ ହେଲା, ଘର ଭିତରେ ସବୁକିଛି ଠିକ୍‌ଠାକ୍ ଚାଲିନି । କେଉଁଠି ଗୋଟାଏ ବିରାଟ ଶୂନ୍ୟତା ଯେପରି ବେଲୁନ୍ ପରି ଫୁଲିବାରେ ଲାଗିଛି ଏବଂ ତାହା ଯେପରି ଯେ କୌଣସି ମୂହୁର୍ତ୍ତରେ ଫାଟିଯାଇପାରେ !

ଡରିଡରି ପ୍ରଥମେ ମିଲିଦେଇ ବଖରାକୁ ଗଲି । ଗୋଟାଏ କଟା ଯାଇଥିବା ଗଛ ପରି ସେ ବିଛଣା ଉପରେ କଚାଡି ହେଇ ପଡିବା ପ୍ରାୟ ଶୋଇଥିଲା । କେଜାଣି କାହିଁକି ତାକୁ ଉଠେଇବାକୁ ମୋର ସାହାସ ହେଲାନି ।

ତା'ପରେ ମୁଁ ଭାଉଜଙ୍କ ବଖରାକୁ ଗଲି । ସେ ଖଟ ଉପରେ କାନ୍ଥକୁ ଡେରିହେଇ ବସିଥିଲେ । ପ୍ରକୃତରେ ମୁଁ ଅନୁଭବ କରୁଥିବା ଶୂନ୍ୟତାର ବେଲୁନ୍ ତାଙ୍କରି ଚିନ୍ତାଧାରାରେ ଥିଲା । ସେ ଯେପରି କେତେବେଳେ ହେଲେ ବିସ୍ଫୋରଣ ହେବାଭଳି ଲାଗୁଥିଲେ ।

ଖୁବ୍ ଧିରରେ ଡାକିଲି : "ଭାଉଜ" !

ଭାଉଜ କିଛି ବି ଜବାବ୍ ଦେଲେନି । ତେବେ ତାଙ୍କର ତୀବ୍ର ଚାହାଣୀଟି ମୋ ଉପରେ ଥରେ ଘୁରିଗଲା । ତାହା ହିଁ ମୋ ପାଇଁ ଯଥେଷ୍ଟ ଥିଲା, ଅବିଳମ୍ବେ ସେ ଯାଗାଛାଡି ଚାଲି ଆସିବା ପାଇଁ ।

ମୁଁ ଫେରି ବି ଆସୁଥିଲି । ଭାଉଜ ଡାକିଲେ : "ମଣ୍ଟୁ" !

ମୁଁ ଛିଡାହେଇଗଲି ।

ଭାଉଜ ପଚାରିଲେ : "ମତେ କୁହ ମଣ୍ଟୁ ! ଏ ଘରେ ମିଲି ଜନ୍ମ ହେଇଥିଲା ନା ତମେମାନେ ତାକୁ କୋଉଠୁ ଗୋଟାଇ ଆଣିଥିଲ" ?

ଭାଉଜଙ୍କ କଣ୍ଠରେ ତୀବ୍ରତା, ତାତ୍ସଲ୍ୟ ଏବଂ ଅବଜ୍ଞା ସବୁକିଛି ଥିଲା । ତାଙ୍କ ପାଟି ଶୁଣି ବାପା ଏବଂ ଭାଇବି ସେଠି ପହଁଚିଗଲେ । ସେମାନଙ୍କ ଉପସ୍ଥିତିକୁ

ଅଣଦେଖାକରି ଭାଉଜ ତଥାପି ମୋ ଉପରେ ବର୍ଷିଲେ : "ତମେ ଜାଣିଚ, ତମ ଭଉଣୀ ଜଣକୁ ପସନ୍ଦ କରି ସାରିଛି। ସେ ପୁଣି ତମରି ମାନଙ୍କଠାରୁ ତାଙ୍କ ବିଷୟରେ ଶୁଣିଶୁଣି। ଅଥଚ କାହାର କିଛି ଦୋଷ ନଥାଇ ବି ମାମୁଲି ଗୋଟେ କଥା ପାଇଁ ସ୍ୱୀକାର ଫେରି ଆସିଲା। ତମେମାନେ ତାକୁ ମାନିନେଲ! ତମ ମାନଙ୍କ ଭିତରୁ କାହାର ଜଣଙ୍କର ବି ମିଳି ପ୍ରତି ଟିକେ ଦୟା ହେଲାନି! ପୁଣି ସକାଳୁ ତା'ର ଭଲ ମନ୍ଦ ନ ଜାଣି, ଇଚ୍ଛା ଅନିଚ୍ଛା ନପଚାରି, ମନକୁ ମନ ଆଉ ଜଣକ ଘରକୁ ସ୍ୱୀକାର ପଠାଇଦେଲ! ମିଳି କଣ କଣ୍ଢେଇ! ଛି! ଧିକ୍କାର ତମ ମାନଙ୍କୁ" !

ଏକଥା ଜଣାଶୁଣା ଯେ, ଆମ ସାଧାରଣ ପରିବାର ମାନଙ୍କରେ ବିଶେଷକରି ଗାଁ ମାନଙ୍କରେ, ବାହାଘର ପାଇଁ ପୁଅ- ଝିଅଙ୍କ ମତାମତ କେହି କେବେବି ଲୋଡି ନଥାନ୍ତି। ପୁଣି ଝିଅ, ପୁଅ ଯଦି ନିହାତି ସାଧାରଣ ତାହେଲେ ମତାମତ ଲୋଡିବାର ଅବକାଶ ହିଁ କଉଠି ନଥାଏ। ଠିକ୍ ସେଇ କଥା ମିଳିଦେଇ କ୍ଷେତ୍ରରେ ଘଟିଚି। ଅଥଚ...।

ଭାଉଜ ଆହୁରି ସବୁ କଣ କହିଥାନ୍ତେ। ମାତ୍ର ମୁଁ କାଳ ବିଳମ୍ବ ନକରି ତାଙ୍କର ପାଦ ଧରିଲି : "ଭାଉଜ! ଯାହା ହେବାର ହେଲାଣି, ବାକି କାମ ପାଇଁ ତମେ ଅଣ୍ଟା ନ ଭିଡିଲେ ସବୁ ବିଗିଡିଯିବ। କିଛି ବି ହେଇପାରିବନି"।

ଭାଉଜ ବିରକ୍ତ ହେଇସାରିଥିଲେ। ସେ ଘୋଷଣାକଲେ ତମେମାନେ ଯାହା କରୁଚ କର, ମୁଁ କିନ୍ତୁ ଆଜି ଭୁବନେଶ୍ୱର ଫେରି ଯାଉଛି।

କେମିତି କେମିତି ସବୁ ଅଘଟଣ ଘଟି ଚାଲିଥିଲା। ନାଟକୀୟ ଭାବରେ ଗୋଟିଏ ପରେ ଗୋଟିଏ ଦୃଶ୍ୟ ଅଭିନୀତ ହେଇ ଯାଉଥିଲା। ମାନୁଚି, ଆମେ ବାପ - ପୁଅମାନେ ସାଂସାରିକ ବୁଦ୍ଧିରେ ଦୁର୍ବଳ ଥିଲୁ, ତଥାପି ବି ସମୟ ତା'ର ନିଜସ୍ୱ ଖେଳ ପୁରାଦମ୍‌ରେ କରିଚାଲିଥିଲା। ସ୍ଥଳ ବିଶେଷରେ ଆମେ ସେଥିରେ ଜଣେଲେଖା ଭୂମିକାଧାରୀ ହେବା ବ୍ୟତୀତ ଆମ ପାଖରେ ଆଉ କିଛି ଗତି ହିଁ ନଥିଲା।

ସମସ୍ତ ରାଗ, ଅଭିମାନ, ହତାଶା ସତ୍ତ୍ୱେ ବି ଭାଉଜ ଆମମାନଙ୍କୁ ଛାଡି ଭୁବନେଶ୍ୱର ଫେରିଗଲେନି। ବରଂ ମୁଣ୍ଡରେ ଓଢଣା ରଖି, ଅଣ୍ଟାରେ କାନିଭିଡି, ସେମିତି ସେ ଘରକାମ କରି ଚାଲିଲେ। ସକାଳୁ ଗାଧୋଇବା ସାରି ବାପା- ବୋଉଙ୍କୁ

ଯେମିତି ଚା'-ପାଣି ଯୋଗାଇବା କଥା ତାହା ଯଥାରୀତି ପାଳନ କଲେ। ମୁଁ ଆଉ ଟୁବୁଲା ତାଙ୍କର ଡାହଣ, ବାମ ହାତ ହୋଇ ବୋଲହାକ କରୁଥିଲୁ। ସ୍ୱୀକାର ଯିବାର ପରବର୍ତ୍ତୀ କାର୍ଯ୍ୟଗୁଡିକୁ ସେ ସାଧଠାରୁ ବି ଅଧିକ ତୁଲାଉଥିଲେ।

ଟୁବୁଲା ଓ ମୁଁ ଯାଇ ଆମର ମାମୁଁ, ମଉସା, ପିଇସା ଆଦି ବନ୍ଧୁବାନ୍ଧବଙ୍କ ଘରେ ବାହାଘରର ନିମନ୍ତ୍ରଣ କରିଆସିଲୁ। ପୂର୍ବ - ନିର୍ଦ୍ଧାରିତ ତିଥି ଅନୁସାରେ ବାହାଘର ଆଗୋଉଥିଲା। ଯାହା କେବଳ ତ୍ରିଲୋଚନ ବଦଳରେ ଭଜଗୋବିନ୍ଦ ନାୟକଙ୍କ ପୁଅ ମିଲିଦେଇର ବର ହେବାକୁ ପ୍ରସ୍ତୁତ ହେଉଥିଲେ।

ଭୁଇଁପୁର ଛକରେ ଚା' ପିଉଥିବାବେଳେ ମୁଁ ଟୁବୁଲାକୁ ପଚାରିଲି : "ଆରେ ଭଜଗୋବିନ୍ଦ ନାୟକଙ୍କର ପୁଅର ନାଁ କ'ଣ କିରେ" ?

ବିରକ୍ତି ହେଲାପରି ଟୁବୁଲା କହିଲା : "କେଜାଣି କ'ଣ ହେଇଥିବ" ?

ଲାଗୁଥିଲା ଟୁବୁଲା ଯେପରି ଏ ବାହାଘରକୁ ଅନୁମୋଦନ କରୁନାହିଁ। ଖାଲି କାମ କରିବାର ଅଛି ବୋଲି ମୋ ସାଙ୍ଗରେ ମିଶି କାମ କରୁଛି।

ପ୍ରକୃତରେ ମତେ ବି କାହିଁକି ଠିକ୍‌ଠାକ୍ ଲାଗୁନଥିଲା। ତ୍ରିଲୋଚନ ବେଳକୁ ଯେଉଁ ଆଗ୍ରହ, ଯେଉଁ ସ୍ୱାଭାବିକତା ଥିଲା, ଏ କ୍ଷେତ୍ରରେ କାହିଁକି ସେପରି କିଛି ଘଟୁନଥିଲା।

ତେବେ କାମଦାମ ସବୁ ଠିକ୍‌ଠାକ୍ ଚାଲିଥିଲା। ୟା' ଭିତରେ ମାଇଁ, ମାଉସୀ, ପିଇସୀ ବି ଆସି ଘରେ ପହଁଚିସାରିଥିଲେ।

ବାପା ସଞ୍ଜବେଳେ କାଇଦାକରି କାମ ବାହାନାରେ ଭୂଇଁପୁର ଖସି ଆସୁଥିଲେ। ପୋଲଛକ ଚା'ଦୋକାନରେ ତାଙ୍କର ଭଜଗୋବିନ୍ଦବାବୁଙ୍କ ସହ ଦେଖାସାକ୍ଷାତ ହେଉଥିଲା। ଦୁହେଁ ସାଙ୍ଗ ହେଇ ଗପ ଜମଉଥିଲେ ସ୍କୁଲ ପଢୁଆ ପିଲାଙ୍କ ପରି।

ଏଣେ ଧିରେ ଧିରେ ଗୋଟିକ ପରେ ଗୋଟିଏ ରୀତିନୀତି ବି ପାଳନ ହେଇ ଚାଲିଥିଲା। ପ୍ରଥମେ ଫେଷା ମଙ୍ଗୁଳା, ଡିଙ୍କି ମଙ୍ଗୁଳାହେଇ ଜାଇ ରଗଡା ଗଲା। ୟା'ପରେ ଦିଅଁ ମଙ୍ଗୁଳା ହେଇ ସାରିବାପରେ ସେଇ ଆର୍ଶୀବାଦ ପାଣିରେ ମିଲିଦେଇ ମଙ୍ଗୁଳି ହେଇ ଗାଧେଇବ।

ସାତ ସାଧବା ସ୍ତ୍ରୀ ଲୋକ ଆସି ମିଲିଦେଇକୁ ମଙ୍ଗୁଳେଇଲେ। ତା' ଦେହରେ ହଳଦୀମାରି ତା ଉପରେ ଦିଅଁଙ୍କ ଆଶ୍ରିବାଦ ପାଣି ଢାଳିଲେ।

ବୋଉ ବାହୁନିଲା: "ହାତଧରି ତତେ ବଡ କରିଥିଲି ଲୋ ମୋ ମଥାମଣି... କାଲି ଚାଲିଯିବୁ ଘର ଖାଲିକରି ଲୋ ମୋ ମଥାମଣି... ଏମିତି ଦିନକୁ ଦେଖିବା ପାଇଁ ଲୋ କାଇଁକି ମୁଁ ବଂଚିଥିଲି ଲୋ ମୋ ମଥାମଣି..." !

ବୋଉର ବାହୁନା ଲମ୍ବିଥିଲା।

ମିଲିଦେଈର ମଙ୍ଗୁଳା ଦେଖିବାକୁ ଆସିଥିବା ଗାଁର ସବୁ ସ୍ତ୍ରୀଲୋକ, ଝିଅ ଆଉ ଛୋଟ ଛୋଟ ପିଲାମାନଙ୍କୁ ମାଈଁ ଆରିଷାପିଠା ବାଣ୍ଟିଲେ।

ମଙ୍ଗୁଳାପରେ ଭାଉଜ, ମିଲିଦେଈକୁ ନେଇ, ବାପା ତାଙ୍କ ପାଇଁ ତିଆରି କରିଥିବା ଗାଧୁଆ ଘର ଭିତରେ ଗାଧେଇ ଦେଉଥିଲେ। ତା' ଭିତରୁ ମିଲିଦେଈର କଇଁ କଇଁ କାନ୍ଦଣା ଶୁଭୁଥିଲା। ମିଲିଦେଈ ଚିପୁଡିଦେଇ କାନ୍ଦୁଥିଲା। କେଜାଣି କାହିଁକି ଦେଈର ସେ କାନ୍ଦଣା ମୋ ଛାତି ଥରେଇ ଦେଉଥିଲା।

ଭାଇ ଆସି ଡାକିଲେ : "କାଲି ରାତି ପାହୁପାହୁ ବର ଆସି ପହଁଚିବ। ଆମ ହାତରେ ଆଉ ସମୟ କାହିଁ! ତୁ ଏମିତି ଠିଆ ହେଲେ ଚଳିବ ? ତୁ ଯା' ରୋଷେୟାନନା କ'ଣ ଚିଠା କରିଛନ୍ତି, ସାଙ୍ଗରେ ଟୁବୁଲାକୁ ନେଇ ବଜାରରୁ ନେଇଆ" ।

ମୁଁ ସଙ୍ଗେ ସଙ୍ଗେ ବଜାର ବାହାରି ପଡିଲି। ଟୁବୁଲାକୁ ବି ସାଙ୍ଗରେ ନେଲି। ସବୁଦିନ ପରି ଆଜି ବି ଟୁବୁଲା ମଟରସାଇକେଲ ଚଳେଇଲା। ମୁଁ ପଛରେ ବସିଲି। ଅଥଚ ଟୁବୁଲା ବାଟସାରା ଚବର ଚବର ହେବା ବଦଳରେ ଅଦ୍ଭୁତ ଭାବରେ ନୀରବ ରହିଲା।

ଆଲିରେ ପହଁଚିବା ପୂର୍ବରୁ ମୁଁ ପଚାରିଲି : "ତୋର କ'ଣ ହେଲାକି ଟୁବୁଲା ; ତୁ ଏମିତି ନୀରବ" !

ଟୁବୁଲା କହିଲା : "ମିଲିଦେଈର ଆଖି ଦେଖିଚୁ! ବିଚାରୀ ପାଞ୍ଚଦିନ ହେଲାଣି କାନ୍ଦି ଚାଲିଛି। ତା' ଆଖିରେ ଯେତିକି ଲୁହ ଆସୁଚି ତ ଆସୁଚି, ତା' ମନରେ କିନ୍ତୁ ବେଜାଏ କୋହ ରଖିଚି" !

ଟୁବୁଲା କିଛି ଭୁଲ୍ କହୁନଥିଲା। ତ୍ରିଲୋଚନକୁ ମିଲିଦେଈ ଭୁଲି ପାରିନଥିଲା। ସେଦିନ ଦି'ଗୋଛିଆ ମଠରେ ଆମେମାନେ ହିଁ ତାକୁ ତ୍ରିଲୋଚନ ସାଥିରେ ଭେଟ କରାଇଥିଲୁ। ସେ ତାକୁ ମନେମନେ ଗ୍ରହଣ କରିନେଇଥିଲା ସେଇଠି। ପ୍ରଥମ ପୁରୁଷ ସେ ତା ପାଇଁ, ଦିନ କେଇଟାରେ ତାକୁ ଭୁଲିବା କ'ଣ ଏଡେ ସହଜ!

ଟୁବୁଲା କଥାରେ ତେଣୁ ମୁଁ ଧିର 'ହଁ' ଟିଏ ମାରିଲି।

ଟୁବୁଲା ଫାଟି ପଡିଲା : "କ'ଣ କଲ ତମେମାନେ ! କିଛି ବୁଝି ନ ବିଚାରି ସାଙ୍ଗେ ସାଙ୍ଗେ ସେ ଭଜଗୋବିନ୍ଦର ପୁଅ ପାଇଁ ରାଜି ହେଇଗଲ" !

ମୁଁ ନିରୁତ୍ତର ରହିଲି ।

ଟୁବୁଲା ବକିଲା : "ଆରେ ସ୍ୱୀକାର ଫେରି ଆସିଲା ତ କ'ଣ ହେଲା । ଆମେ ସମସ୍ତେ ସେଠିକି ଯାଇଥାଆନ୍ତେ, କଥାବାର୍ତ୍ତା କରିଥାଆନ୍ତେ । ସେ ଝିଅ ଆସି ତ୍ରିଲୋଚନ ଘରେ ବୋଲହାକ କରୁଥେଲା । ତା'ପିଲାର ମା' ତ ହେଇନଥେଲା ନା ! କ'ଣ ବେଦ ଅଶୁଦ୍ଧ ହେଇଯାଇଥେଲା କଉଠି ? ଛି' ତମମାନଙ୍କୁ ! ବିଚାରହୀନ ମଣିଷ ଗୁରାକ ତମେ ସବୁ" ।

ଏବେ ମୁଁ ବେଶ୍ ବୁଝିପାରୁଥିଲି, ଆମେମାନେ କରିଥିବା ଭୁଲ୍‌କୁ ।

ସେଦିନ ଭାଉଜ କହିଥିଲେ, ଆଜି ଟୁବୁଲା ବି କହିଲା । ପ୍ରକୃତରେ ସ୍ୱୀକାର ଫେରି ଆସିବାରେ ବି କଉଠି କିଛି ବେଦ ଅଶୁଦ୍ଧ ହେଇନଥିଲା । ତ୍ରିଲୋଚନକୁ ବାହା ହେବାପାଇଁ ସେ ଝିଅର ଯୁକ୍ତିରେ ସେମିତି କିଛି ବଳିଷ୍ଠତା ନଥିଲା । ତେଣୁ ପୁଣି ଥରେ ବି ଯୋଗାଯୋଗ କରାଯାଇ ପାରିଥାଆନ୍ତା !

ତେବେ, ଏବେ ତ ସମୟ ଯଥେଷ୍ଟ ଆଗେଇ ସାରିଥିଲା । ତ୍ରିଲୋଚନର ପ୍ରସଙ୍ଗ ଅତୀତ ବି ହେଇସାରିଥିଲା । ସେଇକଥା ଟୁବୁଲାକୁ ବୁଝେଇଲି : "ସେ ତ ଗଲାକଥା, ତୁ ବର୍ତ୍ତମାନର କାମରେ ମନ ଦେ" ।

ଟୁବୁଲା ମତେ ଆହୁରି କ'ଣ ଶୁଣେଇବାକୁ ପ୍ରସ୍ତୁତ ହେଉଥିଲା । ମୁଁ ତା' ପାଟିରେ ହାତଦେଇ ତାକୁ ବଜାର ଭିତରକୁ ଟାଣିନେଲି ।

ଆମର ସଉଦା କିଣା ସରିଗଲା । ଚା' କି ଜଳଖିଆ ଖାଇବା ପାଇଁ ଅଥବା ମଦ ପିଇବା ପାଇଁ ଟୁବୁଲା କୌଣସି କଟାଳ କଲାନି । ଚୁପ୍‌ଚାପ୍ ମଟରସାଇକେଲ୍ ନିକଟକୁ ଫେରି ଆସିଲା ।

ମୁଁ ତାକୁ ଡାକିଲି : "ଆ ଟିକେ ଚା' - ଜଳଖିଆ କରିବା" ।

ସେ ମୁହଁକୁ ଅନାଇଲା । କହିଲା : "ତତେ ଆଗରୁ କହିଚି, ଏବେ ବି କହୁଚି, ଭଜଗୋବିନ୍ଦ ନାୟକର ସେ ପୁଅଟା ପାଖରେ ମିଳିଦେଇ ଛିଡା ହେବାକୁ ବି ସାହସ କରିବନି" ।

ୟା'ପରେ ସେ ମୋ ପ୍ରତିକ୍ରିୟାକୁ ଅପେକ୍ଷା ନରଖି ମଟରସାଇକେଲ୍ ଷ୍ଟାର୍ଟ କଲା ।

ଧିରେ ଧିରେ ମୁଁ ଦ୍ୱନ୍ଦ ଭିତରକୁ ପଶି ଯାଉଥିଲି। ଟୁବୁଲାର କଥା ମୋର ମାନସିକତାକୁ ଦୁର୍ବଳରୁ ଦୁର୍ବଳତର କରୁଥିଲା। ଅଥଚ ମୁଁ କ'ଣ ବା କରିପାରିବି, ସେ କଥା ଜାଣିପାରୁ ନଥିଲି।

ଏମିତି ପରିସ୍ଥିତିରେ, ବାହାଘର ଶେଷଯାଏ ଟୁବୁଲାଠାରୁ ଦୂରେଇ ରହିବାକୁ ମୁଁ ଉଚିତ ମଣିଲି। ଏବେ ତ ଆସି ରାତି ଆଠ ହେଲାଣି। କାଲି ଏତେବେଳକୁ ମିଲିଦେଇ ତା' ଶାଶୁଘରେ ପହଁଚି ସାରିଥିବ। ବାରଘଣ୍ଟାଠୁ ବି କମ୍ ସମୟର କଥା, ଏଇ ସମୟ ତା'ଠୁ ଦୂରେଇ ରହିଲେ କ୍ଷତି କଣ ?

କିନ୍ତୁ ଏଇ ସମୟତକ ତ ପୁଣି ଟୁବୁଲାର ଆବଶ୍ୟକ ନିହାତି ଅନିବାର୍ଯ୍ୟ, ତେଣୁ ତା'ଠୁ କିପରି ବା ଦୂରେଇ ରହିପାରିବ !

ରାତି ଦଶଟା ବେଳକୁ ବରଯାତ୍ରୀଙ୍କ ଖାଇବା ପାଇଁ ଖନ୍ଦାଶାଳରେ କାମ ଆରମ୍ଭ ହୋଇଗଲା। ରୋଷେୟାନନା ଏବଂ ତାଙ୍କର ଚାରିଜଣ ସହକର୍ମୀ, ଭାଇ, ଧନୀକାକା, ଟୁବୁଲା ଆଉ ମୁଁ ସେଠାରେ ଉପସ୍ଥିତ ଥିଲୁ। ମୋ ଦେହ କିନ୍ତୁ କ୍ଲାନ୍ତ ହେଇ ତତ୍‌କ୍ଷଣାତ୍ ବିଶ୍ରାମ ମାଗୁଥିଲା।

ଭାଇ ଏବଂ ଟୁବୁଲାକୁ ମୁଁ ସେକଥା କହିଲି।

ଭାଇ କହିଲେ : "ତାହେଲେ ତୁ ଏବେ ଠୁ ଦୁଇଘଣ୍ଟା ଶୋଇପଡ। ଉଠିପଡି କାମରେ ଲାଗିଯିବୁ"।

ମୁଁ ତ୍ରାହି ପାଇଯିବାପରି ସେଠାରୁ ଚାଲି ଆସିଲି। ମୋ ବଖରାର ଲାଇଟ୍ ଲିଭେଇଦେଇ ଦରୱାଜା ବନ୍ଦ କରି ବିଛଣାରେ ଗଡିପଡିଲି।

କେତେ ସମୟ ଶୋଇଛି ଜଣାନାହିଁ। କିନ୍ତୁ ମୋବାଇଲ ଘନ ଘନ ବାଜି ମୋ ନିଦ ଭାଙ୍ଗିଦେଲା। ମୋବାଇଲକୁ ହାତରେ ନେଇ ଦେଖିଲି, ସମୟ ସେତେବେଳକୁ ତିନିଟା ଅଣତିରିଶି ମିନିଟ୍। ଅର୍ଥାତ୍ ରାତି ପାହିବାର ପାଖାପାଖି ସମୟ।

କଲ୍ ପୁଣି ଟୁବୁଲା ମୋବାଇଲରୁ ଆସିଥିଲା।

ବୁଝିଲି ମୁଁ ଏତେ ସମୟ ଶୋଇ ପଡ଼ିଥିବା ହେତୁ ଟୁବୁଲା ମତେ ଏବେ ବହେ ଶୋଧିବ ।

ମୁଁ ସଙ୍ଗେ ସଙ୍ଗେ କଲ୍ ଗ୍ରହଣ କଲି : "ହ୍ୟାଲୋ" !

ଟୁବୁଲାର କଣ୍ଠ ହିମଶୀତଳ ପରି ଲାଗୁଥିଲା। ମତେ ସେ ଯାହା ଶୁଣେଇଲା, ମୁଁ ବି ସେଥିରେ ବରଫ ପାଲଟିଗଲି।

କେଉଁ ପୋଥିରେ ଭଗବାନ ଲେଖିଥିଲେ ଏତେ ସବୁ ଅପମାନ ଆଉ ଦଣ୍ଡ ଆମ ପାଇଁ ! କେଉଁ ନିକିତିରେ ସେ ତଉଲୁ ଥିଲେ ଆମ ପରିବାରର ଧର୍ମ ଆଉ କର୍ମକୁ ! ବର ଆସିବା ପୂର୍ବରୁ ମଙ୍ଗୁଲାଝିଅ ଆତ୍ମହତ୍ୟାର ନିଷ୍ପତ୍ତି ନେବା ଅଥବା ଆଉ କାହାର ହାତଧରି ପଳାଇଯିବା; ଏ କଣ ଗାଁ ଭୁଇଁରେ କିଛି ଛୋଟିଆ କଥା !

ଟୁବୁଲା କହୁଥିଲା : "ଆଉ ମିନିଟିଏ ବି ଡେରି ହୋଇଥିଲେ ତୁ ତ ମିଲିଦେଈକୁ କେବେ ବି ପାଇନଥାନ୍ତୁ । କିଏ ଯେମିତି ମତେ ମନେ ପକେଇଦେଲା ଯେ, ଗାଁ ମୁଣ୍ଡରେ ଏମିତି ଅଘଟଣ ଘଟିବାକୁ ଯାଉଛି । କାଳିସୀ ଲାଗିଲା ପରି ମୁଁ ଧାଇଁଲି ସେଠିକି । ମୋ ଆଖି ଆଗରେ ତୋ ଭଉଣୀ ପାଣି ଭିତରକୁ କୁଦା ମାରିଲା । ମୁଁ ତା' ପଛେ ପଛେ ଡେଇଁଲି ସେଇ ପାଣିକି । କଷ୍ଟେମଷ୍ଟେ ତାକୁ କୂଳକୁ ଆଣିଲି । ତା'ର ଏକା ଯଦି ସେ ମରିବ । ତା'ପାଇଁ ତମଘରେ ଅଶାନ୍ତି, ସେ ଆଉ ବଞ୍ଚିବ ନାହିଁ - ଏଇ ତା'ର ଯୁକ୍ତି । ତା' ମନକୁ ଶାନ୍ତ କରିବା ପାଇଁ ମୁଁ ମୋ ଜ୍ଞାନରେ ଅନେକ କଥା ବୁଝେଇଲି, ଏପରିକି ତମମାନଙ୍କ ବିରୋଧରେ ବି କହିଲି । ସେଉଠୁ କଥା ବଦଳିଲା । ତା'ପରେ ଯାହା ଘଟିଗଲା ଅଚାନକ ଭାବରେ, ସେ କଥା ଆମେ ଦୁହେଁ କେବେ କଳ୍ପନା ମଧ୍ୟ କରିନଥିଲୁ" ।

ମୁଁ ପୁରା ନୀରବି ଗଲି ।

ଟୁବୁଲା କହିଲା : "ବାକି କଥା ତୁ ତୋ ଭଉଣୀଠାରୁ ଶୁଣ" ।

ମୋବାଇଲ୍ ମିଲିଦେଈ ହାତକୁ ବୋଧହୁଏ ବଢାଇଦେଲା ଟୁବୁଲା । ସେମାନେ ସେତେବେଳେକୁ କେଉଁ ବିଲ ରାସ୍ତାରେ ଥିଲେ ସମ୍ଭବତଃ । କାରଣ ଖୋଲା ପବନରେ ମୋବାଇଲରେ ଫଡ୍ ଫଡ୍ ଶବ୍ଦ ହିଁ ଅଧିକ ଶୁଭୁଥିଲା । ତା'ରି ଭିତରେ କାନ୍ଦି କାନ୍ଦି ମିଲିଦେଈ ଆରମ୍ଭ କଲା : "ମଣ୍ଟୁ ରେ, ମୁଁ ଯାହା କରିଛି, ଜାଣେ ତାହା କେବେ କ୍ଷମଣୀୟ ନୁହଁ । କିନ୍ତୁ ମୋ ଆଗରେ ଆଉ କିଛି ରାସ୍ତା ନଥିଲା । ତୁ କହୁଥିଲୁ ମୋ ପାଇଁ ଗୋଟେ ମାଙ୍କଡ ଖୋଜିଦବୁ ବୋଲି, କିନ୍ତୁ ମାଙ୍କଡ ଖୋଜୁଖୋଜୁ ତୁ ରାଜକୁମାର ପାଖରେ ପହଁଚିଗଲୁ । ମାନପୁରର ସେ ଟୋକାଟା ରାଜକୁମାର ଠାରୁ କେଉ ଗୁଣରେ କମ୍ ! ମୁଁ ତାକୁ ରାସ୍ତାରେ ଯିବା ଆସିବା ବେଳେ କେତେଥର ଦେଖିଛି । ସତ କହିବାକୁ ଗଲେ ମୁଁ ତା'ର ଚାକରାଣୀ ହେବାକୁ ବି ଯୋଗ୍ୟ ନୁହେଁ । ଅଥଚ ସେ ମତେ ରାଣୀ କରି ନେଇଯିବାକୁ ରାଜି ହେଇଗଲା । ମତେ କାଇଁକି ସେମାନଙ୍କ କଥା ଉପରେ ଜମା ବିଶ୍ୱାସ ଆସିଲାନି । କେଉଁ ଦୂର ଅତୀତରେ ବାପା କରିଥିବା ସାହାଯ୍ୟ

ପାଇଁ କ'ଣ ସତରେ ସେମାନେ ଏତେବଡ ତ୍ୟାଗ କରିଛନ୍ତି ନା ତା' ଭିତରେ ଆଉ କିଛି କାରଣ ଅଛି ! ଟୁବୁଲା ବି ମତେ ସେଇକଥା କହିଲେ, ସାହାଯ୍ୟ ଫାହାଯ୍ୟ ସବୁ ମିଛ କଥା। ଆଜିକାଲି କିଏ କାହାର ସାହାଯ୍ୟକୁ ମନେ ରଖୁଛି। ସତକଥା ହେଲା, ସେ ଟୋକାଟାର କ'ଣ ବେମାରୀ ଥିବ, ପଛକଥା ବାହାନାରେ ଭଜଗୋବିନ୍ଦ ନାୟକ ତା' ପୁଅକୁ ପାର୍ କରେଇ ଦେବାକୁ ଚେଷ୍ଟା କରୁଥିବେ। ଟୁବୁଲା ପୁଣି କହିଲେ, ତମ ଘରଲୋକ 'ଦେଲାନାରୀ ହେଲା ପାରି' ର ନୀତି ଆପଣେଇଛନ୍ତି। ଝିଅ ପାଇଁ ଯେତିକି ଶ୍ରମ କଲେଣି ସେତିକିରେ ସେମାନେ ନୟାନ୍ତ। ସେ ପୁଣି ରାତି ଅନ୍ଧାରରେ ଗାଁ ଠାକୁରାଣୀଙ୍କୁ ଛୁଇଁ ମତେ ସାରା ଜୀବନ ଭଲ ପାଇବେ ବୋଲି ଶପଥ କଲେ। ମଣ୍ଟୁ ରେ ! ତମ ମାନଙ୍କ ଅପେକ୍ଷା ସେ କାଇଁକି ମୋର ବେଶୀ ଆପଣାର ମନେହେଲେ। ମୁଁ ତାଙ୍କୁ ବିଶ୍ୱାସ କଲି। ତାଙ୍କରି ହାତରୁ ଗାଁ ଠାକୁରାଣୀଙ୍କ ସିନ୍ଦୁର ପିନ୍ଧିଲି। ଏବେ ସେ ମୋର ସବୁକିଛି, ମତେ ଯୁଆଡେ ନେବେ ମୁଁ ତାଙ୍କ ସହିତ ଯିବି। ମତେ ମାରିଦେଲେ ବି ମୁଁ ଖୁସିରେ ମରିପାରିବି। ମତେ ସିନ୍ଦୁର ପିନ୍ଧାଇଛନ୍ତି ସେ, ଏବେ ସେ ମୋର ଦେବତା, ମୁଁ ତାଙ୍କରି ସାଙ୍ଗରେ ଯାଉଚି"।

ମିଲିଦେଈର କଣ୍ଠରୋଧ ହେଇଗଲା। ସେ ଆଉ କିଛି କହି ପାରିଲାନାହିଁ। ଆରପଟରୁ ତାର ଖାଲି କଇଁ କଇଁ କାନ୍ଦ ଆଉ ପବନର ଫଡ୍ ଫଡ୍ ଶବ୍ଦ ଶୁଭୁଥିଲା।

ମୁଁ ଫୋନ୍ କାଟିଦେଲି। ଖଟରୁ ଓହ୍ଲାଇ ବାହାରକୁ ଆସିଲି।

ଖନ୍ଦାଶାଳରେ ଯୁଦ୍ଧକାଳୀନ ଭିତିରେ କାମ ଚାଲିଥିଲା। କ୍ଷିରୀ ପ୍ରସ୍ତୁତ ହୋଇସାରି ଘୋଡାଯାଇ ରଖା ହେଇଥିଲା। ରଡ୍ ନିଆଁର ଉପରେ ତେଲ କଡେଇରେ ପୁରି ଛଣା ଯାଉଥିଲା। ଆଉ ଦୁଇଟା ଚୁଲିରେ ସେମିତି କ'ଣ ପ୍ରସ୍ତୁତି ଚାଲିଥିଲା। ପ୍ରସ୍ତୁତ ଖାଦ୍ୟର ବାସନାରେ ସେ ସ୍ଥାନଟା ମହକୁଥିଲା।

ନିକଟ ଆକାଶରେ ହାବେଲୀବାଣରେ ରୋଷଣୀ ଝଟକୁଥିଲା। ଦୂରରୁ ଶୁଭୁଥିଲା ଡ୍ରମର ଦୁମ୍‌ଦୁମ୍ ମାଡ। ଢୋଲରୁ ଆସୁଥିଲା ବୀରବାଦ୍ୟର ଆୱାଜ। ଭଜଗୋବିନ୍ଦବାବୁଙ୍କ ପୁଅ ବାହାହେବା ପାଇଁ ବୀରବେଶରେ, ବରବେଶରେ ଆମ ଘରକୁ ଆସୁଥିଲା।

ଭାଇ କ'ଣ ବୁଝିଲେ କେଜାଣି, ମତେ ନିରେଖେଇ ଚାହିଁ ପଚାରିଲେ : "ତୁ ଏମିତି କାହିଁକି ଦେଖାଯାଉଛୁ ! କ'ଣ ହେଲା ତୋର" ?

ମୁଁ କିଛି କହି ପାରିଲିନି। ଖାଲି କାନ୍ଦିଲି।

ରୋଷେୟା, ଧନୀକାକା, ଭାଇ ଓ ଉପସ୍ଥିତି ଆଉ କେତେଜଣ ମୋ ଚାରିପଟେ ଘେରିଗଲେ। ମତେ ଫୁସଲେଇଲେ, ଜେରା ବି କଲେ। କଥାକୁ ଲୁଚେଇ ରଖିବା ପାଇଁ ଆଉ ସମୟ ମଧ୍ୟ ନଥିଲା। ମୁଁ କହିଦେଲି : "ମିଲିଦେଇ ଟୁବୁଲା ସାଥିରେ ପଳେଇଚି"।

ସତେ ଯେମିତି ଗୋଟାଏ ବଡ ବିସ୍ଫୋରଣ ହୋଇଗଲା ସେଇଠି। ସମସ୍ତେ ଯେମିତି ଛିଟିକି ପଡିଲେ। କାହାର ପାଟିରୁ କଥା ମଧ୍ୟ ବାହାରିଲା ନାହିଁ।

ଏଣେ ବାଣ-ରୋଷଣୀ ନିକଟତର ହେଉଥିଲା। ରୋଷଣୀର କଳାକାରମାନେ ଗାଉଥିଲେ : "ମେହେନ୍ଦୀ ଲଗାକେ ରଖନା ... ଡୋଲି ସଜାକେ ରଖନା..." ।

ବିଚରା ବର କ'ଣ ଜାଣିଥିଲା ଯେ, ତା' ପାଇଁ ମେହେନ୍ଦୀ ପିନ୍ଧିବାକୁ ଥିବା ହାତ, ଆଉ କାହାର ହାତଧରି ଡୋଲି ଖାଲି କରି ଉଡିଗଲାଣି !

ଧିରେ ଧିରେ ରାତିପାହି ଫର୍ଚ୍ଚା ହେଇଗଲା।

ଏକଥା ଗାଁରେ କ'ଣ କେମିତି ପ୍ରଚାର ହେଲା କେଜାଣି, ପ୍ରଥମେ ମଧୁ ବିଶ୍ୱାଳ ଆମ ଡିହକୁ ଉଠିଲେ। ବିନା କୌଣସି ଭୂମିକାରେ ଭାଇଙ୍କୁ ଚାହିଁ କହିଲେ : "ଯାହାତ ହେବାର ହେଇସାରିଲାଣି, ପ୍ରଜାପତିଙ୍କର ଏ ଘଟସୂତ୍ର। ତେବେ ଏବେ କ'ଣ କରାଯିବ ? ଏ ଗାଁର ଇଜତ୍ ରହିବ, ସେ ବିଚରା ବି ଶିଶୁପାଳ ହେଇ ଫେରିବନି"।

ସଦାବେଳେ ଶାଣିତ କଥା କହୁଥିବା ମଧୁ ବିଶ୍ୱାଳ ଏକଥାକୁ ଏପରି ଢଙ୍ଗରେ କହିଦେଲେ, ସତେ ଯେମିତି ଛୁଆଟାର ଖେଳନା ଭାଙ୍ଗି ଯାଇଛି, ତା ପାଇଁ ଆଉ ଗୋଟେ ଖେଳନା କିଣିଦେବା।

ପ୍ରକୃତରେ ମଧୁବିଶ୍ୱାଳଙ୍କ କଥା, ମତେ ଖାଲି ଆସ୍ୱସ୍ଥ କଲାନି ବରଂ ଆଉ କିଛି ଚିନ୍ତା କରିବାକୁ ବି ବଳ ଯୋଗାଇଦେଲା। ତା' ନହେଲେ ଆମେ ମାଟିରେ ମିଶି ସାରିଥିଲୁ। କାରଣ ସେତେବେଳକୁ ଆମର ମାନସିକ ବଳ ଛିନ୍‌ଛତର ହେଇ ସାରିଥିଲା। ବାପା ବିଛଣା ଉପରେ ପଡି ରହିଥିଲେ। ତାଙ୍କ ମୁଣ୍ଡଟି ତକିଆ ଉପରେ ଥିଲା, ଗୋଡ ଦୁଇଟା ଖଟତଳକୁ ଝୁଲିଥିଲା। ପାଟି ଆଁକରି ଆଖି ବୁଜି ସେ ବିଛଣା ଉପରେ ପଡିଥିଲେ। ମୂମୂର୍ଷ କ୍ୟାନସର ରୋଗୀର ଯନ୍ତ୍ରଣାପରି ତାଙ୍କ ମୁହଁ ବିବର୍ଣ୍ଣ ଏବଂ ବିଷର୍ଣ୍ଣ ଦିଶୁଥିଲା।

ବୋଉ ମେଞ୍ଚାଟିଏ ହେଇ ସେ ଶୋଉଥିବା ବଖରାର ଗୋଟେ କଣରେ ପଡିଥିଲା । ତା'ର ଗାଁ ଗାଁ କାନ୍ଦଣା ଘର ଭିତରେ ଭାରି ଆଶ୍ୱସ୍ତିକର ପରିବେଶ ସୃଷ୍ଟି କରୁଥିଲା ।

ଭାଇଙ୍କ ହାବଭାବରୁ ଲାଗୁଥିଲା, ସେ କାହାକୁ ହାଣିଦେବେ ଅଥବା ନିଜେ ନିଜେ ହାଣି ହେଇ ପଡିବେ । ବିଷାଦ, ବିରକ୍ତ, ଅସହାୟତାରେ ଫେଣ୍ଟା ଫେଣ୍ଟି ହୋଇ ସେ ଆକ୍ତାମାକ୍ତା ହେଇସାରିଥିଲେ ।

ଭାଉଜ ପିନ୍ଧିଥିଲେ, କଳାଧଳା ଉପରେ ନାଲିଛିବିର ସୂତା ଶାଢି ଖଣ୍ଡେ । କେଶ ମୁକୁଳାକରି ସେ ତାଙ୍କର ଶୋଇବା ଖଟ ଉପରେ ଏକାକୀ ବସିଥିଲେ । କଠୋର ପରିଶ୍ରମ ପରେ ବିଲରେ ଫଳିଥିବା ସୁନାକୁ ବାତ୍ୟା କି ବନ୍ୟା ଅଚାନକ ଧୋଇ ନେଇଗଲେ, ଚାଷୀର ଯାହା ପରିସ୍ଥିତି ହେବାକଥା ସେଇପରି ଅଭିବ୍ୟକ୍ତି ତାଙ୍କ ମୁହଁରେ ପ୍ରତିଫଳିତ ହେଉଥିଲା । ତଥାପି ସେ କିଞ୍ଚିତ୍ ଦୃଢ ମଧ୍ୟ ଲାଗୁଥିଲେ ।

ଭାଉଜଙ୍କ ମୁହଁରେ ଏଇ ଦୃଢତାର ଅଭାସ, ମୋ ପାଇଁ ସାମାନ୍ୟ ଆଶ୍ୱାସନା ଥିଲା ।

ବିଚରା ଶାଶ୍ୱତ ବର ଆସିବାର ପ୍ରତୀକ୍ଷାରେ, ରାତି ଉଜାଗର ରହି ସକାଳୁ ଶୋଇ ପଡିଥିଲା ।

ସକାଳ ଆଲୁଅର ମାତ୍ରା ବଢୁଥିଲା । ବାଜା, ବାଣ, ରୋଷଣୀର ଶବ୍ଦ ମଧ୍ୟ ଆହୁରି ନିକଟତର ହେଉଥିଲା । ଆମ ଡିହ ଉପରେ ବି ଗାଁ ଲୋକଙ୍କ ଭିଡ ବଢୁଥିଲା ।

ମଧୁ ବିଶ୍ୱାଳ ଭିଡକୁ କହିଲେ : "ଏ ଗାଁରୁ ଅପମାନିତ ହୋଇ ବରକୁ ଫେରିବାକୁ ମୁଁ କଦାପି ଦେବିନି । ତମେମାନେ ଚିନ୍ତାକର ଆମେ କ'ଣ କରିପାରିବା" ।

ଯଦୁସାମଲ କହିଲେ : "କ'ଣ ତେବେ କରିବା" !

ତା'ପରେ ସେ ଧନୀକାକାଙ୍କୁ ଚାହିଁ କହିଲେ : "ଆରେ ଧନୀ! ତୋ ଝିଅ ତ ବାହାହେବାକୁ ହେଇଗଲାଣି; ଆଉ କାଇଁକି ଅପେକ୍ଷା କରୁଛୁ" !

ଧନୀକାକାଙ୍କ ଝିଅ ମୀନୁକୁ ବାଇଶି ବର୍ଷ ହେଇ ସାରିଥିଲା । ସେ ବି ସୁନ୍ଦରୀ ଥିଲା । ଭଜଗୋବିନ୍ଦ ବାବୁଙ୍କ ରାଜକୁମାର ପୁଅର ରାଣୀ ହେବାଭଳି ।

ଧନୀକାକା ଏକଥା ଶୁଣି ଖୁବ୍ ଖୁସି ହୋଇଗଲେ । ତେବେ ଆପଣ ଖୁସିକୁ

ଲୁଚେଇବାକୁ ଚେଷ୍ଟକରି କହିଲେ : "ଏମିତି ପରିସ୍ଥିତିରେ ମୁଁ ଆଉ କ'ଣ କହିବି ! ତେବେ ତମେ ଆମେ କହିଲେ କ'ଣ ହେଇଯିବ, ସେମାନେ ବି ତ ରାଜିହବା ଦରକାର" !

ମଧୁ ବିଶ୍ୱାଳ ଦୃଢ ଉତ୍ତର ରଖିଲେ : "ସେ ଦାୟିତ୍ୱ ମୋର, ତୁ ଝିଅକୁ ପ୍ରସ୍ତୁତ କର"।

ମଧୁ ବିଶ୍ୱାଳ ଆତ୍ମ ବିଶ୍ୱାସର ସହ ଫେରିଗଲେ। ତାଙ୍କ ପଦପାତ ଜଣେଇ ଦେଉଥିଲା ଏ ସମସ୍ୟାକୁ ଟାଳି ଦେବାକୁ ସେ ସମର୍ଥ।

ତେବେ ମଧୁ ବିଶ୍ୱାଳ ଏକା ଗଲେ ସିନା ତାଙ୍କ ସହିତ କିନ୍ତୁ ଆଉ କେହି ଜଣେ ବି ଗଲେନି।

ତାଙ୍କ ଯିବାର ପାଖାପାଖି କୋଡିଏ ମିନିଟ୍ ପରେ ବାଣ, ବାଜାର ଶବ୍ଦ ହଠାତ୍ ବନ୍ଦ ହୋଇଗଲା। ଆମେ ବୁଝିଲୁ ବରଯାତ୍ରୀଙ୍କ ପାଖେ କଥା ପହଁଚିଗଲା।

ଥମି ରହିଥିବା ବାଣ, ବାଜାର ଶବ୍ଦ ଆଉ ପନ୍ଦର ମିନିଟ୍ ପରେ ପୁଣିଥରେ ଗର୍ଜିଲା। ଆମେ ବୁଝିଲୁ ମଧୁ ବିଶ୍ୱାଳ ତାଙ୍କ କାମରେ ସଫଳ ହେଇଗଲେ।

ଗାଁ ଲୋକ ଆଶ୍ୱସ୍ତ ଦିଶିଲେ।

ଧନୀକାକା ଉଜ୍ଜଳ ଦିଶିଲେ।

ଆମ ଡିହ ଉପରକୁ ଉଠିଆସି ମଧୁ ବିଶ୍ୱାଳ ଆଦେଶ ଦେବାପରି ଧନୀକାକାଙ୍କୁ କହିଲେ : "ଯା, ଏଠି କାହିଁକି ଛିଡା ହେଇଚୁ? ଝିଅକୁ ମଙ୍ଗୁଳି କର"।

ବାଧ ଶିଶୁଟି ପରି ଧନୀକାକା ଆମ ଡିହରୁ ଓହ୍ଲାଇ ତାଙ୍କ ଘରଆଡେ ମୁହାଁଇଲେ।

ମଧୁ ବିଶ୍ୱାଳ ମୋ ପିଠିରେ ହାତ ବୁଲାଇ ଆଣି କହିଲେ : "କଉଥିରେ କାହାର ଦୋଷ ନଥାଏରେ ବାପ; ସବୁ କିଛି ପୂର୍ବ ନିର୍ଦ୍ଧାରିତ ! ସବୁକିଛି ପ୍ରଜାପତିଙ୍କର ଖେଳ। ତାଙ୍କ ବିନା ଅନୁମୋଦନରେ ଆମେ ଯେତେ ଚେଷ୍ଟାକଲେ ବି, ଯାହାକୁ ତାହାକୁ କେବେ ବି ବାହା କରାଇ ପାରିବାନି। ଦୁଃଖ କରନା। ଯାହା ହବାର କଥା ହୋଇ ସାରିଲାଣି ତମେ ଗାଧୁଆଗାଧି କର"।

ମତେ ଭାରି ଉଶ୍ୱାସ ଲାଗିଲା। ମନରେ ସାହସ ଓ ଦମ୍ଭ ଉଭୟ ଆସିଲା। ମୁଁ ମନକୁ ମନ ପଚାରିଲି, ମଧୁ ବିଶ୍ୱାଳଙ୍କ ପରି ଲୋକ ଥାଉଥାଉ, ଆରମ୍ଭରୁ ତାଙ୍କର ପରାମର୍ଶ ନେବାକୁ ବାପା କିପରି ଭୁଲିଗଲେ !

ଆମ ଘର ଅଗଣାରେ ବନ୍ଧା ଯାଇଥିବା ବେଦୀ ଉପରେ ବରକନ୍ୟା ଭାବେ ବସିଥିଲେ ଭଜଗୋବିନ୍ଦ ବାବୁଙ୍କ ପୁଅ 'ଅଖିଳ' ଆଉ ଧନୀକାକାଙ୍କ ଝିଅ 'ମୀନୁ'। ବ୍ରାହ୍ମଣଙ୍କର ମନ୍ତ୍ର ଉଚ୍ଚାରଣ, ସଧବାନାରୀଙ୍କ ହୁଳହୁଳି, ଆଉ ଶଙ୍ଖୁଆର ଶଙ୍ଖ ଧ୍ୱନିରେ ଆମ ଘର କମ୍ପୁଥିଲା।

କନ୍ୟାଦାନର ଦାୟିତ୍ୱ ନେଇ ବାପା ବେଦୀପାଖରେ ଥିଲେ। ସେ ସୁଖୀ କି ଦୁଃଖୀ କିଛି ବୁଝାପଡୁନଥିଲା। ସେଇଠି ଗୋଟିଏ କ'ଣରେ ବୋଉ ମୁହଁ ଘୋଡେଇ ବସିଥିଲା। ତା' ଓଢଣୀ ଭିତରେ ସେ ଅହରହ ଲୁହ ଗଡଉଥିଲା। ଭିତର ବଖରାରେ ଭାଇ ମୁହଁମାଡି ଶୋଇଥିଲେ। ସେ ସେମିତି ଅଗାଧୁଆ, ଅଖିଆ ରହିଥିଲେ। ଭାଉଜ ଯିଏ ମିଲିଦେଇର ଭାଉଜ ହେଇ, ମଞ୍ଚ ଆଉ ଦୃଶ୍ୟ ଉଭୟ ପରିଚାଳନା କରିଥାଆନ୍ତେ ଏବେ ସେଇ ଭୂମିକାରେ ସେ ଅନିଚ୍ଛିକଭାବେ ମୀନୁ ପାଇଁ କାମ କରୁଥିଲେ।

ବନ୍ଧୁ ବାନ୍ଧବ ଛିନ୍‌ଛତର ହେଇ କିଏ କୁଆଡେ ଥିଲେ ଅଥବା ନିଜ ଘରକୁ ପଳେଇଥିଲେ। ଏକା ଶାଶ୍ୱତ ତା' ପିଇସୀର ବାହାଘର ଭାବି, ନୂଆ ଲୋକ ନୂଆ ଘଟଣା ଦେଖି ଖୁସିରେ ଏଣେତେଣେ ଧାଉଁଥିଲା।

ମୁଁ ମହାଭାରତର ସଞ୍ଜୟ ପରି, ସବୁ ଦୃଶ୍ୟ ଦେଖୁଥିଲି। ସମସ୍ତଙ୍କର ଦୁଃଖ ଅବା ଖୁସିକୁ ନିରପକ୍ଷ ରହି ନିଘା କରୁଥିଲି।

ଧନୀକାକା କେତେବେଳଠୁ ନଥିଲେ। କେହି ନଜାଣିବା ପରି ଧିରେ ଆସି କାହ୍ନୁକୁ ଡେରି ହେଇ ବସିଗଲେ। ତାଙ୍କର ଧଳାଧୋତି, ପୁରାହାତର ଗଞ୍ଜି ଆଉ ନୂଆ କଲିକତି ଗାମୁଛା ତାଙ୍କ ଦେହକୁ ବେଶ୍ ମାନୁଥିଲା।

ଧନୀକାକାଙ୍କୁ ଚାହିଁ ମୁଁ ମନେମନେ ହସିଲି – କାହାର ସାଧନା ଆଉ କାହାର ଫଳପ୍ରାପ୍ତି!

ଧନୀକାକାଙ୍କୁ ମତେ ଇଶାରାରେ ପାଖକୁ ଡାକିଲେ।

ମୁଁ ତାଙ୍କ ପାଖରେ ପହଁଚିବାରୁ ସେ ମତେ ବସିବାକୁ ଠାରିଲେ।

ମୁଁ ବସିପଡିଲି ବି ।

ଧନୀକାକା ମୋ କାନରେ ଫୁସ୍‌ଫୁସ୍ କରି କହିଲେ : "ଆମ ଘରକୁ ଟିକେ ଯା' .... ତୋ କାକି ତତେ ସେ'ଠି ଅପେକ୍ଷା କରିଛି"।

ମୁଁ ଚୁପ୍‌ଚାପ ଧନୀକାକାଙ୍କ ଘରଆଡେ ମୁହାଁଇଲି। ଆମ ଘରଠୁ ଆଠଟି

ଘରଛାଡ଼ି ତାଙ୍କ ଘର। ତେବେ ଜୀବନରେ ଥରେ ହେଲେବି ମୁଁ ତାଙ୍କର ଦୁଆର ମାଡ଼ିନାହିଁ। ଏମିତିରେ ବି ଧନୀକାକା ଆମ କୁଟୁମ୍ବର ନୁହଁନ୍ତି। ଗାଁ ଭିତରେ ଏକାଠି ଘରକରି ରହିଥିବାରୁ ପରସ୍ପର ଭିତରେ ଯେମିତି ସମ୍ପର୍କ ରହିବାକଥା, ଆମର ବି ସେମିତି ଥିଲା। ମାତ୍ର ଏଇ ବାହାଘର କାମରେ ତାଙ୍କ ସହିତ ଆମର ସମ୍ପର୍କ ବେଶ୍ ଦୃଢ଼ ହୋଇଯାଇଛି।

ଦାଣ୍ଡେ ଦାଣ୍ଡେ ଯାଇ ତାଙ୍କ ଘରେ ପହଁଚିଲାବେଳକୁ, ଶାଢ଼ୀ ଆଉ ଗହଣାରେ ସଜେଇହେଇ କାକି ଖଟ ଉପରେ ବସିଥିଲେ। ମୋର କାହିଁକି ମନେହେଲା, କାକି ପ୍ରସ୍ତୁତ ଅଛନ୍ତି, ମାତ୍ର ଆମଘରୁ ତାଙ୍କୁ କେହି ଡାକିନଥିବାରୁ, ସେ ସଂକୋଚକରି ବାହାଘର ପାଖକୁ ନଯାଇ ନିଜ ଘରେ ଚୁପ୍‌ଚାପ୍ ବସିଛନ୍ତି। ଆଉ ସେଇ ଡାକିବା ଦାୟିତ୍ୱ ନିଭାଇବା ପାଇଁ ଧନୀକାକା ମତେ ଏଠିକି ପଠାଇଛନ୍ତି।

ପ୍ରକୃତରେ ଧନୀକାକା ଆମର ବଡ ଉପକାର କରିଛନ୍ତି। ତାଙ୍କ ଝିଅକୁ ବାହାଘର କରାଇବା ପାଇଁ ରାଜି ନ ହେଇଥିଲେ ପରିସ୍ଥିତି ଯେ କ'ଣ ହୋଇଥାଆନ୍ତା! ବର ଶିଶୁପାଳ ହେଇ ଫେରିଥିଲେ ଅଞ୍ଚଳରେ ଆମ ମାନ ମହତ ଆଉ ରହିନଥାନ୍ତା। ଏଇ ସୂତ୍ରରେ ଧନୀକାକାଙ୍କ ପରିବାର ଆମ ପରିବାର ଏବେ ବାହାରକୁ ଏକ ପରିବାର ହେଇ ଉଭା ହେଇଛି। ଖାଲି ସେତିକି ନୁହଁ ଯା'ଭିତରେ ଆମର ପରସ୍ପର ପ୍ରତି ଶ୍ରଦ୍ଧା-ସମ୍ମାନ ବି ବଢ଼ିଛି। ତେଣୁ ମୁଁ ତ୍ରୁଟି ସୁଧାରିବାକୁ ଯାଇ ଭାବପ୍ରବଣ ହୋଇ କାକିଙ୍କ ପାଦ ଛୁଇଁଲି। କହିଲି : "କାକି ଚାଲ, ମୁଁ ତୁମକୁ ସାଙ୍ଗରେ ନେଇଯିବି"।

କାକି ମତେ କୁଣ୍ଢେଇ ପକାଇଲେ। ମୋ ଦେହ, ମୁଣ୍ଡରେ ହାତ ବୁଲେଇ ଆଉଁସି ଦେଲେ। କହିଲେ : "ଯାହା ତ ହବାର କଥା ହେଇଗଲାଣି ମଣ୍ଟୁ। ମିଲିକୁ କିନ୍ତୁ ମୁଁ ଝିଅ କରି ବାହା କରାଇବି। ତମେ ଜମା ମନ ଦୁଃଖ କରନା"।

ମିଲିଦେଇ ଘରଛାଡ଼ି ଟୁବୁଲା ସାଙ୍ଗରେ ଚାଲିଯିବାପରେ, କେହି ମତେ ଏମିତି ପ୍ରବୋଧନା ଦେଇନଥିଲେ। ଏମିତିରେ ବି ସବୁ କଷ୍ଟକୁ ମୁଁ ମୋ ନିଜ ଭିତରେ ସାଇତିରଖି ପଥର ହୋଇଯାଇଥିଲି। କାକିଙ୍କ କଥା ଆଉ ସ୍ନେହବୋଳା ଆଉଁସା ମତେ ତରଳାଇ ଦେଲା। ମୋ ଆଖିରୁ କେଇଟୋପା ଲୁହ ଗଡ଼ି ଆସିଲା। ମୁଁ ନିମ୍ନ ସ୍ୱରରେ 'ସୁଁ ସୁଁ' ହେଇ କାନ୍ଦିଲି।

କାକି ମତେ ତାଙ୍କ ଛାତି ଉପରକୁ ଭିଡିନେଲେ। ମୋ ଆଖିରୁ ଲୁହ ପୋଛି ଦେଲେ। ମୋ କପାଳରେ ଚୁମ୍ବନ ଦେଲେ।

ମୋ ଜୀବନରେ କୌଣସି ନାରୀର ଏପରି ନିବିଡ ସ୍ପର୍ଶ ପାଇବା ଏଇ ପ୍ରଥମ। ମୁଁ ଖୁବ୍ ଆନନ୍ଦ ଅନୁଭବ କରୁଥିଲି। କାକିଙ୍କ ଦେହରୁ ଗୋଟେ ବାସ୍ନା ଆସୁଥିଲା, ତାହା ମତେ ଖୁବ୍ ଭଲ ବି ଲାଗୁଥିଲା। ତେଣୁ ଏପରି ବନ୍ଧନ ଆଉ କିଛି ସମୟ ରହୁ ବୋଲି ମୁଁ ମନେ ମନେ କାମନା ମଧ୍ୟ କରୁଥିଲି।

ହଠାତ୍ ଅନୁଭବ କଲି, କାକିଙ୍କ ବାହୁଯୋଡିକି କ୍ରମଶଃ ଯେପରି ମତେ ଯୋର୍‌ରେ ଜାବୁଡ଼ି ଧରୁଛନ୍ତି। ତାଙ୍କ ଓଠ, ମୋ କପାଳ, ଛାତି, କାନ, ଗାଲ, ଓଠ ସବୁଆଡେ ବୁଲୁଛି। ତାଙ୍କ ଜିଭ ମୋ ପାଟି ଭିତରକୁ ପଶି ଆସୁଛି ତ ପୁଣି ଯେଉଠି ନାହିଁ ସେଠି ମତେ ଚାଟି ପକାଉଛି। ସେ ଭାରି ବ୍ୟସ୍ତ ଆଉ ଅଥୟ ଲାଗୁଛନ୍ତି। ତାଙ୍କ ଶାଢୀ ବି କାନ୍ଧରୁ, ଛାତରୁ ଖସି ମାଟି ଛୁଇଁବା ଆରମ୍ଭ କଲାଣି।

ମୋର ଟୁବୁଲା କଥା ମନେ ପଡିଲା। ନଈତୁଠରେ ସେ କହିଥିଲା କାକୀଙ୍କ ହରକତ ବିଷୟରେ। କାକି ତ ଏବେ ସେଇ ମୁଦ୍ରାରେ । ମତେ ଭାରି ଅସହଜ ମନେହେଲା। ଭୟ, ଉତ୍ତେଜନା ଏବଂ ଦ୍ୱନ୍ଦାତ୍ମକ ଚିନ୍ତାଧାରା ମତେ ବ୍ୟତିବ୍ୟସ୍ତ କରିଦେଲା। କାକିଙ୍କ କବଳରୁ ରକ୍ଷା ପାଇବା ପାଇଁ ମୁଁ କସରତ ଆରମ୍ଭ କରିଦେଲି।

କାକି କିନ୍ତୁ ବାଘୁଣୀ, ପିଶାଚୁଣୀ - ସବୁକିଛି ପାଲଟି ସାରିଥିଲେ। ସେ ତାଙ୍କ ନିଜ ଆୟତରେ ମଧ୍ୟ ନଥିଲେ। କେହି ମତେ ନିର୍ଦ୍ଦେଶ ଦେବାପରି 'ଢୋ ଢୋ' କରି ଦି'ଟା ମାରିଲି ତାଙ୍କ ଗାଲରେ।

ସେ ମତେ ଛାଡିଦେଲେ।

ମୁଁ ଖସିଆସି ଦାଣ୍ଡରେ ପହଁଚିଗଲି। ସେତେବେଳକୁ ମୋ ଦେହ ଥରୁଥିଲା। ମୁଁ ଉପାୟ ପାଉନଥିଲି ନିଜକୁ କିପରି ସ୍ଥିର କରିବି !

ଏଇ ସମୟରେ ମୋବାଇଲ ବାଜିଲା। ଦେଖିଲି ଟୁବୁଲାର କଲ୍। ଅଭ୍ୟାସ ବଶଃତ କଲ୍ ଗ୍ରହଣ କରିନେଲି। କିନ୍ତୁ କିଛି କହି ନପାରି ଚୁପ୍ ରହିଲି।

ଆରପଟରୁ ଟୁବୁଲା ପଚାରିଲା : 'ମୋ ଉପରେ ରାଗିଛୁ' ?

ମୁଁ କ୍ରୋଧମିଶା ଉତ୍ତର ଦେଲି : 'ମାଙ୍କଡଟା ଉପରେ ମୁଁ କାହିଁକି ରାଗିବି' ?

ଟୁବୁଲା ନୀରବ ରହିଲା।

ଆମ ଅଗଣାରେ ବ୍ରାହ୍ମଣର ମନ୍ତ୍ରପାଠ, ବାହାର ଦାଣ୍ଡରେ ଗହଗହ ଶୁଭୁଥିଲା। ରହିରହି ହୁଳହୁଳି ଆଉ ଶଙ୍ଖ ଧ୍ୱନୀ ବି ଖଣ୍ଡ ମଣ୍ଡଳକୁ ପ୍ରକମ୍ପିତ କରୁଥିଲା।

ଆରପଟରେ ଥାଇ ମୋବାଇଲ ମାଧ୍ୟମରେ ମିଲିଦେଇ, ଏବଂ ଟୁବୁଲା ଏସବୁକୁ ଶୁଣି ପାରୁଥିଲେ କି କ'ଣ, ମିଲିଦେଇ ହିଁ କହିଲା : 'ମଣ୍ଟୁରେ ! ତୁ ସତ କହିଥିଲୁ, ମୋ ପାଇଁ ଗୋଟେ ମାଙ୍କଡ ଦରକାର ବୋଲି। ହେଲେ ତୋ ପାଖରେ ଥିବା ମାଙ୍କଡକୁ ଚିହ୍ନି ନପାରି ତୁ ମଣିଷ ଖୋଜୁଥିଲୁ, ଏଥିରେ ଦୋଷ କାହାର କହ...' !

ମିଲିଦେଇ ଆଉ କିଛି କହି ପାରିଲାନି। କୋହରେ ତା' କଣ୍ଠରୁନ୍ଧି ହେଇଯିବାପରି ଲାଗିଲା।

ମୁଁ ବି କିଛି ଉତ୍ତର ଦେଲିନି। ମତେ ବି କାନ୍ଦ ଲାଗୁଥିଲା ଅଥଚ ମୁଁ କାନ୍ଦିଲିନି। ନିଜକୁ ସମ୍ଭାଳି ନେଲି।

ଏଥର ପୁଣି ଟୁବୁଲା ମୋବାଇଲ ଧରିଲା। କହିଲା : "ମଣ୍ଟୁ ! ତୁ ଆମର ବାହାଘରର ବ୍ୟବସ୍ଥା କର। ଆମେ କେଇ ଘଣ୍ଟାରେ ଗାଁରେ ପହଁଚୁଛୁ"।

ମୁଁ ଫୋନ୍ କାଟିଦେଲି।

ମୁଁ ଜମା ବି ଭୁଲି ନଥିଲି ଯେ ମିଲିଦେଇକୁ ଗୋଟିଏ ମାଙ୍କଡ ସାଥିରେ ବାହା ଦେବାକୁ କହିଥିଲି ବୋଲି। ମୋର ଏକଥା ବି ମନେଥିଲା ଯେ, ଆଜି ବଜାରରେ ମୁଁ ଟୁବୁଲାକୁ କହିଥିଲି, ତା'ର ବାହାଘର ମୁଁ ନିଜେ ଦାୟିତ୍ୱ ନେଇ କରିବି ବୋଲି।

ଟୁବୁଲା କେବେ ବି ମାଙ୍କଡଠାରୁ କିଛି କମ୍ ନଥିଲା। ମିଲିଦେଇ ଏବେ ତା'ରି ହାତ ଧରି ଫେରୁଛି।

ଏଣେ, ଯଥା ରାବଣସ୍ୟ ମନ୍ଦୋଦରୀ ଯଥା ଧୃତରାଷ୍ଟ୍ରସ୍ୟ ଗାନ୍ଧାରୀର ... ଉଚ୍ଚାରଣ ସହ ଘନଘନ ଶଙ୍ଖ, ହୁଳହୁଳି ଶବ୍ଦରେ ଆମ ଘର ନିନାଦିତ ହେଉଥିଲା।

ମୋ ଦେହ, କୌଣସି ବି କାମକୁ ଆଗକୁ ବଢେଇ ନେବାକୁ ସକ୍ଷମ ଥିଲାଭଳି ଲାଗୁନଥିଲା। ଦାଣ୍ଡ ପିଣ୍ଡାରେ ଦେହକୁ ଅଜାଡି ଦେଇ ମୁଁ କାନ୍ଥକୁ ଡେରିହେଇ ବସିଗଲି, ପ୍ରଜାପତିଙ୍କ ନିର୍ଦ୍ଦେଶନାରେ ପରିଚାଳିତ ନାଟକର ବାକି ଦୃଶ୍ୟକୁ ଦେଖିବା ପାଇଁ।

BLACK EAGLE BOOKS

www.blackeaglebooks.org
info@blackeaglebooks.org

Black Eagle Books, an independent publisher, was founded as
a nonprofit organization in April, 2019. It is our mission to
connect and engage the Indian diaspora and the world at large
with the best of works of world literature published on a
collaborative platform, with special emphasis on
foregrounding Contemporary Classics and New Writing.